chun tian zou ming qu

春天奏鸣曲

徐坤 / 著

chun
tian
zou
ming
qu

中国文史出版社

序

　　非常荣幸小书能纳入中国文史出版社的"政协委员文库"系列出版。集子编辑整理时还是去年仲夏，待到写这个序时已然是2022年新春。此刻刚进腊月，是小寒节气，然而，文学艺术的暖春的消息，在去年年底结束的中国文联第十一次、中国作协第十次全国代表大会上已经传递出来。百卉萌动，朝日东升，一个浩大的文学艺术新时代已经到来。故将小书取名为《春天奏鸣曲》，以表达身处一个伟大时代的欢欣。

　　我是2013年1月当选为第十二届北京市政协委员的，当时的身份是北京作家协会副主席，分组在政协文化艺术界。及至2018年1月我到中国作协工作后不再连任。任职北京市政协委员的五年间，积极履职，充分发挥参政议政职能，为北京市的文化艺术发展献计献策，提交了不少建议和提案，如《关于加强北京文学创作人才队伍建设、加大精品扶植力度的提案》《关于提高北京市专业作家岗位津贴的建议》《关于加快成立北京文学院的提案》《关于北京快速公交3线公交车道明确划定行驶时间的提案》《关于将北京马拉松赛移至郊区举办的提案》《关于加快北京市地税局"个人纳税信息查询"大数据建设的建议》《关于朝阳区华威北里小区48号楼垃圾楼整改的提案》。其中既有关注文学队伍建

1

设的建议，也有关注民生方面的提案。

提案交上去以后，件件有回复，桩桩有落实。北京的文学创作人才队伍建设已经大大加强，如今都可以从外省引进人才了；精品扶植力度更强，比如长篇小说方面的重点选题，每部扶植经费有二十万元之多，居于全国之首；北京文学院业已成立，我和其他几位副主席还被聘为副院长。

尤其值得一提的是《关于朝阳区华威北里小区 48 号楼垃圾楼整改的提案》，那里是中国作协的老宿舍楼，早就听有周围的老同志反映那里的垃圾楼有问题。我事先征集意见，并到现场实地调研，在 2016 年 1 月的十二届政协四次会议上递交了有关提案。有关问题到了 4 月份就整改完毕，收到朝阳区市政市容管委会的提案办理报告。

兹录于此，以便让读者诸君看到我们的政协系统在社会主义现代化建设中发挥的重要作用。于我自己而言，也油然而生一份履职的成就感。

关于朝阳区华威北里小区 48 号楼垃圾楼整改的提案

朝阳区华威北里小区人口密集，是 2000 年左右形成的居民建筑群，有包括 48 号楼中国作家协会宿舍楼在内的中央及国家机关的多家单位宿舍。小区内建有巨大的垃圾楼，负责消纳本区及周边地区的垃圾，垃圾的味道及不规范的清理状况对小区居民造成很大困扰。近几年来，在北京市政府和王安顺市长的关怀下，出资一百多万改善了垃圾楼的硬件条件，从半封闭式改成全封闭式，封堵了垃圾的异味。

目前存在情况：

硬件改善了，但是软件还没有跟上。运输垃圾的卡车不能及时赶到垃圾楼运输垃圾，造成十几辆装满垃圾的垃圾车堵在门前不能倾倒，并且将小区道路堵塞，垃圾车异味很重，小区过往车辆与行人多有不便；运输垃圾的卡车一般每天来三次清运垃圾，上午两次，下午一次。但是在路况拥堵的情况下，运输垃圾的卡车上午只能来一次，下午来一次，一天只能来两次。

整改和治理办法：

一、运输车如果能保证每天上午来两次、下午来一次，就能解决垃圾车堵路情况；早晨的第一次车如果在七点以前到达就不会影响上午再来第二次车。

二、此垃圾楼多年来承担着周边小区的垃圾消纳任务，随着人口密度的增加，工作量早已不堪重负。建议应该将周边小区的垃圾消纳工作适当分离，适当清运到其他垃圾场，就将会大大减轻本小区的垃圾消纳工作。

朝阳区市政市容管委会做出如下回复：

北京市政协第十二届委员会第四次会议
第 0205 号提案办理报告

徐坤委员：

您提出的《关于朝阳区华威北里小区 48 号楼垃圾楼整改的提案》收悉。现针对您在提案中提出为减少异味扰民，增加清运频次及向其他中转站分流垃圾等问题，将办理情况报告如下：

朝阳区华威北里小区因居住人口密集，加之紧邻潘家园古玩市场，地区生活垃圾产量高，导致小区垃圾中转站（48 号楼垃圾楼）垃圾日吞吐量大。由此引发周边居民特别是中国作协一些老干部对异味、噪声扰民的反映。对此，我们也采取了一些相应的措施，力求最大限度减少扰民。尤其是像您在提案所述的，为封堵垃圾异味，政府出资一百余万元对该垃圾中转站进行全封闭改造，就是我们为减少扰民采取的一项重要防范措施。

我们会同作业单位朝阳区环卫中心及属地潘家园街道办事处一道，认真研究了您在提案中提及的两点建议，共同商定相应的工作措施：

一、朝阳区环卫中心按照提案中要求，保证每天安排清运车，上午来两车次，下午来一车次，必要时下午再加一车次。遇有社会车辆堵塞垃圾清运车进出通道时，由潘家园街道办事处协调物业单位予以清障，以确保该中转站的垃圾日产日清。

二、为了减轻该中转站压力，我们已考虑将该地区的垃圾向其他中转站进行分流。我们的计划是：位于华威南路以南的弘善小区垃圾中转站预计将于今年 10 月前投入使用，届时，我们将调配潘家园古玩市场等处的垃圾进入弘善小区垃圾中转站转运，以减少进入到华威北里小区 48 号楼垃圾楼的垃圾量，使之达到减轻扰民之效力。

特此报告。

2016 年 4 月 21 日

是为序。

徐 坤

2022 年 1 月 7 日于北京以北

目　录

盛世华章

壮哉红旗渠 ……………………………………………… 3

北京大道 ………………………………………………… 8

天辽地宁，光芒涌入 …………………………………… 20

盛世中国说奥运 ………………………………………… 24

读书看戏

江山如画皮，人生如梦遗 ……………………………… 37

阿来，阿来：落不定的尘埃 …………………………… 40

张洁：恨比爱更长久 …………………………………… 45

叶舟：在地为马，在天如鹰 …………………………… 49

徐迅：闲寂风雅处，禅心入定时 ……………………… 56

李洁非和《典型文坛》 ………………………………… 59

当代文人知识分子的心灵史 ·················· 62

知识分子向死而生 ·················· 70

听莫言与库切对谈诺贝尔文学奖 ·················· 73

爱是这么短，回忆是这么长 ·················· 76

从语言到躯体：人艺的话剧与北展剧场的芭蕾 ·················· 83

电影《赵氏孤儿》：从高古到俗世 ·················· 92

裘山山的歌剧"天堂"和戴玉强的金嗓子 ·················· 96

邹静之：歌剧《西施》的情怀 ·················· 109

电影《盗梦空间》与新版电视剧《红楼梦》·················· 113

文学演讲

鳄鱼与母老虎 ·················· 119

当我们在谈论门罗的时候我们在谈论什么 ·················· 123

王蒙：上帝选中的人 ·················· 129

文学的土地 ·················· 135

萧红与张爱玲：敬重与追怀 ·················· 137

短篇小说：短兵相接与快意恩仇 ·················· 175

喝酒谈球

你那酒汪汪的玫瑰色女狐狸眼睛 ·················· 179

开往城里的喝酒专列 ·················· 182

我有茅台，鼓瑟吹笙 ·················· 185

球迷不转会 ·················· 189

张宇的那些球事儿 ·· 199

千秋大业一场球 ·· 204

长夜漫漫好看球 ·· 207

山水怡情

大明湖之恋 ··· 217

问世间情为何物 ·· 222

沈阳的美丽与哀愁 ·· 230

北京法源寺丁香诗会 ······································· 234

不识庐山真面目，陶令隐在此山中 ······················ 238

江南第一勾青——临海游记 ······························· 246

冬季的西双版纳 ·· 252

春江水暖，河豚飘香 ······································· 256

温州的温度 ··· 259

感天动地曹娥江 ·· 263

积水潭的风华世代 ·· 267

盘锦辽河艺术区的气魄 ····································· 270

走进长兴森林小镇 ·· 275

余干的湖·鸟·鱼 ·· 279

盛世华章

壮哉红旗渠

穿过十万座大山，绕过十万道沟坎，车子缓慢行进在巍巍太行山脉。蒙蒙细雨，早春阴霾的天空下，到处还都是一片土黄色的荒凉。大地雄健的生机，正沉默在路两旁坚硬剽悍的山体岩石下，静待暖意的绽放。长时间一成不变的景致，导致双眼有些疲倦。正收拢目光想要小憩片刻，突然听到同车的人喊：看哪！红旗渠！不由得一个激灵，迅速坐直身姿，将双眼向窗外打量。

"哗——"一道辽远雄阔的天河，蓦地展现在眼前！仿佛一条清丽的飘带，悬挂在巉岩壁立、万仞摩天的山间，盘桓于崇山峻岭之中，迤逦于奇峰幽谷之下。但听得河中水流潺潺，但见那堤上巨石垒岸。其势宛转舒展，其状宛若通天。天河一路跨省越界，源山西，望河北，奔河南，含王气，走龙蛇，威武不屈，气吞万里！

谁持彩练当空舞？真个是师造化，夺天工，迢迢银汉，人间天上，谁人到此能不震撼？！

下车，逆着河水的走向，步上渠岸，用双足丈量它的每一块石头，双眸凝视它每一滴珍贵水滴。冰凉的青灰色花岗岩，浸透

3

着经久岁月铸就的霸气，寒光闪闪；墨绿色的悠悠河水，浮动着艰难时世人民劳作的古朴沧桑，嘹亮悠然。那贵如油的水啊，就从遥远的山西浊漳河高处截来，按照河渠开凿出的走向，乖乖地九曲盘桓向河南林州大地下游流去。沿途千亩农田得到了它的灌溉滋养。

这就是举世闻名的红旗渠啊！你雄阔的分水苑，壁立千仞的青年洞，群峰耸峙的络丝潭……每一处工程节点，都构成一个景观，都令人唏嘘感动，叹为观止！这个跟大山较劲，跟老天爷叫板，在没有桥的地方筑桥，在没有水的地方引水，在寸草不生、鸟飞不过、兔子不拉屎的悬崖峭壁上开山掏洞、凿壁穿岩修出的水利巨龙；这个用民间炸药一炮一炮炸出来的、用冰冷钢钎一钎一钎凿出来的、用剽悍铁锤一锤一锤砸出来的、用太行山的花岗岩一块一块垒起来的一条翻山越岭、绵延一千五百公里的人工天河！将近半个世纪以来，你流淌出的是怎样一曲人类精神意志的坚强颂歌！

红旗渠，20世纪60年代中国农民手工创造的一个奇迹！越走近你，我越发惊叹你的浩瀚，你的博大，你的辽远，你的准确，你的精密！你的工程复杂艰巨的程度，在当时物质生产力状况十分低下的情况下，简直是不可想象，不可思议，非人力所能及！你的雄心在当时只能算是痴妄，你的狂想完全是由于生存所逼，完全是被恶劣的自然环境给逼出来的。生活在这块贫瘠土地上的老百姓，千百年来饱受干旱困扰，逢大旱之年流离失所逃荒要饭已成家常便饭。几朝几代过去，彻底改变老百姓生存状况的举措，历代封建统治者没有干，蒋介石的腐败国民政府也没有干。只有共产党领导的新中国，才能真正关心老百姓的疾苦，才能真正把人民的冷暖放在心上；只有共产党的基层领导干部，才能真正与人民同呼吸共命运，才能千方百计想着彻底改变土地干旱面貌，兴建"引漳入林"工程，让人民真正过上好日子。

战天斗地求生存的炮火硝烟早已散去。四十多年后一个宁静平和的春天早晨，我怀着景仰的心情，来朝拜这个比我的出生年月还要久远的红旗渠。悄然走过红旗渠绕山几千米细长平整的河堤，来到气势险峻的虎口崖下，看红旗渠水从凹陷的山崖当腰穿流而过。仰望高崖，头晕目眩。只见那尖耸利崖刺破苍穹，崖头的巨石悬空向外突兀十多米，像往外伸长探着的老虎嘴。它的脖子以下，怪石嶙峋，从喉结到胸腔一点一点往回收缩，上面的岩崖就形成一种奇怪的顶盖帽檐儿之势。红旗渠，则恰好镶在它凹陷的肚囊里。这样的位置，看起来十分令人恐惧，突起的帽檐儿巨崖似乎随时都能掉下来，一家伙把底下的人砸扁！即便是静止站立仰望，都会觉得目眩胆战，想当年，人们又是怎样炸开凿空它的肚腹，又用一块块崩下来的石头砌成拦腰弯曲的渠道？稍有不慎，崖头震落，就将有灭顶之灾啊！它的施工难度，由此可见一斑。当年的排险英雄任羊成，正是在这里，手握钢钎，腰系一根缆绳，在崖上飞来荡去荡秋千，不断除掉被炮崩落的险石。开山凿石的民工们，也都采取同样一种缆绳缠腰凌空作业的姿势，锤和钎一锤一钎地凿，土炮一炮一炮地崩，小心翼翼地施工着。倘若缆绳不小心被崖石磨断了怎么办？倘若炮捻点燃后提前爆破，而缆绳还没有被完全拽起，人还没能撤离到山头该怎么办？

无数个猜想和担忧，都被如今红旗渠的实绩所解答和驱散。

为有牺牲多壮志，敢教日月换新天！虎口崖的崖壁上，至今留有当年修渠民工的豪迈誓言："崖当房，石当床，虎口崖下度时光。我为后代创大业，不修成大渠不还乡。"人，不能没有信念，更不能没有信仰。有什么东西比信念更重要，比信仰更有力量？"虎口拔牙"的排险英雄任羊成，被滚落的飞石崩掉两颗牙齿，把血水往口里一咽，仍然坚持战斗在崖壁上，直到将最后一块险石除完；修建红旗渠总干渠咽喉工程青年洞的三百名青年突击队员，在 1960 年那个困难时期，没有粮，吃不饱肚子，就挖野菜、捞河草充饥，很多人得了浮肿病，仍坚持挖山不止。奋战一年零五个月，终于打穿了太行山腰，凿通了长六百一十六米、高五米、宽六点二米的隧洞，使红旗渠水顺利流过。1973 年，全国人大常委会副委员长郭沫若为此工程亲笔题写了"青年洞"洞名。

勤劳质朴的林县人，历时十年时间，动用三十万劳力，在无任何机械设备援助的情况下，全部是农民，完全是土法上马，靠手工原始劳作，一钎钎、一锤锤，硬是打造出举世无双的大型水利工程，硬是创造出堪与万里长城齐名的世界第八大奇迹！红旗渠不仅是水利工程学的奇迹，也是建筑美学的奇迹。如今，四十多年时间过去，渠坝上的每一块石头都森严壁垒，严丝合缝；每块巨石表面道道修饰性的水波纹图案都凿得一笔一画，美观齐整，毫不懈怠马虎。这样坚固美丽的工程，在如今这个物质丰稔、机械化电子化高度发达的时代，也得尽一百倍一千倍的监理才能做到。可以想见，那个时代，那个物质极度匮乏、精神信仰单纯的年代，人们对生命、对生活的态度何其严肃、庄重，对于美、对于永恒的追求何其刻苦、执着！

红旗渠，你这奔流不息滋养太行大地的生命河啊！晚辈后生只能向这一块块坚硬的石头行注目礼，向悠悠的河水鞠躬致意！红旗渠，你是人类精神意志的伟大胜利。你在用花岗岩的坚硬，在用滔滔不息的流水告诫我们说：人，总是要有一点精神的！

2009 年 5 月 23 日

北京大道

2008 年 5 月 18 日，胡锦涛总书记在什邡市蓥峰实业公司穿心店厂区指导抗震救灾工作时坚定指出：任何困难都难不倒英雄的中国人民！

五月的巴蜀大地，天空润朗，大地宁静而安详。青山绿水，到处可以看到灾后重建的忙碌和生机。一周多的时间里，中国作家采访团重访青川、广元、都江堰、绵阳、安县、北川、什邡几个重灾区，所到之处，无不经受感动，领受抗震救灾精神的伟大洗礼！这一年，四川人民过得不容易，全国人民也过得不容易。在地震废墟遗址上，在临建过渡板棚里，在恢复重建的新农村居民小楼中，在全国对口省市援建的高楼林立的巍峨建筑群中，我们看到了人类在大自然面前的无助脆弱，看到了四川人民在废墟上站立起来重建家园的坚强，同时也看到了志愿者和全国人民给灾区人民带来的支持和温暖。五月的四川，没有过分的悲恸和眼泪，也没有大地震刚发生时的惊惧和哀伤。在"5·12"一周年来临之时，灾区人民表情凝重，手捧鲜花，到亲人的遇难地点燃香烛，放响鞭炮，深情祭奠。追悼完毕，他们又默默转身离去，重新投入到建设新家园的忙碌中。死者长已矣，生者当勉力！去年此时，我们跟灾区人民一起目睹和经受了震后的惊恐和悲惨。一年之后重访，灾区人民平静的生活状况让我们得到些许安慰。同时，我们最为关心的是：在全国人民对四川的援建当中，灾区人民除了需要物质上的帮助之外，他们最需要得到支持援助的还有什么？2009 年 5 月 12 日，在四川汶川大地震一周年的日子里，中国作家采访团成员在什邡的采访，或许能够给人们提供几点有益的启示。

北京大道：北京速度

什邡是我们惦念的一个城市。它是北京市的对口援建城市，也是这次汶川特大地震的极重灾区之一。震前，什邡是四川的工业重镇，它有化工、冶金、建材、医药、食品五大支柱工业体系。四川蓝剑集团、四川宏达集团公司等骨干企业都位居于此。它还是全国重要的磷矿生产基地。这里风光秀美，有丰富的历史文化沉淀，大禹"禹迹仙乡"和古代水利专家李冰之墓是重要的旅游品牌。这里还是胡锦涛同志"三讲"教育联系点。在党中央及四川各级党和政府的殷切关怀、大力支持下，什邡的经济社会保持了持续、快速、健康发展的良好势头，GDP 位居四川省"十强县"第二，西部百强县前十名。然而，一场"5·12"大地震，让这个距震中汶川最近距离不足四十公里、同属于龙门山脉中段两翼的城市遭到空前的劫难！多处居民楼、学校和企业厂区坍塌，两个化工厂厂区数百人被埋，八十余吨液氨泄漏。位于蓥华镇穿心店的宏达集团公司磷化工分公司完全被震毁，如今已成为穿心店地震遗址公园。灾情发生后，党和国家领导人亲临什邡灾区一线，看望、慰问民众和部队，视察、指导抗震救灾工作。北京市委书记刘淇、市长郭金龙也亲临受灾现场，指导灾后对口城市援建工作。京什携手，共建家园。一年之内，灾区人民的生产生活都得到很大的恢复。

2009 年 5 月 12 日，我们一大早从成都出发，下了成绵高速，进入什邡界内。出了收费口，蓦地见一块巨大石碑耸立在什邡界口，上书四个大字：北京大道。这就是北京援建什邡的著名的广青公路，是灾后极重灾区第一条竣工的高等级公路，双向四车道，设计时速为每小时八十公里到一百公里。它也是什邡市第一条沥青混凝土公路。

说来很难想象，一个闻名遐迩的工业重镇，多年来却没有一条像样的穿行城市的主干道，一直被道路交通制约着对外联络发展，以至于人们拿着地图总要问：什邡在哪里？去宏达集团怎么走？不是没想修路，就是慢悠悠，一直也没修起来。四川人天府之国的悠然悠闲的人生态度，让他们干起什么事来都不疾不徐。这条掣肘什邡经济发展的广青公路，其实早就在立项规划了。它的规划图贯穿狭长的什邡市南北，南接成绵高速公路，北连什邡的师古、湔氐、洛水、八角、蓥华、红白六个重灾镇，沿线分布着几十家大中型企业，名副其实是什邡的"生命线"。从 1998 年就提出改扩建方案，到 2004 年初立项，2007 年 3 月 15 日终于破土动工。不想，2008 年 5 月 12 日，大地震一来，前功尽弃，修好的路面全垮了。

2008 年 8 月，北京城建道桥工程公司接到市政府命令，开赴什邡修路。这是北京市援建四川省什邡市的第一个项目。"用建设奥运的速度，为什邡人民建成一条路!"这是他们给自己下的死命令。道桥工程公司一边在北京紧张进行着奥运工程的收尾工作，一边派出近百人的精干施工队伍，坐飞机直奔四川什邡。到了以后，立即投入战斗，在余震不断和四川夏季连续的高温阴雨中，施工队夜以继日，奋战七十五天，将广青公路一期工程什邡至洛水段修成通车。什邡当地老百姓简直不敢相信，说这已经不是人的速度，这简直是天兵天将的速度!七十五天，相比起从前这条路从规划到动工兴建的十年，是个什么概念？这不仅是北京速度，也是北京人的意志、信心、精神面貌的体现。灾后的一切建设，都必须是生死时速。同时它也应该是奥运速度，是现代化速度，向空间要机遇，向时间要效益，永远追求更快、更高、更强!

这条什邡大动脉修好以后，不仅保证了震后灾区救援物资的输送，同时，它还改变了什邡人的生活。它将什邡融入了成都半小时经济圈，为今后的经济发展铺平了道路。以后，再到什邡，就走成绵高速，从成都下来，"唰——"的一声，车轮平稳滑过路面，矫健，无颠簸；再"唰——"的一声，上了广青公路也就是北京大道，不出四十分钟，到了!

什邡人民感恩北京，佩服北京援建人员。应老百姓的要求，当地政府将这条广青公路改名为"北京大道"，并在起点广汉处立碑以铭志。走在北京大道上，会看见路两边新修的农房门上贴着对联："意厚情深北京人，通畅便捷康庄道。"如今它的二期工程也已在四月底开工，由洛水至重灾区红白镇，是一段地形地势更为复杂险峻的山区公路，预计明年国庆节前通车。

我们想知道北京援建团队是如何争取这种高效率援建时速

的。穿过什邡老城来到城南新区，一座灰白静谧的二层板楼小院，就是北京设在什邡的援建前线指挥部。一进院，见楼门前打出巨大的横幅标语："提升能力素质，促进科学援建。"推门进去，一尊雕像赫然在目：青铜雕铸的两只紧紧相握的大手，下面黑檀木底座，大红绸花系裹。中间雕刻几个烫金大字："感恩北京，情系什邡——什邡市总工会赠。"

二层小板楼里静悄悄。今天是"5·12"忌日，多数人参加悼念活动去了，其余的人下了工地。我们要采访的来自北京市发改委、在这儿担任指挥部发展部部长的于俊翔，还有来自北京市委宣传部、在这里做宣传外联部部长的邓春富，以及北京建工集团的工会主席刘立晨等，这会儿都不在。楼上楼下转了一圈，见各办公室标牌上从工程规划到监理到档案室等等部门一应俱全。正门口两旁有两个醒目的墙报栏，上面将我们要采访问题的答案提示出来。一面墙报标题是"京什携手　共建家园"，介绍北京总体援建情况。目前，北京援建什邡总资金已超过七十亿元人民币，首批三十九个总投资四十七点九亿元的援建项目中，已开工二十五个，完工两个，其余明年全部竣工交付使用。北京在什邡的援建大军有三千四百人，其中挂职干部三十六人。

另一面墙报则在鲜红的斧头镰刀党徽标志旁边，写着通栏红色标题："抓党建，促援建，为对口支援工作提供坚强有力的政治组织保证。"下面是对口支援前线党组织设置框架架构图。前线分指挥部临时党委由三部分组成：协管、共管及挂靠党组织四个支部；机关直属党组织两个支部；施工单位党组织有七个支部。各级党组织的中心任务是抓基础、抓教育、抓服务、抓制度、抓廉政。

这就是鲜明的北京特色。有党组织的坚强领导，有完善的组织机构和明确的责任目标，党员干部带头，真抓实干，还有什么困难是克服不了的？还有什么速度是达不到的？不光是援建北京大道任务超速完成，接下来的日子里，帮助灾区"三年重建任务两年完成"的目标也一定能够实现。

北京小学：北京理念

　　北京的援建队伍在对口帮助什邡重建的过程中，除了加强公共基础设施建设之外，本次援建最重要的任务之一，就是修建学校。

　　学校，学校！一提起学校，总会成为这次地震中一个椎心泣血的话题！北川中学、聚源中学、向峨坝中学、映秀小学、什邡的蓥华镇小学和中学、洛水镇小学、红白中学、红白小学……那么多倒塌的学校，那么多无辜的小生命，说起来，总是让人悲愤满腔，泣不成声！

　　"再穷不能穷教育，再苦不能苦孩子"，这句话，我们在嘴边上念叨了多少年？！然而，四川汶川大地震这一震，却震出了真相，震出了问题。

　　责任一定要追问，惨痛的教训也必须要记取！必须用最快的速度、最好的设计、最佳的建筑材料，重建一座座美观、牢固、坚实耐用的高标准防震等级学校，让孩子们尽快恢复学习。

　　北京的援建队伍到来之后，当即做出决定，除了把什邡中学保留一点外，其余的什邡学校全部重建，没什么可说的！

　　占地七千二百平方米的什邡市实验小学，占地一万二千二百平方米的什邡市城南学校，占地两万二千平方米的什邡市外国语学校，占地六千九百一十七平方米的什邡市城北小学，占地六千四百平方米的八角镇中心小学……一座座漂亮的新校舍，很快就会在什邡这个总面积八百六十三平方公里、总人口四十三万人的县级市拔地而起！

占地六万多平方米的什邡职业中专学校，是北京援建的最大的一所学校，由曾经担任北京奥运工程设计的北京建筑设计研究院设计，北京住总集团有限责任公司施工。开工时间是 2008 年 12 月 20 日，竣工时间是 2010 年 5 月 10 日，质量目标是"芙蓉杯"。我们到达职专工地现场时，工人们正热火朝天地施工。巨大的横幅标语上写着"大干八十天，确保职专工程提前封顶"。北京住总集团十名工程管理人员的照片全部挂在橱窗里，上面有现场监督电话。

阔大无边的校园，教学楼、操场、实验楼、学生宿舍区等等功能区齐全，从规模和占地面积上看，已经远远超出一所职业专科学校的规模。陪同我们前来的什邡市文联常务副主席黎正明证实了我们的猜测，他说这里有计划要建成北京大学什邡分校，具体方案尚未最后确定。"这是一项大的跨越，如果一切真能实现的话，将带动周边地区高等教育的发展，什邡市的教育水平将不止超前二十年！"黎正明说。

援建力度最大的什邡市北京小学，在"5·12"一周年这个特殊的日子里，迎来了新校舍跟公众见面以及同学们向北京援建叔叔感恩赠送礼物的仪式。一大早，校园里就笑语喧哗，热闹非凡。小学生代表将他们亲手制作的贺卡、千纸鹤、幸运星、毛绒玩具等等往工人叔叔手里塞。北京建工集团的全部七名工程管理员叔叔接礼物接得手忙脚乱，乐得合不拢嘴。鲜红的国旗下，刚刚建成的教学楼高大、气派。楼的主体从中间向两翼延展，仿佛鲲鹏展翅。从空中俯瞰，教学楼设计成"北"字，操场是个"京"字。牛毛黄颜色的主体外墙，栗子黑的墙裙，砖红色塑胶跑道，绿茵茵的操场，色彩缤纷，分外喜兴。楼内配套各种现代化设施，图书馆、计算机室、阅览室一应俱全。建筑的抗震等级为设防八级。到目前为止，学校主体建设已经完毕，已进入内部装饰工程施工阶段，6月底完全竣工，9月1日保证孩子们按时在新校园开学上课。

这所原名什邡方亭四小的学校，在"5·12"大地震时教学楼成了危房。由北京市统战系统及非公有制经济人士捐建，投资将近三千五百六十五万元，修建一座新的学校。为了感恩北京，学校师生决定，将学校改名为什邡北京小学。

北京建工集团什邡城市小学项目部的贲建平师傅代表大家讲话，他说今天这个日子他特别激动，他自己也是孩子父亲，一见到学生就受不了。说到这里，他开始哽咽："我们起五更爬半夜苦干，就是为了一个信念，早日让还在板房里上课的学生进入新教室。"

北京小学五年级四班的林钰瀛，用彩纸在贺卡上拼成蜜蜂和小雏菊，深情写道："工人叔叔，你们不管严寒酷暑，不辞辛劳地为我们建学校，太辛苦了！老师说，你们一天晚上才睡三四个小时，飞快地为我们建成了学校，谢谢！'5·12'周年纪念日到了，本来您和这次地震没有太多关联，却为灾区人民付出了很多很多！您是平凡的，却又是那么的伟大！"

说着话，赶巧什邡市第一幼儿园的一群三四岁的小朋友也在老师的带领下，在这个有纪念意义的日子，拉衣襟拽后背跟跟跄跄跑到这里来参观啦！登时校园里奶声奶气一片。老师一字一句教小朋友说："感谢叔叔！""感谢阿姨！"小朋友就淌着哈喇子，拉长了声跟着学。阿姨说："长大了你们也要到这个学校来学习，好不好啊？"小朋友说："好——"

工人叔叔一见，赶忙把自己手里刚拿到的礼物分发给孩子们。拿到礼物的小朋友登时脸上乐得像开了花儿一样。

多么快乐！多么好！这就是灾区人民的未来，这就是中国的希望。我们今天做的一切，全是为了他们。有了他们，这块古老丰厚的土地，才会永远生生不息，生生不息！

什邡人民医院：人才培养和智力援建

一棵同心树，挺立在什邡社会福利救助中心的院子当中。这是一棵年轻的银杏树，从它的根上长出两棵粗壮的枝丫，向蓝天伸展开去。

这是去年北京援建什邡社会福利中心时和什邡人民一起栽下的。只过了一年时间，就已经长得浓荫华盖，十分茂盛。来自北京的援建队伍，在这里又创造了奇迹，震后只用了二十七天，就建成了什邡社会福利院一期工程的永久性北京节能屋，及时接纳了震后第一批一百五十名左右的"三孤"人员。这些外观像板房的节能小屋，冬暖夏凉，内部设施齐全，可以永久性使用。如今，更大规模的福利救助中心二期工程也已经竣工交付使用，来自什邡各镇的数百名"三孤"人员近日将集体迁入新居。新建筑共八栋楼，为砖混结构，三个居住单元，五个包括综合楼、救助站在内的单体建筑，使用年限是五十年，抗震设防度为八级。整个二期建筑面积八千七百平方米，拥有四百四十个床位，项目投资两千三百多万元。救助中心今后将具有社会救助管理、伤残军人安置、儿童福利院、托老院等多项综合功能。

我们随意走进一间节能屋，七十八岁的何乾贵老人和他的老伴住在这里。十平方米的房间，两张单人床铺，卫生间、电视、衣柜俱全，是一个小家的模样。饭菜不用自己烧，统一由食堂供应。老人来自八角镇的重灾山区，地震中儿子遇难。一见到我们，他就念叨说："去年今天，娃给打死了。家婆给带过来了。在这里吃得好，住得好。"他的老伴是个哑巴，嗓子里嘶嘶啦啦，用手比画：原来住在山上，现在，好！

福利院院长告诉我们，这些"三孤"人员都是免费入住的，一切费用都由政府承担。眼看到了中午吃饭时间，我们决定到食堂看看他们的伙食。顺着青石板甬路走到食堂，一路上看见三三两两端着饭钵去打饭的老人，他们神情安静怡然，饭菜从盒里飘出香味。今天中午的食谱是三菜一汤：青椒炒肉、大头菜炒肉、素炒豆芽、黄瓜汤。黄瓜汤和白米饭放在外面随便打。窗台旁边小黑板上标明就餐人数一百一十五人，特殊就餐人数二十七人。每月标准四百元（饮食保健费三百七十元，零花钱三十元）。

让老有所养，幼有所教，居有其屋，病有其医，是我们全社会的职责。北京这次援建，除了在公共基础设施、学校、福利院方面的援建外，投入精力最大、着力最深的就是智力援建。

什邡人民医院，这座什邡当地最大的医院，好不容易盖起一座新住院楼，定于去年5月12日启用。怎么就那么巧，当天正好发生大地震，整座大楼未经使用就宣告报废。

2008 年 12 月 1 日，北京建工集团进驻开工，援建新人民医院，预计于 2010 年 9 月 30 日竣工。新人民医院占地五万五千平方米，硬件设备达到北京的三甲医院水平，拥有高压氧舱、传染病楼、康复楼等，引进 CT 和核磁共振先进设备，投资是三个亿。硬件上去了，软件也必须跟得上。医院的软件部分还要跟北京对接一段时间。什邡人民医院的软件部分由北京朝阳医院负责，目前在北京培训的医护人员有三百来人。朝阳医院门诊部主任丁枭伟挂任什邡人民医院副院长，对于医院的科学布局、流程建设、成本控制、建设协调方面提出了许多专业性意见和建议。

来到什邡人民医院工地，见北京市总工会、全总文工团刚刚结束在这里的慰问演出，中央空地上演出的大红横幅还在，工人们却早已转身，又投入到二十四小时连轴转的紧张施工中去了。眺望五万多平方米的医院建筑群，我们感慨万千。光有先进的建筑和硬件，没有与之配套的先进的理念，没有优秀的人才，是不行的。

人才培养和智力援建是这次北京援建的重要一环。地震过后，当宣布什邡成为北京对口援建城市时，北京市委常委、组织部部长吕锡文就做出了"做好对口支持工作，关键在人"的指示，对灾区的智力援助迅速提上日程。市委组织部立即研究制订了《北京市对口支持什邡市灾后恢复重建智力援助方案》，选派干部挂职支援灾区。前线指挥部也专门设立了人力资源办公室，负责人力资源调配、专业人员和农民工培训、劳务输入输出等方面的工作。北京和什邡双方还将在医疗卫生、教育等多个方面进行更多的交流，什邡的几百名医生和教师已赴京接受培训。

除了教师和医生的培训，北京各文化单位也积极行动，帮助提高什邡的文化建设。除了纳入基础设施援建项目的总投资一点二亿的什邡广电中心和广播电视网之外，北京市文联、作协都在采取行动支援灾区。北京市文联党组副书记黎晶亲自率人到什邡考察，针对什邡"中国书法之乡"的特点，援助灾区开展书法活动，定于5月13日至18日在北京书画院举办"北京什邡书法交流展"。北京作协也派作家前来采访，相应开展援建活动。这些都给当地的文化工作者鼓了心劲儿，对于提高当地文化水平，促进当地的文化恢复和建设有着至关重要的作用。

2008年5月18日，胡锦涛总书记在什邡市蓥峰实业公司穿心店厂区指导抗震救灾工作时坚定指出：任何困难都难不倒英雄的中国人民！"5·12"汶川大地震给灾区人民带来了空前的灾难，同时，在灾后重建、百废待兴过程中，也提供了一个新的发展机遇。在这次全国十八个省市对口援建过程中，灾区人们受到发达城市先进理念意识的触动和启发，受到了不小的震撼。借助这个外力，他们不光要迅速抚平创伤，重整家园，实现当地物质产业的重建和升级，还要进一步实现人才培养、思想意识和精神观念上的重建和升级。唯其如此，才能真正建成精神和物质文明两方面都出色的新家园。

2009 年 5 月 23 日

天辽地宁，光芒涌入

"为什么我的眼里常含泪水，因为我对这土地爱得深沉。"

庚子年二月，书写辽宁家乡，几次提笔，几度哽咽，潸然泪下，泣难成书。

——那是因为连日来看到家乡抗击疫情驰援武汉，出征最早，人数最多，出人捐物，不惜代价；

——那是因为看到家乡数以千计的白衣天使在武汉火神山、雷神山医院赴汤蹈火，浴血奋战；

——那是因为看到家乡的医护英雄们紧急出征，匆匆打印的登机牌上，都只有座位序号没有名字，英雄出征，手里只能紧紧握着他们的"无名"；

——那是因为看到家乡把最好的医生、最好的医疗器械、最先进的医疗设备驰援武汉：东软医疗系统有限公司捐赠超高端CT，新松机器人自动化股份有限公司捐助三十一台机器人，华晨汽车集团三十台负压救护车驶向疫区；

——那是看到家乡驰援湖北武汉之后，人去楼空，医疗资源缺乏，省城沈阳关停全市门诊，海滨城市大连关停全市医院门诊，其他城市医院的个别科室也暂时停诊。家乡我的亲人们有病只能自己在家吃点药，实在不行也只能去看急诊……

家乡啊，辽宁！你长子情怀，无私奉献，最美逆行，大爱无疆，在生死考验面前又一次交出了磊落、壮阔、深情、豪迈的答卷。辽宁人的果敢和大爱，辽宁人的忠诚与持守，惊天动地，高义薄云。

天辽地宁楚江月，光芒涌入汉口天。

身为一个生在辽宁、长在辽宁、如今身在他乡的游子，此时此刻，分外觉得林则徐那句"苟利国家生死以，岂因祸福避趋之"说的就是辽宁，是献给辽宁无数有名和无名英雄的最好礼赞；分外觉得曹操的"老骥伏枥，志在千里，烈士暮年，壮心不已"说的也是辽宁，倾诉的是辽宁人的不堕心志。

大爱辽宁！大美辽宁！辽宁的山川美景看不尽，辽宁的动人故事说不完。辽宁人的胸襟，比星辰璀璨，与日月同辉。

伴随着共和国走过七十年历程的大省辽宁，除了河北省之外离首都北京最近的省份辽宁，从来都对自己的定位十分清晰。"共和国长子""共和国装备部"的自诩，是荣耀，也是责任。在大机器的轰鸣声中成长起来的一代或几代辽宁人，品尝过"咱们工人有力量，改造得世界变了样"的优越，半个多世纪的时间里以工人老大哥的担当和谦让为国家做着非凡的贡献，使共和国建设的脚步起步如飞。辽宁也经历过产业转型期的阵痛，面对传统制造业危机，辽宁人积极改革创新发展方式，辽宁老工业基地在凤凰涅槃中焕发新生，辽宁机床壮写山川秀，铸造醋描天地姝。

辽宁人胸中有气象，脚底有海拔。千里北方大平原，风吹稻菽千重浪。喝着清凌凌辽河水，吃着大伙房水库鱼。盘锦大米香又糯，红海滩螃蟹喜寄居。本溪水洞喀斯特，笔架山潮起潮又落。金石滩海浪拍岸起，鸭绿江桥畔思密达。登上千山鬼见愁，眺望辉山一盘棋。

"一朝发祥地，两代帝王都"，暖风下，斜阳里，雕栏玉砌的沈阳故宫，在青石的古道上投下一抹最后一个封建王朝的瘦金背影。这座向北京故宫致敬的清代帝王宫殿群，一砖一瓦、一皿一器，处处可见北方少数民族向汉民族文化学习的虔敬，以及"彼可取而代之"的勃勃野心。它们真实记录着努尔哈赤和皇太极女真人长风猎猎铁骑嗒嗒的剽悍和骁勇。出了故宫，两公里以外，耸立着另外一座地标性建筑：张作霖和张学良的故居——张氏帅府。一座古罗马廊柱盘绕的巍峨西洋建筑大青楼，周围环绕点点北欧风格红楼群与清王府式样的三进深四合院。这座中西合璧的老洋房里的人物，也成为改变中国近代历史走向的枭雄。

旧的地标永远凝固在历史烟尘记忆中，新的地标正在面向世界，面向未来，放射出强大耀眼的光芒。在昔日的沈阳铁西区的废墟上，中国工业博物馆、宝马铁西工厂、1905 文化创意园拔地而起。而东软医疗系统有限公司和新松机器人自动化股份有限公司等企业，正在充分展示辽宁今日制造业的强大实力。铁西区没了，铁西的后代们双雪涛、班宇、郑执却成了响当当的"80 后"青年作家，他们正在改变和改写着当代中国文坛的格局。

"廿载乡心劳远目，海云横处是千山。"辽宁山高水阔，气韵悠长。长子情怀曾经滋养出辽宁人睥睨一切、出手如梦、出口成侠的北方气质，转型期的阵痛又使辽宁人学会谦卑自持、抱朴守拙。

大美辽宁！大美家乡！辽宁的人文之美，给风景之妙添加了厚实底蕴。辽宁尽心奉职,在一次次国考中获胜,交出完美答卷。冬日将近,春即到来。祈愿武汉疫情早日结束,盼望驰援湖北的辽宁医护人员早日平安归家!

2020 年 3 月 5 日

盛世中国说奥运

　　现在是 2021 年的北京 3 月初春季节，距离 2022 年 2 月北京冬奥会的举办还有不到一年的时间了。全国人民都满怀激情和信心，盼望着又一次国际体育盛会在首都北京举行。在刚刚过去的 2020 年，在以习近平主席为核心的党中央领导下，全国人民齐心协力艰苦奋战，取得了抗击新冠肺炎疫情斗争的伟大胜利，中国人民团结一致的磅礴力量又一次彰显。北京正在克服疫情带来的影响，加紧筹办 2022 年冬奥会步伐，明年要在世界舞台上来一次隆重的亮相。可以想见，明年此时，北京将又一次成为世界瞩目的中心，天空焰火绚烂，大地瑞雪飘拂，春意爬满红墙绿瓦。来自五大洲的各国运动员朝气蓬勃齐聚北京，谱写一曲生机勃勃的人类颂歌，也是中国坚持倡导的人类命运共同体的颂歌。

　　2022 年的北京冬季奥运会是第二十四届冬季奥林匹克运动会。2015 年 7 月 31 日，国际奥委会主席托马斯·巴赫宣布 2022 年冬季奥林匹克运动会主办城市是北京，北京成为第一个举办过夏季奥林匹克运动会和冬季奥林匹克运动会以及亚洲运动会三项国际赛事的城市，也是继 1952 年挪威的奥斯陆举办冬奥会后时隔七十年第二个举办冬奥会的首都城市。

对于北京这座千年古都来说，继 2008 年举办夏季奥运会之后，相隔十四年又举办冬季奥运会，可谓是百年不遇的庆典，谱写了中华民族伟大复兴进程中的新华章。躬逢盛世，我们这代人，深深地为祖国的繁荣昌盛而自豪！

回想起 2008 年北京举办的夏季奥运会，我作为一名亲历者和参与者，不由得心潮澎湃，感慨万千！2001 年 7 月 13 日，在莫斯科举行的国际奥委会第一百一十二次全会上，国际奥委会投票选定北京获得 2008 年奥运会主办权。随后，国际奥委会主席萨马兰奇在莫斯科宣布，北京成为 2008 年奥运会主办城市！当天晚上，北京申奥成功的消息传来，北京四十万群众涌向天安门广场狂欢。守候在电视机前等待宣布结果的全国亿万观众瞬间情绪沸腾了！人们纷纷冲出家门，奔走相告，热烈庆祝这一国之喜事。申奥成功当晚的举国欢庆镜头深深嵌入民族复兴的记忆里。也是从那一天开始，北京正式进入"奥运时间"。

2004 年初，我作为一名北京作家协会的驻会作家，接受了作协分派的任务，创作一部奥运题材的长篇小说，从此与奥运结缘。从那时起到 2008 年 8 月北京奥运会召开，四年多的时间里我一直追踪着奥运建设的步伐，进行密集的采访和艰苦的写作，先后采访过北京奥组委的官员，"鸟巢"中方总设计师，"水立方"设计团队、中国建筑设计院、北京建筑设计院的建筑设计师，奥运会国家体育场项目部总工程师，也采访过奥运工地上的民工以及普通北京市民，时刻关注一点一滴有关奥运的信息，充分感受到 2008 年奥运会给北京带来的深刻变化。2008 年 4 月，在北京奥运会召开的前夕，五十多万字的长篇小说《八月狂想曲》由北京十月文艺出版社出版，书写了一曲"新北京，新奥运"的青春中国颂歌。小说出版后先后荣获第十一届中宣部"五个一工程"奖、第四届老舍文学奖。2008年9月，我还被北京市委市政府、北京奥组委授予"北京奥运会残奥会先进个人"光荣称号。2008北京奥运是国之盛事，也是我个人职业写作生涯中永远值得铭记的一件大事。

奥体中心的前世今生

机缘巧合，居京三十多年，我的活动半径一直都在北边，从亚运村到奥运村一带。从最早居住在清华东路学院路，到现在的三环马甸北太平庄，再到昌平小汤山一带，亲眼见证了亚运村、奥运村的出生和成长，看到了它前世的景象和今生的繁华。

2008年建起的新地标北京奥运中心（包括奥林匹克森林公园、奥运村、奥林匹克国家主体育场"鸟巢"、"水立方"国家游泳中心，以及奥林匹克会议中心的广大区域），离我家住的地方都不远。尤其是奥林匹克森林公园北园，如今已成了我周末闲暇时去跑步锻炼的操场。

2001年北京刚刚申办下来奥运会时，这片广大的区域还叫朝阳区洼里乡，是名副其实的乡下。在没有建成南北贯穿的立汤路和奥运大道之前，人们从北边进城，都不得不从洼里乡道路穿越而过。过了立水桥（那时的立水河上还没有大桥，所谓立水河，也只是昌平区的清河蜿蜒而下的一条臭河沟），拐上洼里乡狭窄逼仄的小土路，路边右首铁丝网拦着的，是洼里乡的"北旭野生动物园"。动物已经迁走了，只留下大门还在，还有狮啊虎啊什么的遗留的尿臊气味，时时从阴森的树林里往外飘散。路的左首也是树林，阴森森，成片成片，也用铁丝网拦着，外边还搭起一些临建，时时看见农民工模样的住户人家在里面煮饭聊天。小路极窄，只能容两辆车并行，晴天暴土扬尘，雨天泥泞不堪。稍微有点剐蹭，就把路卡死了，一堵堵半天。白天还好，晚上如果是一个人打车或者开车，就不敢从这里走，太黑，太背。没有路灯，夜风一吹，两边的森林摇曳，嘎嘎叫成一片，像是闹鬼，瘆人！每次从这里经过我都胆战心惊。

然而，谁能知道呢，这些树，却正是今天的奥林匹克公园里绿油油的参天森林！从 1991 年北京市向奥委会正式提出承办2000 年奥运会开始，洼里人就开始着手准备，从 1992 年起，就放弃了原有"贡米"的种植，开始为即将落户这里的奥林匹克公园大量种植奥运树，总共种了一万两千多亩的树。就是这些吓唬了我好几年的树们，等到了 2008 年奥运会开幕集体亮相时，那个油光滑亮，那个接天蔽日，那个枝叶纷披，那个葳蕤高耸啊！它们已经整整长了十六个年头了啊！早先不知道的人还多有啧言，说北京筹办奥运的七年时间想盖起几个建筑尚可理解，想要建起一座奥林匹克森林公园，不是痴人妄想吗？都说十年树木，百年树人啊！可他们怎么能知道，这十六个年头里，洼里人民为奥运做出多少贡献和牺牲！

出了这条森林小道，再往城里方向走，就可以看见洼里乡的乡村田园景色了。路旁大片大片的菜地，卷心菜啊、大白菜啊，圆滚滚的，长得很结实，田野还时不时飘来一阵阵大粪香。粪香伴人前行，过了一个红绿灯，就到了亚运村汇源公寓和北辰购物中心西门那个位置上，路西的菜地，就是如今的"鸟巢"国家主体育场和"水立方"国家游泳中心所在地。虽只是一条街口之隔，却是城乡之别。

2001年北京申办奥运成功，这块地面上的朝阳区洼里乡整体搬迁，总共两千七百四十五户、两万三千口人迁移，搬迁到昌平区小汤山、天通苑等十三个社区。2004年4月，洼里乡更名为奥运村乡，成立了"奥运村地区办事处"。2004年，这里完全变为奥运工地，洼里乡从北京版图上消失，"鸟巢"体育场、"水立方"游泳中心从这块土地上崛起。

从2004年开始，我接受写作奥运长篇小说《八月狂想曲》的任务，频繁出没采访于这个世界上最大的建筑工地，年复一年，日复一日，眼见得它从菜地、乡野、黄土、钢筋、水泥、混凝土、沥青、气泡、板砖……变成了眼下的奥运中心地区的壮阔与恢宏。

从北京城的中心大道长安街上下来，沿中轴路的延长方向，往北，往北，再往北，北得不能再北之时，就到了北京的新地标——举世瞩目的奥运中心。2008年8月8日，第二十九届北京奥运会开幕式上，二十九个焰火大脚印，就从北京城的上空闲庭信步，左一脚右一脚，迈着舞蹈演员的八字步，从天安门广场上空一路五彩缤纷地走到"鸟巢"国家主体育场开幕式现场。新中国盛世华章从此留下灿烂辉煌的一幕。

"鸟巢"体育场与中方总设计师

采访"鸟巢"国家主体育场总设计师李兴钢，是我职业生涯里重要的一笔。没有这一笔，就没有随之而来的我对于奥运意义和建筑设计的感性认知，也就没有小说《八月狂想曲》里那些痛切而长的对于时代、历史、命运、机遇的重新领会和认知。

作为奥运会国家主体育场"鸟巢"工程的中方总设计师，李兴钢是个重要采访对象，不采访上他不行。随着一群钢筋铁骨的庞大支架铮铮雄起于北四环边上，能容纳近十万人的大型体育场"鸟巢"越来越引人注目并惹起争议。几次联络，几次失败。百般周折，终于得到首肯，去他供职的中国建筑设计院采访。

2006 年的深秋，北京的 10 月非常美妙，车公庄大街两旁的洋槐叶子在太阳底下油亮油亮的，衬着中国建筑设计院的大楼也和颜悦色，一派老绿气象。进去找李兴钢的办公室，没费什么力气。出现在我面前的李兴钢，瘦削、白净，留个小平头，一副圆形无框眼镜，一件黑色条绒上衣，说话还有几丝腼腆，看上去像个内敛的书生。如果不是事先知道他是 1969 年出生，此时应该三十有七，单凭直觉，第一眼有可能把他当成是二十七岁的在校研究生。

话题很快进入专业建筑领域层面，李兴钢在自己话语势力范围里庖丁解牛，游刃有余。这是我所见过的年轻建筑设计师中最中正圆通、含而不露的人。

都说机遇垂青有准备的人，机遇也驾幸有才干的人，机遇其实更眷顾孜孜矻矻、怀揣天下之人。

早在 2003 年初，当中国建筑设计院选择年方三十三岁的李兴钢作为中方代表，去瑞士同赫尔佐格和德梅隆建筑事务所合作，参加 2008 北京奥运会国家体育场工程设计竞标时，便已经决定了奥运场馆设计的走向——面向世界，面向未来。

在人才济济、群雄并立的"中国院"，李兴钢的起跳高度并不算高，他是天津大学建筑系的本科毕业生，要在设计院里赢过那么多硕士、博士、海归，必须将动作难度系数扩大到别人的数十倍上百倍才行。几年下来，他拼力搏杀，刻苦钻研，出国进修，弥补短板，设计的作品多次获得各种大奖，三十一岁时就评上正高职称，并当上了院里的副总建筑师，是建院五十多年来担任这个职位最年轻的一位。几个跳空高开，李兴钢就把起点的不利抹平了。每跳一次，都会跃升到更高一个平台。

只有经历过那种"国家院""皇家院"里竞争的人，才能体会其血刃程度。就连通常的论资排辈逐步拾级而上，都是一次次浴血拼杀，更遑论要跳空高开。李兴钢年纪轻轻就能取得如此业绩，可想而知他的智慧、聪颖，以及对事业的奋斗拼搏程度。

2003 年底，当"鸟巢"方案中标并开始建设时，古人说的那种"劳其筋骨、饿其体肤"的磨难和考验就开始了。"鸟巢"体育场开工以来六百多个日日夜夜的煎熬，几千张图纸的审核，协调政府、业主、各建设团队的关系，瘦身去盖，削减造价……无休止的争议、诘难……阐释意义，面对媒体一次次苦心孤诣地重复表述……两年多时间的紧张、失眠、亚健康状态，直至有一天恶心、呕吐，李兴钢不得不被送进医院治疗输液。

有谁，奋力跨过几百米栏，却只为回味栏杆撞击大腿时的疼痛吗？跨越它们，扫清障碍，迅疾奔向终点，这才是正果和目的。两年多过去，"鸟巢"披盔挂甲，沐浴朝阳，映照西山晴雪，远眺香山落日，正以它无与伦比的几何造型，矗立于古老的中轴线上。

检索既往的艰苦历程，李兴钢此时神态宁静，已是一片云淡风轻。

——压力面前，你是怎么撑住的？想没想到过万一不成功呢？

我有点很不专业地提问。

他笑了，大概是笑文人的白痴。其实问完之后我心里就立刻蹦出答案。怎么能不成功呢？这是个只能成功不能失败的项目。有制度做保障，体制做后盾，有什么事情是做不成的？无非是距离期望值的远近不同罢了；无非是要拿金牌，就必须比别人遭更多的罪罢了；无非是无尽的磨难历练考验煎熬；无非是笃信执着；无非是对目标的渴望、对前程的信仰比别人更坚韧、更虔诚罢了！

采访到这里，我想，我已经知道小说该怎么写了。大时代的激情岁月，个体的渺小，对于运命的把握，说是身不由己，其实步步留痕，掌控在每一步印记里。一个人的职业生涯，就是漫长的等待，精修精进，历练，充分的时间空间量的积累，才能换来有朝一日的喷薄而出。

好了，开始吧！《八月狂想曲》就从年轻的建筑师这里开始，奏响第一个音符！皇皇五十万字，仍然不得尽兴，一直，一直，一直朝着那金声玉振、钟磬齐鸣、万民欢腾的 2008 年的 8 月轰鸣呼啸而去！

2008 年 8 月 24 日夜，国家主体育场"鸟巢"里燃烧了十六天的奥运圣火熄灭。尘埃落定，大幕闭合。国际奥委会主席罗格在北京奥运会闭幕式上致辞："这是一届真正的无与伦比的奥运会！"

无与伦比！八月狂想曲！一代人，一桩事，就这样，在磅礴壮阔的钢筋混凝土的合颂之中镌刻进历史。

奥运文化遗产

2010 年 8 月 8 日，纪念北京举办奥运会两周年时，有关部门请来阿根廷球星梅西和巴萨俱乐部在"鸟巢"国家主体育场跟北京国安队踢了一场球，一时间球迷会聚，安静了许久的"鸟巢"奥运村又热闹起来。像北京的其他奥运赛事场馆一样，这座能容纳近十万人的"鸟巢"体育场，是奥运会给北京留下的丰厚的文化遗产，丰富了人们的精神文化生活。作为令人骄傲的北京新地标，这些奥运场馆向世界展示着中国强大的国力、卓越的建筑技艺。一座座优秀的建筑就是一首首凝固的诗篇，矗立在大地上，供人们参观、吟诵、瞻仰。同时，这些体育场馆也发挥着务实功能和赛后运营效益，如"鸟巢"体育场就经常举办一些体育赛事和大型文艺演出。这里举办过世界田径挑战赛、足球比赛、田径世锦赛、青少年足球比赛等，明星成龙、王力宏、汪峰都曾在"鸟巢"举办过演唱会。北京卫视的跨年晚会也多次放在"鸟巢""水立方"举办。2021 年北京卫视跨年晚会的主题是：鸟巢跨年夜，浓浓冬奥情。演员们用美妙的歌声，唱出了对 2008 年夏季奥运会的留恋，也深情唱出了对 2022 年北京冬奥会的期盼和祝福。

如今，从北京城的中心大道长安街上下来，沿中轴路的延长方向往北，从北四环上北辰西路，没出多远，蓦地就会有一架钢铁编织的庞然大物"鸟巢"赫然映入视野。依伴着它的，就是充满蓝色气泡的"水立方"。它们就像太阳下的双子星座，亦如大地上多情的母豹与相伴的雄狮，构成和谐的太极阴阳图。继续往前，走上奥林匹克公园大道，双向四车道的马路平坦如画，中间巨大的隔离带里花木扶疏。路旁没有人家，只有森林公园里的绿树森森，只有云杉和银杏枝头的小鸟啾啾。短短十几年时间里，北京新亚奥区域就以骄人的气概，雄起于东方地平线上。

北京不断在变。它越变越好，越变越漂亮，国际化大都市的气概令世人瞩目。不变的是北京悠久的历史文化和风土人情，不变的是那一份世道人心。对于北京，对于新亚奥，对于前世今生洼里乡和奥运村，我们大多数人可能都是过客，流年碎影，脚步匆匆。所幸的是，我们同时见证了一个风起云涌的激情时代，见证了古老丰厚的北京的飞速发展。

2021 年 3 月 5 日

读书看戏

江山如画皮，人生如梦遗

——李敬泽之《小春秋》

李敬泽的文字是玲珑的。是玉面玲珑，包了浆的，思接千载，神游万仞，八面威风，水润圆通。《小春秋》是一部才子之书，六经注我，我注六经，天地玄黄，宇宙洪荒，历史在他的笔底鲜活，千年智者披发当风，孤独求败，既轰轰烈烈，又灿烂淫靡，终不过，是江山如画皮，人生如梦遗——把历史读成小说，把日子过成段子。非如此，便不能照见历史和人性的本相。

如今江湖之上，勇猛无畏挑逗撩拨历史者何其多也！《小春秋》腰封上那五行广告，从《百家讲坛》一直数落到过世的张爱玲她前老公，竟把庸、昏、奸、痴、娇几种模样唠叨全了。真乃"妖风"，毁人不倦矣！商家急着卖，也不带这么比附的。

《小春秋》虽然形式上也轻快照人，然而却大自在中有大庄严，小得意里存小须弥。李敬泽谑浪笑傲，谈经论道，看似拈花摇扇，纵意恣肆，却于轻拢慢挑中随处留意，谨小慎微，苦心孤诣，孜孜以求，怀有国学大师钱穆所说的对历史的"温情和敬意"。他隔了时空，穿过《诗经》与《论语》，越过《春秋》《离

37

骚》《史记》《酉阳杂俎》……会访先哲先贤，自由轻松地与历史对话。"星沉海底当窗见，雨过河源隔座看"，李商隐的入道诗《碧城》，成了进入历史隧道的入口和出径。星沉雨过，海底河源，皆当窗可见，都隔座能看。"海底"与"河源"，蓦地，竟跳空高开，平起两个八度，在收口时拨了上去，系紧一根虚无完美的弦。义山诗那些繁缛的意象，竟不复隐晦与消沉，转而成一个当世者宏观世界与宇宙的气度和海拔。

　　每一代人都有自己对历史的解释和应答。《小春秋》或许就是我们这一代人心中的历史，是—代人的怕与爱，是对历史"不二法门"的生动的文学性表达。历史，在一位才情横溢的文学批评家眼中，纷纷还原成"人"的故事，人性尽情勃发与袒露，人性的强悍与弱点同样暴露无遗。从形形色色的历史纪事里，他探讨人类的道德底线（《那些做不到的事》），考量自由的限度（《独步可以舍我乎》），研究公共事务与私人事务的区别（《活在春秋之抱柱而歌》），同时也看到鲁迅所说历史"吃人"的本质（《其谁不食》）。他要努力探究，在没有宗教依托处，那些支撑人类精神的动力来源。从伍子胥过昭关一夜白头"两千年的孤独，三千丈的白发"里，他看到了英雄的孤独和力量（《伍子胥的眼》）；从长期风行的历史悖论里，他更是无畏地为知识和知识分子正名（《当孟子遇见理想主义者》）；"对于那些不管以劳动伦理名义还是以精神纯洁性的名义，剿灭人类精神生活的人"，他要大声昭告："任何一个人的精神活动，都终究离不开人要吃饭这个事实。他的思想、想象和精神是他在世俗生活中艰难搏斗的成果，即使是佛，也要经历磨难方成正果，而人，他是带着满身的伤，带着他的罪思想着，思想者丑陋，纯洁的婴儿不会思想。"可谓铿铿嗒嗒，掷地有声！充分体现一个真正知识分子的担当与正义。

《小春秋》里的文字，枝叶纷披，妖娆妩媚，美艳绝色的形容词雕栏玉砌成深宫后闱，人走进去，乱花迷眼，闻香先醉，欲罢不能，后悔自己当初练了《葵花宝典》。看得出，这应当是作者一次比较愉快的写作经历，御风而飞，几千年的歌吟复沓过后，终于在一袭生命华美的旗袍上捻出虱子。唧唧复唧唧，离骚复离骚。几千年的文人墨客也都像屈原的门徒，骚情、骚动、骚乱与风骚，薪火相传的才情气质终归涂抹不掉。

由于作者太有才，辞藻过于绚烂圆润华丽，因而往往容易滑向边界，一不留神，就跑偏了——不是小沈阳的苏格兰裙裤没开裆开气儿的跑偏，而是观众眼力和理解力的跑偏。我的理解力就不太好，被他那汉赋骈文似的斐然文采撂倒以后，又跟跟跄跄爬将起来，从头检索，才能揣摩出他原本的端庄意义。也正是这种枝蔓缠绕交叉小径的热带花园繁景，才展现了文学家的纪事与史学家学术考据爬梳的不同，也才体现了文人读书笔记与精神思想史记的真正魅力。

小春秋，大般若。《华严经》说："譬如一灯入于暗室，百千年暗悉能破尽。"隔着"海底"，隔着"河源"，《小春秋》仿佛让人看到：彼岸，一群披发孤独者，正红尘万丈，月黑风高；此在，一人带发修行，并一灯如豆，倚天屠龙！

2010 年 5 月 31 日

阿来，阿来：落不定的尘埃

话说 1997 年年底京城的严冬，我看见那个叫阿来的一脸沉静的藏族青年，端坐朝阳区东土城路 25 号作协十楼的会议室，听一群学者诗人宣判《尘埃落定》一本奇书的命运。他面如重枣，色如佛陀，眉间一颗醒目吉祥痣，表情亦僧亦俗，深棕色的衣袍，鞋子上蒙着尘土，仿佛已经走过很远的路，无数等身长头千山万水跋涉到此。

《尘埃落定》。嘉绒草原初霁的雪地和啁啾啼叫的画眉，一下就把在座汉人们的心擒住。谁也不知道这个格萨尔王的后代、年轻的游吟诗人是从哪里来的，他吟唱的一段近代藏民边贸史也仿佛熟悉又陌生。精致、绵长的汉语纪事，不仅有甲骨和雕版的硬度，更有丝绸和羊皮卷的柔软，还加上了酥油青稞酒的香醇。人们都被这部说唱史诗迷住了。

谁能想到，这却是一次半民间性质的青春聚会，到会的拥趸，几乎都是初出茅庐不知天高地厚的年轻人。人们更无法想象，彼时，在 1997 年底开这个会时，《尘埃落定》的书还压在人民文学出版社的印厂没出来，人们看到的，还仅是《小说选刊·

长篇增刊》上选摘的二十万字书稿。

当然，就连阿来自己也没想到，不出几年，这部陌生藏族青年的陌生作品，就成为文学史上负有盛名的经典。

那次会，应该是可以载入当代文学史的一次聚会。在2010年的今天，在哪里还可以找到不花钱、完全出于热爱而给一个陌生作者和陌生的书开个研讨会的事情吗？没有了。而在那个时代，都说是商品经济大潮铜臭滚滚的时代，竟然还有那样一群年轻人，有信仰，有决心，尊重和崇拜文学，将写作当成神明，每每看到一部好书、读到一篇好文，就由衷喜悦奔走相告。他们将读书当成这一群人心有戚戚站在时代高地的接头暗号。

《尘埃落定》这部从1994年完成之后就在各出版社之间艰难游历的书，直到1997年才由《当代》编辑周昌义、洪清波将"疲惫的书稿"带回北京。人民文学出版社副总编辑高贤均看后称赞是部好小说，决定出版。出版社将订数定在很冒险的一万册。

当此际，中间出现一个人，对阿来这部经典的问世和后来的举世闻名起了巨大的助推作用。他就是当时《小说选刊》的编辑关正文。当时他常为他们的《长篇小说增刊》到各出版社抓书稿，高贤均向他力荐《尘埃落定》，他看过后决定先选二十万字发。刊物出来后，又是这个关正文张罗要开个《尘埃落定》研讨会，并且决定"不要老面孔，不要老生常谈，刊物送到新派评论家手中，还送了一句话：有谈的再来，没谈的不必勉强来。效果是奇异的，研讨会本定在四十个人左右，结果来了六十多人，很多人是知道了《尘埃落定》这部书来研讨会旁听的。很快报纸上陆续出现关于评价《尘埃落定》的文字……这下该出版社坐下来商量对策了"（见责编脚印的回忆录：《阿来和〈尘埃落定〉》）。

脚印女士大概还不知道，刊有《尘埃落定》的杂志还是由关正文自己开着车子挨家挨户送的，那情景相当感人！那次会，除了人文社的几个年轻编辑外，记得李敬泽、戴锦华、我、徐小斌、崔艾真等都去了，都发了言。我那篇发言文章题目叫《小说，作为一门叙事的艺术——读〈尘埃落定〉》，首先高度表扬阿来作为一个藏族作家，比汉族作家还要纯熟的汉语思维和表达；然后分析他的整个知识结构，就是《史记》以降的汉民族文学文化传统，以及欧美从马尔克斯的魔幻现实主义到米兰·昆德拉的性政治解构主义风格的影响；最后提到，以傻子为主角的故事，稍有一点文学史常识的人读起来都不陌生，比方说辛格的《傻瓜吉姆佩尔》，比方说君特格拉斯的《铁皮鼓》，再比方说历史书记官的舌头两次被割比之于司马迁受阉刑……

阿来的写作可以说是继承了先锋派的叙述手法，同时又避免把自己对语言的纯熟敏锐的把握当成杂耍技巧炫耀，而是采取更为平实贴近的态度，把所有的机锋、所有的才情，都在看似朴拙实则精到的叙事中加以掩藏。他运用他从前写诗的经验，将小说中的对话和描述处理成诗一般的有韵律的形式，但是比诗更自由，在隐喻的处理上更加明朗和豪放。段落结尾处一些对历史的叩问和反诘时时呈现有华彩的调式，其对历史颠覆和反讽的面目在抒情式挽歌的豪华盛宴里总是欲盖弥彰。其间并无任何哗众取宠的噱头或添加某种媚俗的商业发酵剂，而是将小说真正当成一门语言的叙事艺术来做。从这一点上说，阿来也为今后的小说创作提供了一个方向，为那些业已瓦解的宏大叙事的恢复提供了一点信心，也同时辟出了一道可能险胜的蹊径。

我必须要大段摘引一下 1997 年 12 月写下的对阿来的评价，目的是为了更准确地表扬年轻的阿来以惊人才华创造出的经典，也顺便佩服一下年轻时候的我们。人在年轻的时候，都是那么纯净、纯粹、心无旁骛，连喜欢也是由衷而纯洁的。如今，已过不惑之年的我，再也无法激情燃烧地阅读某部书，然后抱有虔诚之心第一时间写出有硬度的评论；一如年届知天命之年的阿来，再也不会写出饱含青春气息的、抒情华美的《尘埃落定》，而是写出有如摩挲转经筒、参禅入道般的《空山》，写出大众欢乐文化辞典《格萨尔王》。

那次会议之后跟阿来也没有什么来往。无意中在一篇冉云飞与阿来的谈话录里见阿来说过这样的话："在不少评价《尘埃落定》的评语中，我个人比较看重女作家徐坤所认为的我所做的努力，是在探讨一种取胜的险道。当然这种取胜并不完全是像竞技体育那种夺冠后的胜利感。"

这是发表在 1999 年第五期《西南民族学院学报》上的文章，《尘埃落定》尚未获茅盾文学奖。此时，别人的评价和自己的评价，都是由衷的、客观的、无碍的、发自内心的。见了他这样的谈话，也让我跟阿来心有戚戚焉。

有关我的这篇书评，还有个后续的小故事：后来在刘庆邦的文章里又见提及。庆邦 2005 年发表在《山花》杂志《有关徐坤的几个片段》里说："她有一篇评介《尘埃落定》的文章，我是

43

偶尔读到的。看徐坤文章里流露出的那股子高兴劲，仿佛《尘埃落定》不是阿来写的，而是她徐坤写的。近年来，我很少看长篇小说，一是长篇小说太多了，看不过来；二是有点时间我还想着炮制自己的小说呢。出于对徐坤的信任，我把《尘埃落定》找来看了，一看就放不下。谁不想承认也不行，这部长篇真的很棒。"

当然，摘引这段文字，主要还是要表扬阿来和《尘埃落定》。连刘庆邦这种老实人都说好的书，还能不好吗？2000 年，《尘埃落定》摘得第五届茅盾文学奖桂冠，从此，书的命运和人的命运都要发生深刻转变。必须的！

鲜花、掌声、哗哗的版税、大师的桂冠、各种荣誉及官场头衔……纷至沓来。

然而，阿来这个藏回混血的汉子，有着巨大的定力，他自在修为，已然进入很深的境界。往后的日子，跟阿来在一些采风开会的场合频频相见，就体会到俗世之中一个肉身的阿来：含蓄的，多情的，叼着粗大古巴雪茄的，总背着巨大单反炮筒对准花花草草拍照的，已经像将军一样挺着小肚肚的，开会坐主席台时不如老干部那样能坐得住，而是每小时至少要借故离席跑两次厕所去外廊抽烟的……形形色色的阿来，品貌簇新。

然而，另一个"金胎"的阿来，却永远于文字中呈现：宽阔、厚重、内敛、精进、深沉、笃定……他能时时重起梵烟，却也世世侬本多情。别忘了，他也是仓央嘉措的传人啊！

阿来就是这么一个有宗教情怀的作家，一个歌者，他以汉语诗的方式在大地中吟唱，以美妙动人的回藏舞步在异质文化中穿行。

2010 年 9 月 1 日

张洁：恨比爱更长久

　　这是我早就想写，然而却一直延宕至今的题目。这个结论让我惊悚，我只怕它一说出口，就把"我们"——无数女人对现世爱情的期待给彻底泯灭了。这样一本用血和泪、疯狂与绝望共同交织构筑而成的"无字"天书，谁能破译得了？怎能想见，写出《无字》的张洁，就是二十年前，那个满怀亲爱、泪眼迷蒙呼唤"爱，是不能忘记的"张洁？二十年是一个什么概念？二十年的风刀霜剑在一个灵性充溢、智性高蹈的女人身上刻下数道年轮后，便会使她修成如此正果吗？

　　无字天书。无字我心。《无字》其实哪堪破译?! 它只如一把无形的利剑，将人世间善男信女对待情事的一点点虚幻，尖锐地挑破了。很凉，也很伤感。作为叙事主角的女主人公吴为，在追忆自己与丈夫胡秉宸及其前妻白帆的关系时，时时回顾追溯母亲叶莲子与父亲顾秋水、外祖母墨荷与外祖父叶志清的一世情缘。三代女人的爱情遭际，一个世纪的离乱沧桑，压抑在传统、流俗、战争与革命情境下的命运坎坷，都令我们扼腕叹息。我们优柔的同情之心被深深地触动了，如同在读《世界上最疼我的那个人去了》时一样，书中的结论，在我们心间形成一个大大的疑问：俗世之中，男女之爱与母女之间的血缘之亲，究竟孰轻孰重？谁是我们最后的情感寄托和皈依？不敢想，不敢问。只是将浸透着血和泪的一本《天书》拿起来，又惊恐地放下，再拿起来，再放下，如是反复，不忍卒读。

从前我们在《爱，是不能忘记的》那里懂得了爱，深深的爱，由禁忌之中而一定要完成和坚守的爱；现在，我们却在《无字》天书里理解了恨，由无际的爱而化生出来的恨，它同样是柔肠百转，刻骨铭心。若说在世袭传统压迫之下，祖母墨荷与母亲叶莲子那代女人的爱情命运还仅仅是可怜；那么像吴为与胡秉宸建立在革命年代的、有着强大的以反叛为前提的自由自主之恋，到最后竟也脆弱得不堪一击，这已稍微显得有些不可理喻。通常而言，男人都是功利之中的俗物，被生存迫压得躲闪来躲闪去，在计算精确后，总要找一个最稳妥的巢穴供自己安放沉重的肉身之躯；而只有女人能够单纯为爱而疯狂，而歇斯底里。这其中有男权文化一贯统辖、迫害、教唆的原因，也有女人自身内分泌方面的毛病，为爱情而燃烧起来的女性躯体，靠自身力量根本无法控制和扑救。无论是书中那个白帆还是吴为，其实是犯了一样的女人通病，以局外人之眼观瞧，不知她们反复结婚离婚复婚，共同为着争夺一个老同志胡秉宸到身边来供养，究竟有什么意趣。其实她们都很优秀，都能凭自己的力量生活得很好，比那个老来怀才不遇的胡秉宸要活得更好。依今人观点论之，只要她们把目光稍稍从胡秉宸身上侧开去，越过一面巴掌山，看看好男人在路上到处都有，何必为一个负心人而撕扯不休？

然而，不行。她们的青春年华，她们的血与肉、名誉与热忧，都与这个人浇铸在一起了，她们为他付出了太多，她们的青春热情都要被他吸空、淘干殆尽。他总是把自己和她们分别合成一个人，又总是把自己从她们之中的一个身上强力撕开去，撕碎了，撕成两半，再与另一个人拼接，又粘贴成新的一个人，从而重重地伤害另一个。仿佛他喜欢做这样的游戏，从中得到充分的成就感和快感满足。那便是过往年代给男人脑中遗下的"妻妾成群"的后遗症毒瘤。而女人，在一个思想和身躯业已解放了的时代，谁还堪自己的身体总被撕裂？谁堪自己总被左一次右一次撕扯得血肉淋漓？

由此，怎能不生恨？撕皮捋肉、撕心裂肺的爱，全身心的奉献，毫无保留而付出的爱，全都化成了恨，痛心疾首的恨，无以复加的恨。她们的恨是一条蛇，咝咝作响，吐着疯狂的芯子，将愤怒的火焰喷向仇家。只要她们的仇家还活着，就构成了她们自己艰苦活下去的力量。这恨直到仇家死的那一日方可泯灭。但仍不能泯灭，因为他的死不足以将情债偿还，却反而将她们自身恨着他、摽着他的"活着"也一起葬送掉了。构成她们存活的精神支撑登时垮塌，她们也随之满怀失落、惆怅与怨愤地死去。大幕合拢，人世间的一幕情戏方才收场。

女人们啊！

然而这恨，却总显得虚浮，显得不那么真切。因为她发现自己明明还是不能放弃，明明还是不舍。在邂逅往日情人时，她尽量装作冷漠，假意寒暄，假装视而不见。然而在擦肩而过的一刹那，她仍听见自己心里"怦"的一声，竟发现眼角不争气地湿了。这时候她才知道，她嘴里说了多少恨，可她心里蕴满了多少爱啊！她为这种爱而愤懑、羞惭，同时充满自艾自怜。

哀莫大于心死。心中还有恨，就值得庆幸，因为毕竟没有忘怀爱，没像电脑没被装置时那样白痴傻瓜。假如有了爱，不懂得细细体会和珍惜，像那个白帆和胡秉宸，只把它当成阴谋和手腕，那也是白活得可怜。生而为女人，本身就是不幸，就是苦命。一道凄婉哀怨的母性血缘，便是"我们"共同的来路，天生无法选择；而几许未来明亮的去处，却是可以通过奋争而达到，就像那个果敢的第四代女人婵月一样，说走就走，想爱就爱，命运完全由自己主宰。谁也休想以爱情或其他的名义欺侮、蒙骗，令我疯狂自挂东南枝，我却可以运用六脉神剑大法，想把谁挂在树上就把谁挂在树上。

爱不可怕，恨也不可怕，可怕的是冷漠，是见面假装不相识，是激情、热望、真心的泯灭，是一辈子都难以复苏的生命热忱。那些伟大的作品之所以流传于世、散发永久魅力的原因，正是在于恨，在于说不完道不尽排遣不开宣泄不尽的恨。它将人带入无限形而上的迷思之中，促使我们早日将人类在世的生存疑惧破解。

而没有爱，哪来的恨？

正是爱，提供了一切恨所必需的先验性前提。

超度他吧，就像超度一朵谵妄的花，那样一种男人的水性杨花。

爱情本无所谓善与恶，只有自作自受，心甘情愿。

心、甘、情、愿！

1999 年 3 月 5 日，酒后酩酊

48

叶舟：在地为马，在天如鹰

一、相　　见

1. 在叶舟诗集《大敦煌》的第一百三十七页，夹着一张十年前（大概是 2000 年）我顺手搁放的暂充书签的便条，就是宾馆床头柜上搁置的那种常见便笺。那上边的抬头是"敦煌市悬泉宾馆"。便笺底下，压着的是叶舟的诗《青海湖》——"心灵的继承者！这野花沸腾的水面多么宁静"。便笺上边，有我涂抹的零星句子："刀子中的刀子/你是/男人中的男人/王中之王。"

用铅笔，也是宾馆床头柜上跟便笺配套的短铅笔。

2. 十年后，为了写这篇叶舟评记，我重新翻阅《大敦煌》，于是乎便与这张古老的便笺不期而遇。纸笺已经发黄，而铅笔字迹仍然清晰。

3. 一折小小的便笺，见证了岁月，也见证了当年，一个文学女青年为一个诗人迷狂的过程。

4. 还是要从这首《青海湖》说起。

5. "心灵的继承者！这野花沸腾的水面多么宁静。"

——《青海湖》开篇的诗句，轰然作响！它构成了我跟诗人叶舟的第一次相遇。

6. 1998年秋季，我跟随西南军区的队伍进了一次西藏。有过进藏经历的人都知道，人在高原时，顶礼膜拜，奋力向上，同时又头疼缺氧，生不如死；一旦回到平地，事后的回忆咀嚼里，全是圣洁的唱诵与光荣，很容易犯上"西藏控"。那种高原情结会持续一两年高烧不退。更有甚者，像当年同去西藏的刘醒龙兄，"高原控"一直延续了十几年，一提西藏就大脑缺氧，眼泪汪汪！醒龙兄终于在今年秋天又上去了，上去之后果然激动，含泪发短信，写诗，诉说被高原提升的海拔高度。

7. 在地球的高地，无人处，理想主义者和浪漫主义情怀的人群纷纷萍聚撞击。站得越高，脑袋越大。世界在太阳穴里嗡嗡作响。

8. 我的西藏情结大概也持续了一年之久。回来后疯狂阅读有关西藏的书籍。某一天，在一家小书店的不起眼角落里，发现两本《西藏旅游》杂志，彩色铜版纸印刷，精美漂亮。立刻如获至宝，站在架前翻阅。蓦地，《青海湖》，那些带着海拔、带着高原寒气与凛冽的诗句，咚咚咚撞击我心扉：

> 心灵的继承者！
> 这野花沸腾的水面多么宁静。
> 野蜂凄艳，
> 蝴蝶呼喊，
> 一阵阵高入天堂的狂雪引人入胜。

9. 站在原地，逐字逐句读着，水汽激滟的诗句，写的仿佛不是青海湖，是西藏纳木错，我到过的那个有着海拔四千七百米高度的高原神湖。

10. "像十万散失的马群／披挂了精神的经幡／哦，我内心的气象和海拔／将毁于一旦。"——《青海湖》

11. 被这样的句子迎面击毁，痴痴的，呆呆的，一时竟不知今夕何夕，今年何年，高原峥嵘岁月扑面而来。将这两本杂志买下，回到家中，之后做了件更加痴迷的事情：将《青海湖》一字一句抄写，用那种湖蓝色的西湖水印信笺，然后寄给同去西藏的女作家川妮。当时她还在成都军区服役。沉浸在"西藏控"里的我俩，回来后还时不时互相写个信，回忆一下高原什么的。

12. 川妮很快回信，由衷赞叹：诗人真他娘的伟大！

13. 那个年代、那个岁数的文学女青年的为诗癫狂为人笑，由此可见一斑。

14. 从那时起，就记住了一个叫"叶舟"的诗人。同期杂志还刊了他的另外一首诗《打铁打铁》。这么刚硬又翩翩的诗，一定是个西部那种外部粗糙、内心细腻的大汉吧？或如我们在高原上见到的红脸膛藏族男子？

15. 有机会一定要见一见这个名叫叶舟的诗人。

16. 隔年，机会来了。又有一次跟随北京作家队伍去敦煌的旅行。先到兰州，要有一个程式化的两地作家对谈。看到预先发的与会者名单上有"叶舟"两个字，不禁眼前一亮：就要见到写诗者本人了！等到两边人马安定下来坐好，我偷偷打问哪位是叶舟。有人指向对方人群。顺手指方向一看，跟想象中的形象相反，却是一个安静的白脸青年。不像西部汉子，却像古代南方遗留下来的白面书生。

17. 看他瘦削的身材和面庞，暗想：他哪里来的那么大力气，锻造出那么有力量的诗句，胸腔里似乎藏得下雷霆万钧？

18. 轮到要说话时，我说：来到甘肃，与作家都不太认识，就是想见见叶舟，很喜欢他的诗，还曾经抄录下来与朋友共赏。现在终于见上了！我非常高兴……

19. 叶舟接话说：我们在北京见过。

20. 底下人群"哄"的一声笑起来。北京这边小怪话就起来了：瞧瞧，瞧瞧，献媚没献好吧？见过人还装作不认识。

21. 我的脑袋也"嗡"的一声大了，无地自容，赶紧自我解嘲说：是吗？可能是当时人太多，不记得了。人记不住，却能清楚记得住你的诗。

22. 同时，心里却在愤愤：不插话，给人留点面子，会死吗你？！

23. 下会以后，才去握手寒暄，问他：我们什么时候见过？叶舟说：去年，在民族大学旁边，张颐武兄组织的饭局上。

24. 他这样提示，我仍记不得曾经的相见。颐武兄的气场，那叫多么大啊！雄震万里，笼盖八方。有他在场的场合，哪还有别人什么事儿哟！都统统成了蹭饭的蹭会的蹭镜头的摆设。别人互相记不住，也是应该的。

25. 好在，现实生活当中，叶舟是个随和柔软的人，对朋友很尽心。不一会儿，酒席宴上一喝起来，就把前嫌忘了。

26. 一场指认的笑话，还是让北京方面军取笑揶揄了我一路。

27. 我们的队伍还要继续往西部腹地深处走。临别，叶舟赠我诗集一册：《大敦煌》。

28. 今日我再翻这部诗集时，发现除了有我自己的数处眉批，整个扉页都是空白，竟然连个"请惠存""请指正"字样都没有。

29. 足见，当年，那个写诗的小子，那个白脸青年，内心何等狂傲、狷介、不羁、怠慢！

30. 那正是他的黄金时代，是他的"十步杀一人，千里不留行"的大胆狂徒、醉鬼和侠客时代——十几年后，李敬泽在《叶舟小说集·序·鸡鸣前大海边》里这样说。

二、《大敦煌》

31. 《大敦煌》就这样碰巧伴随了我的敦煌一路行。既是行游指南，更是精神指北。漫长的路途，翻到哪页读哪页。有时临睡前的小憩时刻，我和同屋的女作家轮换着朗诵他的诗，《敦煌的月光》《敦煌十四行》，献给常书鸿的《敦煌小夜曲》，献给张承志的《致敬》……

32. "大雪封山，只剩下我和敦煌/于最后一片草原，占山为王/诗歌的王，女儿敦煌。"——《大敦煌·卷一·歌墟·西北偏北》

33. "哦，当日光渐近/屋梁或玫瑰的传唱：日光渐近/这悄然的引领，只为青年知道/这神示之上的预支，只为美德听取。"——《致敬》

34. 这些淬火的诗句，撞得人眼睛生疼。简直是要吐血的写法，一口，两口，喷涌，飞溅，喷薄而出，一直抵达命定的高度。

35. 写完这部诗集的人，我想，应该气绝身亡。

36. 有评论为证。颜俊：《叶舟诗歌中的速度》，见《大敦煌·附录》。

37. 有关"叶舟"的词条:"七印封严的书卷/这白脸青年抱紧的药箱:在地为马/在天如鹰。"——《大敦煌·卷一·歌墟》

38. 果然,在诗人的举念、青春的盛会、祝颂和祷词都已供奉和捐献之后,在新世纪的黎明和曙光里,小说家叶舟开始呈现,具形。

三、羊群入城

39. 对于诗人叶舟来说,假如,诗是一种攀登,永无止境的上行;那么,小说的下坡路,就是直接通往死亡的。珠峰登顶的人,往往死在下山的途中。

40. 叶舟用写诗的句子,来策划小说,语言仍然凛冽,倨傲,充满内在的紧张和爆发力。他用起承转合的情节,用故事的戏剧性逃脱了注定下山乏力的命运。

41.《羊群入城》《目击》《两个人的车站》……仍是一片诗歌的阵仗,处处燃烧有《大敦煌》余烬的火光。像一个蓦然闯入的孩子,以自己顽强的逻辑,不肯与生活和解。

42. 到了 2006 年,他摸到了下山营地,节奏舒缓,平心静气,宣布登顶后的撤离已然成功。评论家雷达这样评介叶舟二十余万字"长篇情感悬疑小说"《案底刺绣》:"叶舟是著名诗人,他一旦着迷起小说,这个诗人的主体和小说便出现了一种奇妙的化学反应,并产生了一种奇特的文本。因为,诗人小说家的想象力比一般人的想象力飞翔得更远。诗人的敏感洞烛了小说,对人性的挖掘会产生幽深,诗人灼热的目光面对女性,使女性更加美丽。《案底刺绣》一书，就是小说跨上了诗人想象力的产物。"

43. 作为小说家的叶舟，里里外外，完全是一副入世的样子了。在小说的会议上，也常见到他。在《十月》杂志那次笔会上，一见面就看他愁眉苦脸，心事重重，问是怎么回事，说是儿子在学校打架，被老师找上门来。我们一群写小说的不可救药的世俗主义者齐声撺火，说：这有什么！男孩子，就该打架！大不了你去代表家长承认错误，给人家赔偿赔礼道歉不就完了嘛！叶舟想了想，好像觉得也对，这才是生活的逻辑。于是眉头舒展，高高兴兴跟我们喝酒去了。

44. 2010年，叶舟的中篇小说《姓黄的河流》，写出了类同《大敦煌》的雄厚气象。在杂志上读过之后，我立即给他发去短信，赞这是一部中国版的《朗读者》。当然，也许他自己并不愿意这样被比附。

45. 《姓黄的河流》是他十年下山、十年磨砺、励精图治、肝胆相照之作。他已经技巧圆熟，指挥调动有力，想象力丰沛，对母语遣词造句有讲究，自如地将跨文化情境、悬疑色彩、诡异情节……这些好小说里该有的元素都运用起来，构建了属于他自己的一个"文化论"的王国。

46. 在地为马、在天如鹰的诗人！
这一地鸡毛、醉生梦死的小说时刻，
可还记得，
那野花沸腾的水面，
曾经多么的宁静？

2010 年 10 月 24 日

徐迅：闲寂风雅处，禅心入定时

徐迅的文字太静了，静得令人心惊。看似波澜不兴，禅定处，却于天地间有大声响。不知为何，读他的文字，总会令我想起日本的《万叶集》及松尾芭蕉的俳句《古池》："悠悠古池塘，青蛙跳进水中央，扑通一声响。"徐迅把过去推到前台，叙事以平调起步，舒缓，克制，没有高潮，甚至没有一丝起伏，坚定到有些执拗，以一种固定不变的节律，散步与遐思。他又是每个文字都发力，暗藏玄机，恨不得音节里都有灵魂扑上去——灵魂能有几瓣，容得下这许多消殒？

这是我读到的他的第二本书，之前是《半堵墙》。依然写的是时序物候，农事亲情，还有那些已经消失了的乡间手工艺。此时他远在千里之外，隔山隔水，于万丈红尘当中纪念它们，由此凭吊着自己的青春与童年，说不尽的闲寂风雅与物哀。

那文字看似老成持重，温润如玉，明眼人一看，就知还没怎么包浆呢。依然有深山里刚开凿出来时的清光与突棱，无论他怎么自觉摩挲，收敛，也依然藏匿不住那微微的伤痛和冰寒。他的"大地芬芳"，不是北国的一望无际平展展没有天际线的平原，而是南方的，被植物、雨水、秋风、落叶、虫豸、小动物逃遁的浅痕分割的田垄、河塘、树林、油菜田。怡然平静的大自然里，却是层峦叠翠，气象万千。

当然，大地沧桑。大地不光如诗如画，还有劳作，有艰辛，他的文字里于是就有了对农人与自身的悲悯与体恤。只是那疼痛如黄连，总是被一小瓣一小瓣掰开，兑入糖水里，在需要时饮用，且细细回味，咂摸起来，才能体验现今日子之甜。当他说起1999 年的"双抢"，乡村留给他的"疼痛"的时候，仍按照他自己的美学原则，跟说乡村的"美丽"是一样的基调。对农事劳作的憎恨、厌恶和逃离似乎是没有的，叙述到被疲惫收稻累得奄奄一息的弟弟时，却忽然宕开去，叙写弟弟热烈欢快地谈论世界杯足球赛；而磨盘一样转动劳作着的母亲、勤勉劳苦的父亲，对世界也丝毫没有怨言，他们的生命天生就是贴在大地的四季轮回里，永不分离。当说起那些乡间虫豸小动物，"写在虫子边上时"，似乎又有点得意于钱钟书的"写在人生边上"之喻，也像法布尔的《昆虫记》，一举一动里有着真切的欢愉和热爱。

徐迅就是那么一个能把握好温度和调式的人，绝不泛溢，也绝不亏虚。温文尔雅，含蓄冲淡，无数次地循环反复，咏叹打造他的遥远的记忆中的乡间。一切为了符合美学规范，"克制"是他的优势也是局限。

跟徐迅的交往，是单纯的酒友和牌友的联系。酒肉穿肠过，佛祖心中留。牌局酒局，他都不是中心的那一个，是主动往后撤，隐身到幕后候场区，置身其中又超然物外的一个。他的牌，玩得极精的，却不动声色，总是当替补的角色。人手不够时他顶替，人多时他主动让贤。他的酒，也是喝得极好的，即使放量喝，也抵不过矿上兄弟的三分之一，但是态度极虔诚，布酒，热场，当酒司令，学着煤矿人们的豪放。他的好，细腻，体贴，你看不见，也不让人看见，属于润物细无声的，让你自是受用和享受着了，却不觉得欠他。

他就是这样凡事极力让别人好，谦恭着，维护着，顾全大局，成全别人。这种品性脾气，是安徽人该有的吗？应该不是，至少那个安庆人陈独秀不是，倒像徽州人胡适之，也许更像老乡张恨水。作为张恨水研究会的一名要员，那股"自是人生长恨水长东"的气韵，无形中打造了徐迅的闲寂格致、风雅物哀。

曾想，面白形瘦的书生徐迅，应该是穿长衫的，戴一架老式眼镜，右手撑着油纸伞，左手提书，款款迤逦而来，从安徽到京城。罡风吹乱他的头发，棉袍子的一角被北国严冬的凛冽凶猛扯起。

如果，时光能够倒流，回到一百多年前，那个风云际会的大时代，徐迅这个安徽潜山人，以他的脾气秉性，当是哪个班主和扛旗的角色？张恨水？陈独秀？朱光潜？胡适？徽班进京，曾经改变了一段文娱历史，陈独秀与胡适，更是改写了新文化的命运。

而今，这个浮世里，一切都变了。我们再也无法改变世界，也只能想法改变我们自己。这才是我们这一代人的真正物哀。就譬如说徐迅，他只能够"星垂平野"，却无法"月涌大江"，就如同他的两个安徽籍老乡胡适与陈独秀在美学气质上的区别。没有办法，性格使然，命运使然，时代使然。行至水穷处，坐看云起时。我们就跟着徐迅的文字一起感受那些即将消逝的大地的美好，跟着他一起在浮躁的世界里努力气定神闲。

2010 年 8 月 17 日

李洁非和《典型文坛》

跟李洁非一起在中国社科院文学所共事多年，知他是一个严正、律己之人，也是一个清平、狷介的学者。他的新作《典型文坛》（湖北人民出版社出版）再一次证明了我的这个判断。这是一部深厚、雄辩的史论著作，也是一部现代"史记·文人列传"。他以散文家和小说家的低调"叙事"，用"还原历史现场"的讲述方法，为广大文学爱好者再现了文学史上某些生动的瞬间和节点，所论丰富，所述有趣，知人论世，从容道来。然字里行间，却是忧不尽、道不完的历史悲怆和荒凉。

其实在汇聚成书之前，他所写的某些篇章，如论丁玲、论周扬、论赵树理等等长文，曾先期在《钟山》《长城》《中华读书报》等等报章期刊上发表。笔者在零散得见时，还只觉得读来有趣，被他对历史的重新发现和对某些细节的精心钩沉所吸引，觉得这是比小说更精彩的人物传记或"别传"，补充了现今流行的某些大而无当的文学史之不足。待到这许多篇什合成一本之后，沉甸甸在手，捧读时，那感觉却变了，满篇都是历史的沉重与沉痛，与先前阅读时的愉悦判若两样，只剩几丝哀叹、几分惶然萦绕胸中。

只要看看他对评述对象的"选择，然后观察"（《典型文坛·自序》），似已无须评断，结论不言自明：丁玲、周扬、赵树理、张光年、胡风、老舍、夏衍、郭小川、姚文元、浩然……所选十一人，都是风云际会中的文坛著名人物，从文艺部门管理者到文艺创作者，命运跌宕起伏，平生遭际一波三折。正是他们的命运，决定了当代文学史书写的基本走向。《典型文坛》以人物命运为线索，融会贯通，打通文学史的"现代"与"当代"分界，在一个更加开放的空间、更加寥廓的背景里，从道统士统的文化传承中，探讨代际转换之时的士人心态。其研究的时间跨度、研究的对象、探讨的问题，远不止于当代文学史的六十年，而是一百年或者更远，将镜头和目光推及现代、近代，推及现代性之于中国社会之影响，推至新中国成立以后社会主义文化艺术生产，包括它的运行规律，其产品的加工、生产、制造，它的运输、包装和营销，它的一整套工艺流程，它的管理者与生产者之间的角色互动关系，等等。这是一部背对历史、朝向未来的著作。观察者的目光开阔、坚定，远远超越了当下，贯通过去、现在和未来，具有无比的穿透力。

《典型文坛》是一部中国文人的命运交响曲，是英雄交响曲也是悲怆交响曲。它是中国文人的百年孤独，荒诞与喧嚣交织，乖张与疯狂并行。它通篇探讨的就是命运，历史长河之中一个个典型或"非典型"文人士大夫的运命和转运。《长歌沧桑——周扬论》《凋碧树——逝世二十周年说丁玲》《误读与被误读——透视胡风事件》……这些研究对象当中，无论是由职业官员而成诗人作家，或由作家文人而升职业官僚，无论小文痞而成大打手，还是老农民跃升新榜样，无不是"别看你今天闹得欢，就怕秋后拉清单"，充满人间喜剧味道，实则却是人间正剧和悲剧。有人说李洁非的这部书有点像李辉、陈徒手、刘锡诚的散文笔法，又如黄仁宇《万历十五年》的史论构架。我个人意见更倾向于后者。"世间已无张居正"，黄仁宇在《万历十五年》中说。世间从此亦无海瑞、戚继光与李贽。但问《典型文坛》撰述者：世间可再会有丁玲、周扬、浩然、赵树理、老舍？当一个制度确立以后，如果连万历皇帝老儿都无可奈何，那么，一代又一代文人，又能指望他们做出什么出格的事情来呢？

李洁非在当代文坛从业既久，饱受浸淫，难免处处与文坛人与事都有勾连。难得的是他依然能够保持疏离，以"槛外人"的警觉与高洁姿态，以一个独立知识分子的立场，保持学者的客观中正之心，不为各流派或利益集团所掣肘，大胆推论，小心求证，看似含而不露，实则处处藏有机锋。读罢这部厚重的《典型文坛》，不由掩卷长叹！是为书中人物命运，也是叹作者：八十年代那个才华横溢、潇洒峻急的青年批评家，已然是知天命般的冲淡通脱了！

2009 年 7 月 21 日

当代文人知识分子的心灵史

——写在《高洪波文集》出版之际

《高洪波文集》凡八卷，皇皇四百万言，近由安徽文艺出版社出版。揽卷拜读之际，恰得中国出版集团总裁聂震宁《我们的出版文化观》、陕西作协副主席王蓬《王蓬的文学生涯》大书赐赠。骤见"文学生涯"几字，不禁莞尔：如日中天、风头正健的一代，何来"生涯"之论？及见书中这几位北京大学首届作家班同窗间的彼此唱和，不由感叹："恰同学中年"之骄子，当年鲁院与北大联办"黄埔一期"班学员，历经三十余载，勤勉用智、斗力之后，早已做活、入神、通幽。一盘棋，下到如今，九段们渐次开始完美收官。

代际归属

选择高洪波作为"社会主义文化生产生成发展史"的研究对象，笔者深知这是一次冒险而严肃的旅程。不仅是因为研究对象本身正处于现在进行时的活动时态，前方尚有无限广阔的释义空间，而且，由于研究对象本身涉猎题材领域的广泛众多，也给最终确定其创作门类归属及其创作身份指认造成了障碍。笔者更愿意把《高洪波文集》看作是一部活动的当代文人知识分子的心灵史。充分探解其中奥义，探究这一代人在道统与士统之间的文化传承，以及他们倾力把握二者之间平衡的能力，是这部《文集》提供给我们的精深奥义和价值所在。

无论是从代际归属还是文学史研究上的个案而论，高洪波都极具代表性。他既为创作者又处于管理层，对其创作历程和作品的分析，就不仅仅要归于单纯以体裁题材划分类别的当代作家作品系列，而是要归于另外一个"典型文坛"序列：丁玲、周扬、赵树理、张光年、胡风、老舍、夏衍、郭小川、浩然……由这些士人先贤所构成的由"现代"到"当代"摆渡的文学史序列（李洁非：《典型文坛》），归入张天翼、严文井、束沛德等儿童文学作家和管理者的序列。由此，高洪波身份的象征意义和作品的隐喻功效才能凸显。

这代人，完全是新政权诞生之后出生的一代新人，没有上一代文人知识分子在政权更迭和代际转换之时的内心纠结。他们从小写着"万岁"发蒙长大，有过鲜花明媚的少年时代，创作活动肇始于上世纪80年代初，是经由作家协会这个体制批量打造和培养出来的文艺新人。改革开放的三十年，是他们登上文学圣坛的盛世嘉年华。及至后来他们身处各个部门管理层，在社会主义文化生产链条中担负起承上启下的使命。

干部家庭出身的高洪波，少时富足而有优越感，曾为第二批而不是第一批入上少先队而深感郁闷。当同龄人当"知青"上山下乡插队改造时，十八岁的高洪波又幸运地当兵进了军营，获取一条那个时代年轻人最光荣的出路。70年代末转业进入中国作家协会，由炮兵排长转身而为《文艺报》记者，从此开启文学创作生涯新的一页。如此看来，他简直应该算是"衔玉而生"了，所有的程序都已经事先预置，前程平坦，康庄大道一望无垠。按理说应该天真无忧，只需被按下"开始"键，就会自动按程序一览无余运行下去。

如果不是曾经有过的挫折遭际，如果不是"文革"乱世中他的家庭曾有过受冲击的伤痛经历，高洪波的创作面目和人生走向还是不是今天这个模样？他的文章和人格气质中还会不会有"避"，有尊奉一代巨匠龚自珍的"剑气""箫心"这些机缘？

"剑气"与"箫心"

我注意到《高洪波文集》中多次提到近代史上一代文学巨匠龚自珍对他的影响，从学诗时的手书抄录龚氏诗文，到《文集》第八卷末尾的跋，他将创作的起源和归宿皆落于龚氏诗文的发蒙与蕴藉。

诗海浩繁，古义渊薮。高洪波独选择了龚氏诗文加以尊崇，且最深爱的又是龚自珍晚年辞官南归之时的《己亥杂诗》，不能不说是命数作祟。龚氏这部大型组诗的沉郁与感愤，彼时正跟年轻高洪波的心境相吻合。当其时，他为官的父亲遭受冲击，家庭正跌宕在运动挨整的不幸中。年轻的高洪波心有所悸，且心有戚戚，对龚氏诗文中"落花""剑气""箫心"领会颇深。更有甚者，他还将自己书斋题名"避斋"，正取龚自珍诗句"避席畏闻文字狱，著书都为稻粱谋"，并请友人刻了一方闲章："避斋主人稻粱谋士"。用他自己的话解释说，虽然境界不太高，但也是多一事不如少一事，乃在生活中疏淡自在、与世无争的性情使然。

一个"避"字，是他对龚氏诗文旨趣的感受和体悟。"避"非躲避与回避，而是不相与争，免除无谓的争议和争斗，力求办实事，忌矜夸。而龚氏诗文中盘桓萦绕的"剑气"和"箫心"的中心意象，则铸就了他诗心的美学向往。剑气多慷慨，而箫心常缠绵。这些意象构成高洪波自身的美学追求和人格期待，其现世宗旨即为直面人生、勇担道义的责任感。

于万千诗文中，独撞上龚氏诗，并由此规定了命运和走向，如果不用《易经》里的运数来阐释，几乎很难从中解说。我们也可以换一个假设：假如当初高洪波学诗时喜欢上的是屈原李杜白居易等等，后果又将如何？气质决定诗心，如同性格决定命运。即便遭遇上或者曾经遇逢过那些人，倘若气场不相接，也会如风过耳丝毫不受影响。学诗途中，唯龚自珍之"避"之"剑气"之"箫心"，最能令他领受和会心。

有了"避""剑气""箫心"三柄长剑指心，姿态纷呈洋洋八卷本的高洪波诗文面目端的是清明俊朗！

从二十岁时在军营发表第一首《号兵之歌》开始，到结集数卷本的诗集问世，其间无论状写边塞、军旅、咏史、怀古，还是感遇、唱和、思辨、抒怀，时时能见峥嵘激烈，继而可闻悯世伤怀。他的诗，着眼于比兴寄托，非显其辞采的华靡和意象之雕润。看似平淡疏朗之句，然"言在耳目之内，情寄八荒之表"。诗人常御风而行，行吟泽畔，诗出每每能与人同忧，与花鸟共乐。高原红土，边陲小路，洞房花烛，求学偶感，俄国纪行，雅典春天……都能让他倍感"人海茫茫，诗歌荣光"（《文集·诗歌卷》）。其写境状物，尤其志深笔长。

高洪波的散文随笔，与诗同源，谈天说地，往来酬唱，承袭古风，博通今雅。尤其那些玩砚弄墨、拜玉藏石的鉴宝之作：《砚友》《书斋石》《玉缘》《琥珀，琥珀》《欢喜佛》《米什卡》……最能显其造化，已玩出很深的境界，颇有刘伶醉酒、渊明爱菊、东坡玩砚、米癫拜石之风，一度曾快要接近玩物丧志败家炫技的段位。却不知怎样一个机缘，让玩兴正酣的藏家戛然止步，一个华丽转身，重回儿童文学领地，加入"洪波金波大男婴创作群"搞低幼写作去了！

赤子之心

高洪波最后选择软着陆于童书写作且是低幼写作领域，率领一帮正在吃奶的孩子，咿咿呀呀，与鸵鸟对视，跟大象欢歌。于观局者看来，这一盘棋，当一系列高难度的技术动作"飞""跳""提""尖""劫"完毕之后，大模样已经派定。余者，只需谨慎若愚、守拙，步步为营沉稳官子，前方胜景基本不会有什么改变。

高洪波正是选择了当初落子布局的金角银边之地作为快乐收官之所。80 年代的鲁院与北大联办"黄埔一期"作家班里，他正是以儿童文学作家身份选入的，且是唯一一个获得全国儿童文学奖的作家。如果说，80 年代初为人父步入儿童文学写作领域时，高洪波还是"平调"起步，一切皆出于自在、自然的生命冲动；那么，新一轮他的"高调"重返，就已经是自觉自主的生存选择了。当高层的文艺领导者身份给自身的写作造成了难题时，高洪波选择了知其不可为而为之，且要有所为而有所不为。重返熟悉的儿童文学领地就成了此时最好的选择。

在外人看来，这不啻为是一次巨大的文学和政治上的冒险。彼时的身份已经跟二十多年前起步时不可同日而语。再回原点，大人物而写小小文，如何降低姿态呼朋引类？作品又将遭受如何评判？再则，于陈冗繁缛的行政事务纷扰中，如何还能调整心境进入清澈透明的童书写作之中？须知，童心视野里可是最揉不进半点旁骛、些粒微尘的。

我相信，对高洪波而言，这不单是一次写不写、怎么写以及写什么的有关体裁题材上的选择，这也是他周旋于群僚之中缓释生存压力的一次非凡努力。以赤子之心、童真之气，来平和、中正俗世烦扰和喧嚣，是为其此时写作的终极目的与目标。他自己也曾说过"童心是上帝对一个人最大的恩赐"。童书写作，在某些人那里可能只是不经意的爱好、稻粱谋的手段、畅销的法宝，在他这里，却是昭示心性、灵气的通道，是安身立命、经世治国之大要。

凡跟高洪波打过交道的人，都不得不承认，"赤子之心"是离高洪波人格特征最近的品性气质。儿童文学界几位年轻朋友都爱称洪波老师为"任性的大男孩"，说他"天真纯朴，而且内心清澈阳光"。

写童书之于他，绝无牵强之迹，而是浑然天成，充满生趣与快慰。《孟子·离娄下》有"大人者，不失其赤子之心者也"；王国维《人间词话》也有"词人者，不失其赤子之心者也"句。曹雪芹《红楼梦》的释义，更加贴切："所谓赤子之心，原不过是'不忍'二字。"

正是这"不忍",成就了一个赤子之心的"大男婴"童书作家。他写幼儿故事,编童话和儿歌,同时亦书写儿童散文、小说、评论。他的幽默儿童诗集《懒的辩护》多次再版,"板凳狗幼儿童话系列"已经成为《幼儿画报》上的超强品牌。用句网络上流行的话说,"哥写的不是文学,哥写的是寂寞"。哥写的也不是小鸭、小鹅、板凳狗和西瓜船,哥写的其实是大隐隐于朝的桃花源!

在童书写作这方圣土和乐园里,一个大象般的巨人顽强地葆有心灵纯净并令人信服地保持着高度天真。

不可否认,作为与共和国同龄的一代作家,高洪波的知识结构、承继谱系里,有着苏联文学的深刻影响,他的诗歌中也能见到郭小川诗浪漫抒情的影子,散文里隐约得现杨朔散文的深情隽永。因领悟了龚氏诗文的"避",领受了"剑气"与"箫心",有了赤子之心的情怀萦绕,故而,他的诗文才有效避开前者因时代局限而赐予的战斗式豪情,也没有陷入后者往复三折"愿变成小蜜蜂"式的布局模式窠臼。

他的为人为文,境界通透,宽和的背后是犀利,一笑置之深处是对世事的洞幽烛微和莫须与辩。"避"字当先,他很少臧否,也免露机锋。然而一旦到了需要表明立场时绝不含糊。如对当年那场可笑的"大陆卷起金融财贸小说梁旋风"的批评,及至出手时也是直指七寸。

而多年的诗情历练,也使他的文思敏捷,倚马可待,常于瞬间出奇字奇句。笔者对此曾多有目睹。仅举一例:某次受邀去河北笔会,行至赵州桥,导游介绍赵州儿女多奇志,仅唐代就出宰相十七名,历代进士不计其数,尤其是,新近赵州俊杰名录上,隆重刻有铁凝主席芳名。言毕，请留墨宝。领队副主席高洪波不假思忖，浓墨挥毫，提笔落下"一桥通心"！铺天盖地，几个大字，恚然响然，奏刀骍然！当其时，我正立于他身后，见字，不由使劲剜了他一眼，再剜一眼。思忖：从此，却要重新打量眼前这个笑意常挂脸上的貌似宽厚人儿了！一管软笔，却能奏出比庖丁解牛还要硬的惊心声响！

说到《文集》，笔者最喜他最后一部散文卷里用的那些炮兵排长，高洪波记于 1974 年到 1976 年的军中日记。那些激扬文字、青春理想、年轻人强说愁的忧郁和惆怅，即使在今天也堪称青春美文。真个是质本洁来还洁去。说到底，这个红孩子出身的虔诚文学小青年，如今成为文坛骁将，也是势在必然。在《文集·后记》中，高洪波本人借龚氏诗谦逊，"梦中自怯才情减""直将阅历写成吟"。我想，于今应该换成龚自珍《己亥杂诗》里另外两句：

"功高拜将成仙外""心史纵横自一家"。

2010 年 3 月 5 日

知识分子向死而生

　　《水流云在：英若诚自传》是一本有价值的书，也是一部真诚和感人的著作。其实我更喜欢这本书英文原著的名字：*Voices Carry：Behind Bars and Backstage during China's Revolution and Reform*。由于是从传主英若诚的英文口述回忆录翻译过来，就有了译文的味道，太像一本外文传记，说话者的口气、情感、节奏感都有了变化，叙述显得不动声色。它却用"译文"式的恬淡，将被遮蔽的历史天空掀开一道缝隙，让我们窥见了一位 20 世纪知识分子的真实生命历程。

　　一个有着传奇般生命历程的老人，在他生命的最后时刻躺在病榻上的口述回忆录，似乎已经没有太多需要为自己虚饰的理由。因而传主口述者的胸襟是如此宽广，语气态度平静超然，内心毫无历史的纠结。"我对那种从头写到尾的自传有点看烦了，所以决定我的传记从我人生的中段开始。我一生中最离奇的是1968 年被捕蹲了三年大狱。"就在这样平稳的基调和话剧台词般的心灵独白中英若诚开始了回忆，沉潜而有力。我们看到过各式各样传记，像这样充满个性的传记开头还是头一回；我们也见到过各式各样知识分子在非常年代遭受迫害的回忆，如此坦荡而不虚饰的书写，也是头一回。

对于英若诚，我们都抱着比对一般人更大的兴趣，原因不仅在于看过他演的戏，而且还赶上过一个演戏的人能够官居文化部副部长的年代。并且，他还有那么个活跃在喜剧舞台上、时不时有一些"非喜剧性"传闻在报纸娱乐版头条给表现出来的名人儿子呢！除了这些，我们对于英家深厚的家族渊源，其祖上英敛之、英千里为近代中国新闻教育事业所做的贡献，他们创办《大公报》、开办辅仁大学振兴民族文化的业绩，却并不知晓。对于快乐诙谐的清华大学外文系高才生"英大学问"旷达人生背后潜藏的生命之痛，也几乎一无所知。

然而，看了《水流云在》文中叙述，却不由让人慨叹而伤怀！似乎，晚清以来，近代中国文化史上哪一章文化启蒙、救亡、兴业、复苏的大业里，都有英氏家族中人奋斗报国的影子。然而，他们却也都是悄然而来飘然而往，并不轰轰烈烈见诸史册记载。就像当年的"伤痕文学"中，并没有跻进英若诚命途多舛、蒙冤遭难而后平反昭雪的这一章一样。然而，他在那个非常年代被迫害入狱的经历，他的顽强求生，他的坚忍超脱，仍然是独具特性、感人至深的。读到细节处，及至见到英老狱中留下的日记影印件，他偷偷用吃饭的筷子做成笔，蘸着紫药水拼命写字锻炼记忆力，看到纸片密密麻麻记下的中英文菜谱，毛主席诗词、画像，惟妙惟肖的仿毛体草书……不免心脏憋闷得像擂鼓，热泪终于忍不住一次次夺眶而出。掩卷沉思，不禁在想：什么叫知识分子？知识分子就是一刻也不放弃光明和希望、永远也不放松对自己要求的人。为了不使自己脑力被废黜，在任何残酷非人的环境下都顽强而决绝地进行智力操练。知识分子，向明天，向未来，向死而生，永远担当着民族的良心。

面对沉痛的历史，有人选择遗忘，也就是通常所说的开启心理学上的自我保护机制。晚年的英若诚，则勇敢地选择了面对。他让我们看到了一种真正的知识分子所谓旷达的人生态度——那绝不是一个人在志得意满时的狂矫，而是当他身陷囹圄的坚忍和坚信。知识分子要相信，相信历史，相信明天，相信公正。也不能不感谢美国学者 Claire Conceison（康开丽），正是在她的执着和努力下，病榻上的英老，才有机会以这样一种口述传记的方式，将一生最宝贵的精神财富叙述留给了后人。换成一个中国人来写，是不是会另一番叙述风味了，我不知道。

2010 年 1 月 12 日

听莫言与库切对谈诺贝尔文学奖

  由中国作家协会在京主办的以"文学与包容"为主旨的第二次"中国·澳大利亚文学论坛",无疑是近年来文学界的一次高峰论坛。除了有中国作协主席铁凝、澳大利亚驻华大使孙芳安及双方诸多著名作家参会外,2003和2012年的诺贝尔文学奖得主J. M·库切和莫言的出席和演讲,也引起业界高度关注和赞赏。两位文学大师从诺奖的旨归、意趣,谈到社会对于文学的包容以及作家个人的写作动力,开诚布公,言辞恳切,颇给人以启迪。

  七十三岁的库切儒雅内敛,精神矍铄。看得出,十年前的获奖经历对他已经淡如云烟。他纯粹以一个学者的方式而不是作家的思维娓娓道来,大胆假设,小心求证,从往届不同国籍风格的得奖作家身上,来推断诺奖的评奖标准及其兼收并蓄性。年方五十八岁新科状元莫言血气方刚,他诉际遇长慨叹,坦诚这半年来诺奖带给他的光环效应及巨大困扰,希望全社会尤其是业界和媒体能对他有所包容,让他继续按照自己的方式处世和写作。

  二人的谈话,最后都归入"文学与包容"这个母题。库切说,诺奖的标准是颁给"表现出理想倾向的文学作品",但也有一些并非表现理想的作家也曾获奖，例如 2004 年的耶利内克、2001 年的奈保尔、1969 年的贝克特，他们的作品，或揭露社会陈腐思想，或驱使人们认识被掩盖的历史真相，或从贫困境地提升现代人的灵魂。"实际上，他们的作品都描写了社会的黑暗面"，库切以这句话戛然而止，以此来赞同诺贝尔文学奖的包容性和真正的文学之心。

莫言则从个人的现实情境出发，坦陈自己的写作动力和获奖后的感受。他说，每个人写作的动力都不是为讨好评委和奖项，而是"人类追求光明惧怕黑暗的动力使然，是作家认识自我、表现自我的愿望使然"。诺奖的根本意义是它的文学意义，它评价的是作家的文学成就而非其他。获奖的确给他带来巨大声誉，但是在我们这样一个并不十分懂得"包容"和"宽容"的国度里，也委实让他受到很大困扰，比方说那些群起骂他为"乡愿"之人，比方说那些以道德绑架方式让他捐款赞助帮助走后门之人。莫言最后拜托媒体告诉大家，他不会有"诺奖嘴脸"，该怎么处世还怎么处世，该怎么写还怎么写，目前只想尽快回到书桌前写作，写出好的作品来回报社会。

从以上二位文学大师的言谈中我们可以品味出"包容"二字的深切含义。何谓包容？对一个社会而言，是要有海纳百川的气度；对作家自身而言，是要有厚德载物的胸襟。社会对于文学的理解，应该犹如诺贝尔文学评奖一样，不仅要包容和提倡那些体现正能量、表现出理想倾向的文学作品，同时，也要表彰那些揭露黑暗面、把人类从苦难和黑暗中提升到光明境界的作品。社会对于作家的包容，也应该是允许每个人按照自己不同的方式处世和写作，允许他们以多种多样的声音向世界倾诉和表达。唯其如此，唯有对作家和作品的充分尊重和理解，对文学的充分包容和解读，一个社会才是清明的和开放的，这个社会的形态才是正确和有益于人类进步的。

2013 年 4 月 3 日

爱是这么短，回忆是这么长

——读曹文轩小说集《桂花雨》

一

"爱是这么短，遗忘是这么长。"（Love is so short, forgetting is so long.）这是诺贝尔文学奖得主、20 世纪最伟大的智利诗人聂鲁达的《二十首情诗和一首绝望的歌》中的经典句子。读完曹文轩最新结集的小说《桂花雨》，我不禁感慨：爱是这么短，回忆是这么长！曹文轩该有多么爱自己的童年啊！短短的童年经历，却让他反复书写吟咏，取之不尽用之不竭，制造出无数起承转合层出不穷的故事来。

的确，他所经历的那个特殊年代喑哑黯淡的童年，尤其是十三岁左右的少年时代，构成了其一生文学创作的基石和源泉。他那卷帙浩繁上千万字的著述，那些绕肠千结生离死别百变迭生的童年往事，那些嘀呖婉转稻菽千重的油麻地抒怀景致，那些风车转动鸽哨脆响天瓢大雨三角地传奇，那些草房子细米红瓦黑瓦的忧郁与悲悯，那些青铜葵花桂花雨朦胧情愫的天真与庄严……一切的一切，都起于童年，又漫漶于回忆。

同样的生活年代，同样的被各种政治运动、饥饿与孤独困扰的乡村童年，由于文学观念、美学理想以及个人性格气质的不同，作家们笔下便呈现出不一样的童年风貌。比如说在莫言的笔下，童年就是《透明的红萝卜》《红高粱》《四十一炮》，是窥破世相、炮轰人类的上帝之眼；曹文轩笔下的童年，则是《青铜葵花》《草房子》《细米》《红瓦黑瓦》，是照见人心的爱与善的情愫，是悲悯与宽怀的菩萨之光。

关于儿童文学的创作宗旨，曹文轩曾有过精确的夫子自道。正如他在《草房子·〈追随永恒〉代跋》中所言："'如何使今天的孩子感动？'……在提出这一命题时，我们是带了一种历史的庄严感与沉重感的。……能感动他们的东西无非也还是那些东西——生死离别、游驻离散、悲悯情怀、厄运中的相扶、困境中的相助、孤独中的理解、冷漠中的脉脉温馨和殷殷情爱……感动他们的，应是道义的力量、情感的力量、智慧的力量和美的力量，而这一切是永在的。"他的儿童小说抽空了历史时代背景，并不在意大时代或小时代，也不刻意书写人的流言与传奇，只与人性的普遍性相关，在一个普泛的人类天空下，书写人类的本质与本性。

"生死离别、游驻离散、悲悯情怀、厄运中的相扶、困境中的相助、孤独中的理解、冷漠中的脉脉温馨和殷殷情爱"——这些，重新构成了新集子《桂花雨》中的内容。小说集《桂花雨》的编排很有意思，是按年代顺序，逆时间排列，前边收录了近两年写的五个短篇，后边收录了写于80年代的四篇作品。前者是已成"教父"之后的圆熟之作，信手拈来皆成趣；后者是写于创作早期的作品，孜孜矻矻尽力求。作者编选时故意将时间跨度安排得比较大，前后相差竟有二十余年。跨度这么大的文章编在一起，可以看成是曹文轩在向二十年前的自己遥相致意吗？

二

这部集子里，写于 2014 年的有两篇：《桂花雨》（2014 年 7 月）和《一只叫凤的鸽子》（2014 年 6 月 25 日）；写于 2012—2013 年的有三篇：《灰娃的高地》（2012 年 12 月—2013 年 1 月）、《雪柿子》（2012 年 11 月—2013 年 1 月）、《麦子的嚎叫》（2012 年 10 月—2013 年 1 月）；最后四篇写于 80 年代：《阿雏》（1988 年）、《野风车》（1987 年 4 月）、《疲惫的小号》（1989 年 7 月）、《三角地》（1986 年 5 月）。

从另外一张曹文轩的创作年表上可以看出，在 2012 至 2014 年间，他是在书写长篇之余，批量创作了一批短篇小说。比方说，2014 年创作的短篇，除了《桂花雨》和《一只叫凤的鸽子》，还有另外两篇发表在《人民文学》2014 年第六期上的《小尾巴》和《第五只轮子》，一经发表就获得好评，几乎各大选刊都予以转载。

《桂花雨》和《灰娃的高地》，两篇的主角都是十三岁。"十三"之于曹文轩儿童小说的隐喻意义，有待另一篇长文予以破解。这里的两个十三岁的男女少年，私生女婉灵和穷人家的孩子灰娃，都在为自己的尊严而战。婉灵的私生女身份，注定她生下来就要受苦。无论遭受什么白眼和歧视，她都顽强地活着，想向世人做自己清白的证明。崔芹家的桂花树有如神树，怕被她的晦气沾染不让她靠近。婉灵最后由于挺身而出扑灭了淘气包长腿二狗引着的大火，保护了桂花树，才被接纳允许参加孩子们的八月摇花仪式。

《灰娃的高地》中十三岁的灰娃家中穷困，有个跛脚老子。他被村里的小孩子们忽视，没人带他玩。就连捡到的小流浪狗也嫌贫爱富，逃出他家，跑向富人家孩子黑葵那里。灰娃于是跑到没人敢去的祖坟山包上，排兵布阵独自玩游戏。村里的孩子们在黑葵的带领下欺负他，打群架，占领坟头高地。灰娃为了找回被践踏的尊严，顽强地抗争，被打得头破血流，仍然以孤独不可侵的气势爬上了坟头，恢复占领了自己的高地。

《雪柿子》写的是大饥荒年代，冬季来临时，男孩树鱼饿得发昏，摔倒在山谷里，发现一棵未被采摘的柿子树。一树的柿子，是玉琢的，金红色的，仿佛打过蜡，像神灯。树鱼经过激烈的思想斗争，决定不独吞柿子，把发现柿子树的消息告诉了小伙伴们。三十六枚柿子，三十八个人共享，他们还决定只看不吃。孩子们信守诺言，没人摘柿子。树鱼的对头叫丘石儿，两家有积怨，不说话。但是，"大饥荒年代里，孩子们似乎变得脆弱起来，柔软起来。他们忘记了过去的许多事情"。

丘石儿饿倒了，一家人准备到外地逃荒要饭。树鱼在三十六人的注视下，摘了一枚柿子，送给垂危的丘石儿。剩下的三十五枚没人摘一个。终于等到救济粮来了，大饥荒过去，万物复苏。一群候鸟飞来，叼走了三十五个柿子。孩子们并不难过，也不后悔把它们留在枝头。"因为，那几十只柿子，曾像温暖的小灯笼亮在寒冷的冬季、漫漫的长夜……"

《麦子的嚎叫》写麦子家的白牛，与麦子一起长大，已经成为家庭成员。白牛老得不能下地干活时，家里也养着它，要为老牛养老送终。一切都是美好的。如果不是有了那场变故，骑在牛背上长大的麦子，呈现出的就是一幅牧童短笛、春风杨柳耕种的水墨牧牛图。然而，不幸还是发生了。老牛误食了挂在牛厩上篮子里的钱，是两万多块钱纸币，麦子的爸爸替乡亲们从粮站领回来的交公粮的钱。没人相信钱是牛吃的。麦子的爸爸及全家的信誉遭到空前危机。他们家被听墙根，门前的路被烂泥堵住，麦子被同学们歧视，学校组织去村子里看电影时故意撇下他。最后，在乡人的见证下，爸爸不得已杀死了老牛以证清白。老牛的哀嚎与麦子的号哭，一起响彻天空。

最新的一篇《一只叫凤的鸽子》（2014年6月25日）是最用心用力的杰作，读到动情处，不禁使人潸然泪下。秋虎是穷人家的孩子，爸爸是赌徒，坐过牢，妈妈跟爸爸离婚，带着小妹妹走了。秋虎唯一的乐趣是养鸽子。但养不起名鸽，总被富人家的孩子夏望嘲笑。夏望养了好几只名贵的鸽子。秋虎捡到一只遭鹰击受伤落地的台湾信鸽，邻居养鸽子的邱叔叔把这只信鸽跟一只名鸽配对，生出蛋来交给秋虎。秋虎拿回去，孵出两只小鸽子。鸽子妈见异思迁，鸽子爸也伤心地飞走了，都不管小鸽子。秋虎当起了鸽子的爸妈，精心侍养。小鸽子死掉一只，余下的一只愈发珍贵，取名叫凤。这是一只真正血统高贵的鸽子，在秋虎的注视下美丽翱翔。不幸的是，凤被赌徒爸爸以一千元卖给了夏望爸爸。秋虎悲恸欲绝！从此他打鱼干活拼命赚钱，一心想要赎回凤。鸽子是他的亲人，除了妈妈妹妹，唯一的亲人。可这个亲人被爸爸卖了，他要赎回它。他不知道一个小孩永远不可能挣到一千块钱的。夏虎家遭变故，爸爸集资诈骗坐牢，家里财产抵债。凤被夏望藏起来，要还给秋虎。秋虎说还没攒够一千元，夏望说不要钱。孩子的心是善良纯净的。在一次信鸽协会的放飞比赛中，凤第一个飞回来归巢，没有回夏望家，却飞回秋虎家的老巢里。秋虎经过激烈思想斗争，拉上夏望，一起提着鸽笼跑向信鸽协会，共同分享了两万元奖金。

《阿雏》写于1988年。阿雏父母双亡，是个孤儿，浪荡鬼，也是村里的小霸王。大狗比他小两岁，是个跟屁虫。阿雏欺负同学，无人管教，被学校开除。上游发大水时，阿雏恶作剧将大狗骗上小船玩，结果被洪水冲得远离了村子。三天过去了，大狗饿得奄奄一息。阿雏为了给大狗逮野鸭充饥而溺水身亡。大狗活了下来。阿雏临死前听见人们呼唤大狗的声音，但是没人喊他。阿雏不禁落泪，他无家可归，无人惦记。

《野风车》写于1987年4月。二疤眼子和父亲看管风车，给田地浇水。大风袭来时二疤眼子克服了怯懦，冒着生命危险勇敢地爬上风车，关掉了六叶篷的两叶，护住了风车。《疲惫的小号》写于1989年7月。故事情节有点像电影《搭错车》的大陆版。乐团年轻的小号手，一时心善，收养了路边被遗弃的婴儿，从此命运发生改变，霉运不断找上门来。小号手辞职到马戏团为生，逐渐潦倒。孩子一天天长大，忍受着孤独、暴戾和颠沛流离的生活。小号手从收养孩子的崇高悲壮，堕入俗常的生存窘态，直至完全古怪尖刻、萎靡颓废，最后贫病而死。孩子未能继承他的小号事业，考上了外省一所三流大学，永远跟自己生活过的这个城市告别。《三角地》是更早的作品，写于1986年5月。描述了居住在三角地贫民窟里的一家人，十六岁到八岁的五个孩子的艰难成长。他们在大姐的带领下，洗心革面，立志改变命运做上等人。读来令人动容。

三

在总结曹文轩的创作特色时，著名儿童文学评论家、北师大教授王泉根的归纳特别到位。他认为，作为第四代儿童文学作家的代表人物，曹文轩有着"忧郁悲悯的人文关怀……作品超越儿童生活题材，进入人的本质生活领域，闪耀着生命人格的灼人光焰"（王泉根：《〈曹文轩文集〉的学术品格与审美格调》，《中国儿童文学》，2003 年第 4 期）。

除此之外，更要强调的还有两点：第一，曹文轩的文章，是老师的作品，每一篇都可成范文，进教科书，从创意、构思、用笔、行文、遣词造句，无一瑕疵，没有错讹，几乎不需要编辑和加工整理就可以直接出版。足可以看出他对写作的态度，精益求精，事必完美。第二，永恒的诗意和美，照耀着人性。唯美和永恒，是他反复书写的母题。因为对美的过分关注和执着，有时甚至可以把丑忽略了，或者故意视而不见。这也就是如他自己所说，要带着一种"历史的庄严感与沉重感"，去使今天的孩子感动，用"道义的力量、情感的力量、智慧的力量和美的力量"去感动他们。他是这样说的，也是这样做的。他的文章也的确是做到了。

2015 年 6 月 2 日

从语言到躯体：
人艺的话剧与北展剧场的芭蕾

　　年轻的时候，我是那样迷恋于语言艺术，除了整天抱着那些虚构类的文学读物啃个不停外，再使我感兴趣的，便是观看话剧——看文学语言是怎样通过真人的口中艺术地说出。那时最令我着迷的是北京人艺演出的话剧。凡被我赶上的剧目，几乎一出没有落都去看了一遍。（有些是在我来京定居之前就已经上演且又没再重排的剧目，我就永远失去了观赏的机会。）像《雷雨》《北京人》《哗变》《狗儿爷涅槃》《推销员之死》《天下第一楼》《芭芭拉上校》《茶馆》《李白》《鸟人》《哈姆雷特》《古玩》等等，里边的人物和情节统统都在我眼前走了一遭。而像一些特殊剧目，如老艺术家们告别演出的《茶馆》，我则连着去看了两遍，一遍买的是楼上的票，看全景；一遍买的是楼下前排的票，看表演。《鸟人》也去看了两遍，那是因为当年我也曾热衷于追星，人艺演员濮存昕曾经是我年轻时的偶像，凡有他演出的戏都追着前去捧场。从最初的《雷雨》直到《李白》《鸟人》《哈姆雷特》《古玩》等等，他频频出任主角的那些个戏，都去看了，光是

《鸟人》就看了两遍。在看他演的哈姆雷特时，我和女友还险些冲动得上台给他献花。偶像的轰塌，是在他演了一出名叫"英雄什么什么"的电视剧之后，名字记不大清了，大意是歌颂武警战士或是公安战线英模的，准备获几个几个一工程奖的一部剧。一看里边他那大白光下给弄得苍白的脸，不知怎的，心里边疼了一下。回想舞台上变幻灯光下濮存昕那潇洒的身段，书生的脸，中音区共鸣的磁性嗓音，从语言到肢体塑造人物形象时的灵逸，真是既感慨，又惋惜。这以后他演的舞台剧，包括过士行"闲人三部曲"当中的后两部，我再也没有兴趣去观看。

唉！偶像的轰塌，却缘于电视剧里那一张苍白艰难的脸谱。唉！

无论从哪个艺术角度来说，电视剧都没有资格和话剧相比。看吧！灯光熄了，钟声敲响，大幕开启。世界这时在身边远遁，隐匿，唯有眼前的一片还光明着。那是演员，一个说话者，他以他的声音，以语言之力，照亮了我们沉睡之思，同时又将一部古老的人间悲喜剧，活生生展现。光阴就在他的言语里倏忽而过。只一会儿，他就老了；又一会儿，他就死了。他幸福了，他痛苦了。他欢乐，他悲伤。他大喜大悲，他无怨无悔。他的运命飘摇，他的前程起伏跌宕……语言，它究竟有多么神奇的力量，究竟有多大的功能啊！明明我们坐在此地，时间只不过就在我们身边运行了几刻钟而已，然而语言却以其铿锵，以其清丽，以其明媚，以其柔软，以其喁喁，以其呢喃，以其丝绸一样的爽滑，以其唾液一样黏稠的质感，把我们吸附，让我们物我两忘，进入超验境地。我们只一会儿就把别人的一生走完了，同时又在他人的生存中照见了自己。

你看那《茶馆》：多么宏大的艺术场景！多么臻于完美的艺术语言！就在那一口京腔京韵的起承转合里，百多年的中国历史走完了，各色人物的命运也走完了。那个叫于是之的老爷子可真叫棒，仿佛就在他一个人在舞台中央磨磨叨叨，磨磨叨叨，手不得闲嘴不得闲地磨叨，三磨叨两磨叨之中，就把自己从青年到壮年，又从壮年到小老头的过程磨叨完了。然后就是弯腰驼背，老态龙钟，腿脚艰难地在台上跟老哥儿几个一起给自己撒纸钱。老爷子蓝天野那也叫棒，就听一声肥喏在幕后高唱，嗒嗒嗒，马踏銮铃，声音由远趋近，门帘儿一挑，一位在旗的爷儿，气宇轩昂地出场了！就见他手执鞭，细高挑，长袍，粉红脸膛，态势倨傲，眼皮儿不正眼往人身上撩，似是红得透明的文武小生扎靠亮相。台词一出，气脉充足，共鸣响亮，那声音打在剧场光滑的四壁上，又均匀反弹回座下人等的鼓膜中。好一口京腔！好一副漂亮的人嗓！

就是这样的人嗓，娓娓又是徐徐道出人物命运的大起大落，大开大合。况且，那声音里念叨出来的，却又是老舍先生在思想和语言上的无限智慧和悲悯情肠。谁能不被这样的声音牢牢牵着、死死黏着呢？

而像《哗变》那样外来剧目，语言艺术的精湛也简直到了家。剧情本身就是一场以语言来陈述的逻辑推理过程，从原告、被告、律师、审判长到陪审团，全场演员寥寥，只不过是朱旭等几个老演员来回上台下台说话而已，陪审团的四五个人就在一个长条桌子后坐着歇着，不说话，没台词。几个主要演员也没有什么形体动作，全凭演员的说话、台词，一句一句、一个扣儿一个扣儿地把观众带入剧情，又一句一句、一个扣儿一个扣儿地把观众从剧情中解放出来。

一出剧，两个小时，怎么就能用话语将观众按在椅子上，使他们耐着心跟着演员们一起将故事走完呢？这就是语言的魔力。这些剧目，都将语言的叙事功能，发挥到了极致。在说话者简单的上下两瓣嘴唇的开合之间，语言形成张力，也是引力，绵延，放纵，自持，内敛，牵着你，吸着你，延着说话人的声音前行。虽然它不是唱歌，没有太多的音调变化起伏，然而，语言有其内在的韵律和激情，有思想，有形状，有独白，有和声，有静观默想，也有形体冲撞。像《茶馆》那样的剧目，对语言的运用真是到了顶峰，后来者都无法赶上或超越它。如后来的《鸟人》或《哈姆雷特》等，可能会在艺术形式上探索出新，比方说在单纯的说话对白里边加入一些唱念做打等等新的元素，但论起话语的叙事来，《茶馆》是绝对一流的。看完了《茶馆》，再看《天下第一楼》，就发现有明显的模仿痕迹，而在文化视野及语言叙事的宏大规模上则远远不够，没法与之匹敌。

是在什么时候，突然间我就对建筑在语言艺术基础上的话剧这种形式不感兴趣了呢？那可能是因为从大剧场到小剧场，看了许多像《情感操练》《我爱×××》《与艾滋有关》《社会形象》等等剧；看了独立制作人操作的诸如《离婚了，就别来找我》《都有一颗红亮的心》这样的剧；看了被广告和传媒煽情得厉害的《红色的天空》（其实就是反映老年人生活的"夕阳红"之意）这样的戏；看了（也是被广告招去看的）诸如李默然的告别演出（名字忘记了，只记得是好几年前，六十元钱一张票，当时的顶尖价格，蓝岛大厦顶层剧场）……看了不少这样那样的剧之后，突然间就对话剧腻歪起来了。不单单是因为话剧当中加入太多的无谓肢体因素，所谓"行为艺术"在剧中变得时髦，比方说，大段大段的舞蹈、歌唱、床上戏，真脱，女演员穿透明睡袍，男演员脱得只剩一条肉色裤衩，并有男女身体叠加波浪起伏动作；也不单单是因为话剧的目的成了单纯用它做广告招徕人买票，卖出一张是一张，宰人一刀是一刀，连回头客都不想；不单单是话剧成了有钱人用钱出名的好地方，仿佛只要有人出资，谁都可以随便找一群人攒出一台什么剧；也不单单是演出质量的粗糙，语言功能的降低，智力水平的下降，经常是一些未经专业训练的非职业演员，在台上一口接一口说着模糊不清的语意，念着含混不明的道白……

总之，在看了太多的话剧赝品之后，仿佛一夜之间，我对没完没了的语言聒噪和舞台上形体的夹生感到厌倦，甚至憎恶，对市场和传媒联手利用艺术的合谋欺骗抱有戒心。我已经不能相信制作者的语言艺术水平，也不能够对任何打着"市场"旗号的艺术品种抱有信任。看话剧，不再是一种享受，而是成了对眼睛和耳朵以至心灵的一种折磨，看完了，总禁不住在心里喟叹一声：唉，又受一回骗。

我们每一个热爱艺术的诚实个体的金钱和时间，就这样无谓地被打着艺术旗号的人给损耗欺骗了。更糟糕的是，它败坏了我们的眼睛和耳朵，破坏了我们对美的甄别和鉴赏。

与其看那些舞台上肢体的夹生杂耍，莫不如看真实场地里奔跑着的健全躯体。看经过严格训练后那种纯美的、无法做假也无法企及的脚尖上的开绷直立。

从什么时候起，我开始迷恋上了看芭蕾舞和足球？说不上。反正是对语言艺术彻底失望与厌倦之后，那些不说话的形式，诸如舞蹈和足球，就占据了我的视野，进而心灵。

关于足球，我已经说过太多，对它赞美过太多，这里暂且不去说它。那是纯粹的、解放了的、自由奔放的身体。单说舞蹈吧。这些年，在北展剧场看过的那些舞蹈，那些轻盈飘逸、开绷直立的形式是多么美丽！《天鹅湖》《堂吉诃德》《吉赛尔》《胡桃夹子》《罗密欧与朱丽叶》，甚至表现中国妇女解放的中芭出演的《红色娘子军》……人自身的身体能量被最大形式最大限度地宣泄释放了，仿佛他们的身体里都注满了奇怪的欢乐色彩。看见他们在一个空旷的舞台上那样曼妙地开绷直立，那样轻松地凌空腾越、疯狂旋转的时候，直觉得人的肢体是个非常奇怪的东西，它既受制又解放，是受制后的解放，亦是解放后的重新受制。那亦是心甘情愿的。就在种种两难之间，迸发出欢乐，迸发出美、自由、激情。看看《海盗》中的快乐双人舞，看看那些《大古典双人舞》，看看那由老柴作曲的《辉煌的快板》，看看西班牙风格的《雷蒙达》，看看那个与风车较劲玩得疯狂的老堂吉诃德……舞台上的那些长得高头大马或腰不盈握的怪怪的人们啊，他们的肢体真是奔放、热烈，没来由的奔放，没来由的热烈，观望者就觉得眼睛里边在轰鸣，耳朵里边在轰鸣，心底里边注满了快乐的轰鸣，不可一世的快乐轰鸣。那仿佛是一种人类原生的热情，被压抑许久的激情，现在全被他们的身体给绽放出来了。

原来，人不一定要用嘴巴说话。嘴巴关上之后，肢体却能有如此完美、复杂、和谐、流畅的表述功能！人类进化产生语言，有了大脑的语言思维，其实是一件多么反动和遗憾的事情！嘴巴一有声音，身体的说话功能就废止了，要经过后天残酷的非人训练，诸如开弓劈叉、压腿抻腰、节食练功等等酷刑，才能在个别人的身上将那套身体肌肉的说话功能找补回来。而更多的人，身体却永远僵掉了。最神圣的经书上讲，人类嘴巴里的语言，是上帝为了在人群中挑拨离间而特地制造的。上帝看见人类都用同样的肢体说话、交流，觉得人太团结了，会对他这个统治者不利，于是他就故意让人们嘴里发出各种不同字母的声音，让他们之间的相互交流废止中断。上帝他果然得逞了！中国的一些用汉语来写作的作家们，不是总抱怨得不到瑞典发的一种叫作诺贝尔的文学奖金吗？这要是换成肢体语言艺术评奖的话，哪里还用得着语意的翻译？哪里还用得着担心翻译过程中的误读和语意的失落？看那每年召开的各种世界运动会，那就是人类肢体的狂欢节。还有一种叫"穷兵黩武"的东西，那也是对人类肢体某些语言的变相回忆，只不过在施虐与受虐之中，显得相当变态而已。

肢体也能淋漓尽致地表现爱意，表现忧伤。看看英国皇家芭蕾舞团演出的《罗密欧与朱丽叶》中"定情"一场，男女主人公从相识、相知，到相恋，完全用肢体表现得丝丝入扣，又如醉如痴。夜深人静，在朱丽叶家古堡的后窗下，一场君子好逑的古典游戏悄悄地开始了。一对小可人儿，他们的身体悄悄趋近，复又分离，紧张，期盼，试探，战战兢兢，小心翼翼。刚要试着触抚，又倏地分开，转身离去，又恋恋不舍。站定，回眸，快步奔回，朱丽叶到了罗密欧身边，站定，手足无措。张皇，喘息，迟疑，打量，旋转，足尖绷起，落地。如是反复，内心的紧张、焦渴、期盼都达到顶点之后，最后终于两个身体合一，嘴唇轻轻一吻。朱丽叶害羞地扭头快步离去，罗密欧闭着眼睛，摊开双手，一步一步轻轻往后退着，轻嘘了一口气，英俊的小伙子轻嘘了一口气，闭着眼睛，痴迷着，醉了，醉了……

舞台上用身体表达的爱意，比语言表现得更加完美、精彩、酣畅、快意、淋漓，整个叙事行云流水，根本不是用语言可以比拟和翻译的。另一出由巴黎国家歌剧院芭蕾舞团演出的《吉赛尔》，墓地里那一场叫作"维丽"的冤魂们的群舞，编排和演出都至臻至美，在古典芭蕾艺术上真是到了登峰造极的境地。那已经看不出是人在舞蹈，真像是一群精灵在翩翩起舞，就是一群披白纱的鬼——丽鬼。她们的手臂和脚尖简直就不像人的手臂和脚尖，怎么舞怎么有，对肢体的运用达到了极限。

但也不是说没有滥竽充数之作，身体叙事中的赝品也一样存在。从美国来的一个芭蕾舞团，到北京来跳《仲夏夜之梦》。那是一场十分糟糕的戏，把观众的感觉蹂躏得一塌糊涂。看完之后才明白，那是由各色人种凑起来的一个草台班子，音乐和舞蹈的处理上都浮皮潦草。莎翁幽灵故事中的主角由一个名叫"龙"的华裔来跳，那人留着一个北京特有的"板寸"头，妆也不化，由始至终，只披一件简单的金丝绒大氅，无论如何也让观众找不到古代"王子"的感觉。他一次又一次用他的支棱八翘的板寸脑袋将我们从古典情节里抻出来，让人以为是不巧碰上了前门广场上一个蹬三轮的。而且，剧里所有的男女演员没有一个敢跳炫技动作，敢来一段显示个人技术的大段独舞。对待古典艺术，他们未免有些太漫不经心。今后，但凡再有什么美国来的古典艺术团体前来走穴，在选择去看之前，还是要加着十分的小心。相对于古典艺术的起源地俄罗斯和其他欧洲国家而言，美国的舞者，大概只能算是一大群乡下人。

正是在这些奔放的身体叙事中，我们得到了灵感，受到了启迪，也从中获得了生气。语言是有边界而躯体是没有边界的。艺术既是自由之思，也是自主的快乐。它是受虐，也是解放，是受虐之后的解放，也是解放之后的重新受虐。就在受虐与解放的双重痛苦与欢乐之中，艺术，戴着无形和有形的镣铐枷锁，一步步逼近了人的本原。

1999 年 5 月 25 日

电影《赵氏孤儿》：从高古到俗世

时代还在往前走，精英们应该怎么办？

电影《赵氏孤儿》是非常值得一看的。它充分展示了陈凯歌导演目前的演艺状态以及对世界人生的理解水平。陈凯歌的电影，曾经承载了一代人的艺术道德理想，构成了那个时代精神价值最为深刻最有力度的表达。他也曾是我们那代人深刻爱戴和真心崇拜的偶像。

在《赵氏孤儿》里，我们终于看到时光对人的改造力量。从前那个在《黄土地》《边走边唱》《霸王别姬》里身处彩云端、高蹈桀骜、目中无人、所向披靡的青年才俊，如今裹挟着《赵氏孤儿》浓重的世俗人生之气扑面而来！红尘滚滚流，人间烟火旺。

从对古典的认识解读意义上来讲，如果允许一千个人心中有一千个哈姆雷特，那么，为什么就不能允许陈凯歌导演有自己的《赵氏孤儿》？一个高古忠义的英雄壮举，变成现代亲情的父子纠结，大抵，也没什么不可以。

用古典的框，装自己的核，这才是《赵氏孤儿》的本意。即便是没有这个古代故事，陈导大概也会编出一个类似的"亲爹爱孩子""哥仨养孩子"的剧目，就像编出一个原创古装片《无极》一样，来艺术地呈现他现一阶段的价值观和人生观。

谁家要是有一个或包括一个以上的儿子，谁都会觉得《赵氏孤儿》改编得合情合理。哪个亲爹都舍不得拿自己孩子去救别人孩子，谁的孩子被摔死了谁都得琢磨着报仇。在这个基点上，影片于是编得风生水起，层峦叠嶂，戏剧矛盾冲突频繁，很能抓眼球。故事的中心议题就是，一个平头百姓，稀里糊涂被托孤抚养别人的儿子，为此却死掉了自己的老婆儿子。他无奈地把这个砸在手里的小兔崽子养大，只有一个目的在支撑他做下来，就是让这小子长大后杀掉仇人，为自己死去的孩子报仇。

成立吗？成立。好看吗？好看。阴谋，灭门，复仇，托孤，坚韧，杀人……各种元素加在一起，能出一个好故事。如果新编一个现代传奇，用陈凯歌卓越的导演功力，再加上诸多大腕演员的精彩表演，影片一出来说不定能跟《霸王别姬》一样赢得满堂彩。

但是，就因为他用的是《赵氏孤儿》——我们太过熟悉的经典，所以，当那些舍生取义的古代勇士程婴、韩厥、公孙杵臼，被降低成常人，以那样一些庸常面目哆哆嗦嗦在大银幕上出现，来演绎现代平头百姓的庸常心理时，我们就变得不适，无法忍耐，越看越怀念先前戏文里那些震撼人心的壮举。京剧里的公孙杵臼问程婴：抚孤舍命何难何易？得到程婴答：自然是舍命容易抚孤难。公孙杵臼毫不犹豫，揽下舍命之事，以保全程婴让他抚养赵孤——这是何等豪迈的自我牺牲品德！话剧里的韩厥得知程婴救孤真相后，怆然道：在这浊乱的世上，得见一真正的信义君子，韩厥无愧在这乱世行走一遭。说完后挥剑自刎。——这又是何等激越的英雄壮士情怀！当此际，再去看颤颤巍巍的葛优扮的程婴一脸无奈被迫养活一个倒霉孩子，又看黄晓明扮演的韩厥翻墙跨院出来进去跟葛优就孩子的教育方法进行讨论，确实有点让人疑惑这"救孤""抚孤"所为何来。

似乎，电影是要以程婴抚孤的无奈、被迫、悲愤和滑稽，以现代的机理，向古意诘问：王侯将相宁有种乎？什么江山社稷、忠奸贤佞的仇怨，干我屁事？生命面前人人平等，小命贵贱全都一样值钱。草根群众的本意从来就没想到过要去救什么忠良之后，姆们只想打酱油，俯卧撑，老婆孩子热炕头。"过了四十岁才生了男孩，再生一个，肯定还是小子"，古代赤脚医生程婴一边吃着涮羊肉一边满意地说。

高古忠义，俗常亲情，一念之差，天壤之别。死那么多人，为救一个孤儿，值得吗？也好比是，派出了九个人，冒死就为拯救一个大兵瑞恩，值得吗？

这不是以人头算命的问题，而是宣扬一种价值观。是一个世界一个人群价值观与世界观的弘扬与呈现。显然，身处现代的我们，已经缺点多多、惰性满满，有时甚至饱食终日无所用心，有儿子的家庭也许很难再做出"舍子救孤"之事。但是，即便如此，我们心里仍然对古代舍生取义的故事充满尊敬，仍然钟爱并崇敬"其言必信，其行必果，已诺必成，不爱其躯"的古典品德，仍然钟爱并崇敬能怀揣这品德为信仰而献身的人们，仍然希望有那一丝丝古典的阳光照耀今天这些自私卑微的我们前行。

神即便不小心落草为人，我们仍然崇敬神，向往神。从《赵氏孤儿》的改编中看得出，陈凯歌导演的日常生活过得很幸福，他很爱孩子，爱老婆，有居家男人的全部优秀品质。生活让他从青年才俊的激进走向中年人的凡心，也是可以理解的。作为曾经的一个火热艺术时代的符号、象征者和代言人，我们仍然对他的下一部作品怀着热切期待。

2010 年 12 月 8 日

裘山山的歌剧 "天堂" 和戴玉强的金嗓子

一

这个夜晚的解放军歌剧院注定要属于戴玉强和裘山山。一墙之隔的后海正在桨声灯影里温柔地沉醉着，而此时，位于积水潭东南角的这家解放军歌剧院却在豪华灿烂地演绎着五十年前的青春理想和激情。总政歌剧团的歌剧《太阳雪》，豪情万丈，美轮美奂，正在震惊视觉的高原雪景中雄阔地展开。

戴玉强，那个有着一对桃花眼的魅力男人，与濮存昕同被封为"中老年女性杀手"的偶像，此时正在舞台上深情地一展歌喉。

该同志近年来体态发福，扮演的穿军装打绑腿的军医造型，十分接近某种国宝级大型那什么科动物，举手投足间有一股斯文胖乖的宽展柔情，大大增加了被宠爱指数。看得出，偶像已然到了艺术生涯的巅峰年代，饱满，成熟，深刻而有控制力。他不需要什么身段，只要站在那里，薄唇轻启，一曲既出，那真是日出高山、月涌大江啊！那也是缠绵悱恻、吹气如兰！那确是波涛翻卷、浩浩荡荡！人间所谓曲水流觞，所谓星垂平野，所谓温柔缱绻，所谓"冬雷阵阵夏雨雪"，也就是这个气度和意境吧？有了如此之华美音色灌溉，即便天地合，又怎敢怎舍得与君绝呢！

这完全是一次听觉盛宴，响遏行云，空谷传音。戴偶像的歌声，舒缓、畅达、从容、奔放，优雅而强悍地覆盖了后海酒吧食肆的推杯换盏轻酌浅唱，把人一次次从俗世的泥泞里解救出来，导引着心灵进入无限的长空，向上，飞升，在一片和谐悦耳的静穆之中施施然飞往天堂。

二

当最后一个音符收拢，聚光灯明照，演职人员返场跟观众谢幕，壮观的旋转舞台被掌声和鲜花所环绕时，小说原作者、女作家裘山山也被导演黄定山请上台来跟观众见面。最后一个被请出来的人注定是最尊贵的。军队真好！军队懂得尊重原作者的创作价值。青年才俊黄定山导演曾经于 2002 年改编并执导了裘山山小说《我在天堂等你》的话剧，一举而斩获了业界所有奖项。这次又在十余部作品中选中这部小说，将其改编成向国庆六十周年献礼的歌剧，可见独具慧眼，又情有独钟。他必定是真正被作品中的主人公所打动并跟他们情有所通的。

在舞台炫目的灯光下，"一姐"裘山山被晃得眼冒金花，一路走一路跟演职人员握手对他们表示慰问（不是的，是感谢），紧接着被礼让到谢幕的演职人员正中间站定。这才是今晚的真正中心人物呢！她是他们的原创，是他们真正的源。"唱得真好！"

裘山山握着戴玉强的手说。戴同志则回报以桃花眼的矜持微笑。舞台下的掌声更加热烈。

"我傻乎乎的有点紧张，"下得台来，裘山山怀抱鲜花，跟台下前来观戏的亲友团成员逗闷子说，"差点儿没跟戴玉强说一句'嗓子真好'。"

"那样可就成了著名段子了。'嗓子真好'，嘎嘎！"

亲友团女宾们笑作一团。

三

十年前，1999年12月，裘山山的小说《我在天堂等你》由解放军文艺出版社出版。书出版后，我曾替山山去央视《读书时间》栏目做宣传，在位于马甸西北角的新影的院子里录的影。当时的《读书时间》还是一位女编导在管着，她嫌我身上穿的那件黑色皮夹克太吃光，显老气，就让脱下来，换上她身上穿的一件花色大毛衣。人家是好心，我心里却老大不乐意，心说这可是我家里最值钱的一件衣裳，去德国开会花尽身上所有马克买回来的，优良真皮，质地柔软，皮质给鞣得像绸子一样贴身舒服，特美特酷，咋就上不了你的镜呢？那件花毛衣才老土呢，中年妇女穿的。执拗了半天，也没争下来。按我当年的小脾气，是会一扭身走掉的。小爷俺不做便罢，谁没事儿愿意来上电视?! 但最后强忍下去继续做的原因是，已经电话里答应过山山了，对朋友的承诺，总应该兑现和信守。得！为朋友两肋插刀，我就牺牲形象，豁出去一回吧！

于是，那一年的秋天，我就穿着一件叽里咣当的中年妇女大花毛衣，站在下午两点半的新影院子里的树荫下，抖擞起精神，听面前的摄像喊了声"一、二、三，开始"，镜头一开始 PLAY，我就啥也顾不得咧，赶紧搜索记忆，深情款款谈起捧读《我在天堂等你》的体会。

当时特别谈到令人感动的是裘山山的这种"信"，她的信奉和信仰。作为一名军人，她真心信奉和恪守军人的价值准则，赞同他们那种为了理想的奉献牺牲精神。她是首先把自己感动，然后才去感动别人。

小说写了两代人价值观的激烈冲突，情节在当年进藏女兵白雪梅的回忆里展开，以那个单纯信仰年代的军人群体为参照系，拷问当下人的灵魂。

天堂，不仅是指物质地理上的西藏，也是隐喻人类心灵的最后栖息地。它是一块高地，常人无法企及。需要拔一口气，上升到信仰和灵魂的高度才能上去。

在这么一个浮躁的新世纪开端，有这么一本安静的回望理想的书，着实不易，也着实令人感动。

……

话说完了，赶紧换下衣服，穿上自己夹克，撒腿就往家里跑，好像哪里见不得人了似的。我家那时还住马甸东北角双秀公园旁边，离新影很近，一条马路之隔，几分钟就能跑回家。到家，气喘吁吁，还在想，跑什么呀？不就是被穿了件不合身衣裳上电视了吗？被 TV 观众都看见了又能怎样？本来就不漂亮，再难看一点又有什么关系呢？到时候只要裘山山看见，证明兄弟我够意思给她做完了不就行了吗？我自己换个台不看，不就打击不着自信了嘛！

......

后来得到编导电话通知，说哪天哪天要播出，请留意观看。我只把播出时间转告给了山山，自己个儿果真没敢看。也不知电视镜头里那个被大花毛衣包裹的新疆细毛羊状物体，做出来的书评效果如何。

嘎嘎！

四

当时谁也不能料想得到，这部小说的影响力会这样持久，绵延到十年后的今天仍然生效。小说自1999年12月由解放军文艺出版社出版之后，好评如潮，获奖无数。从"五个一工程"奖到解放军文艺奖，悉数揽获。改编成的电影、电视剧、话剧更是影响广泛。

这让我不由想起今天人们所津津乐道的所谓"普世价值"。世界上究竟有没有那样一个符合任何社会形态、任何历史发展阶段的普世价值？如果有，《我在天堂等你》里所提倡的激情、信仰、理想、奉献、牺牲精神，也是一种普世价值，它在任何时候都不会过时。

就像裘山山这个人，三十多年的老兵，一如既往，信奉着，战斗着，热爱着，一直都是忠贞不渝，新美如画，一直也是"永远改造，从零出发"。（哈哈！郭小川的诗原来是为她预备下的。）要说呢，我跟裘山山，自从1993年在《中国作家》发奖会上相识，如今已经有了十五六个年头，那以后无论是在各种会议上的相逢、相遇，还是在西藏、四川地震灾区的艰苦同行，都让我感受到了她浸透到骨子里的独有的军人特质。一个进藏十次（现在十一次啦）、位居"准将"级别（这个是你封的）的女官人，素常里还开博客、见网友，动不动写博文说点小怪话、发一些"跟领导照相不耐烦"小牢骚什么的，看起来跟身份不怎么相符，怪青春叛逆返老还童的哈。

但是，请记住，你不能跟她提军队！只要是一说起军队和战士，她的眼睛就亮了，真的是双眼会立刻放光！她不允许人说军队一个"不"字，尤其是不能说"小战士"一个"不"字。在她面前也不能提西藏一个"不"字。否则，她会跟你拉下脸来，是真生气，一气到底。

由此，让人明白了，西藏和军队，是她的信仰。你可以动一个人的其他别的什么，例如东西啊、身体啊，甚至于是脸面，但是，你万万不能动一个人的信仰！世界上，有一种人，注定为信仰而生，为信仰而死。为信仰，而慨然赴死；为信仰，而向死求生。

作为物种最高端的世界上的人类，都应该是这种有信仰的人。

五

这次的歌剧改编，剧情做了很大调整，将当代人的部分去掉，只撷取了白雪梅回忆在西藏生活战斗的那部分，使剧情变得单纯。没有了那些有关人性、代沟、理想信念、价值观的对比、拷问，也没有了时代、家庭、男女关系的诸多矛盾和纠结，说起来，变成一个简单的"成长"的故事。这个故事的主角是白雪梅，一个十九岁参军、1950 年成为第一批进藏运输部队一员的南方女子，一路上，通过经历雪域高原的自然灾害、见证战友的牺牲，完成了自己的成长和成熟。舞台上呈现的就是一大群女兵围绕两个男人（一个队长、一个队医），走来走去，唱来唱去。

如果没有读过小说原著的话，单看歌剧剧情，它像不像《这里的黎明静悄悄》？像不像《红色娘子军》？而后者好歹还有激烈的戏剧矛盾冲突，诸如敌人来了，河里洗澡的女兵们要穿起衣服，向法西斯开火；吴清华椰林寨逃跑挨打，报仇枪走火，党代表牺牲等等。《太阳雪》里却没有这些剧烈的戏剧冲突。白雪梅的成长，是由于目睹战友的牺牲而产生心灵震撼：一个是拽牦牛牺牲，一个是救尼玛牺牲，一个是救白雪梅牺牲，都是掉悬崖冰窟里牺牲的。如此一来，戏剧冲突就很不好表现了。

编剧的高明之处，在于采用了意象化的处理方式，采用两条线来叙事：一条是尼玛几个藏民磕等身长头去往拉萨朝圣，一条是女兵运输队赶着牦牛千难万险给部队提供药品和物资。两条线平行又时有交叉，到了剧情五分之四处，女兵苏队长为救尼玛而牺牲，尼玛归队，两条线索合二为一。

滚滚红尘，俗世漫漫，何处放置我们的肉身？尼玛用她天路迢迢磕等身长头朝圣的举动做出了答案；军人们用她们高山雪域无畏的英勇牺牲做出了回答。她们共同渴望天堂，"要把人间变成美好的天堂"。两条路上，军人和藏民们都在践行着自己的信仰。目的不是最重要的，重要的是到达目的的过程。这是修炼和锻炼，这是修行和践行。尼玛的六字箴言唱诵、女兵的主题音乐《风雪茫茫》，循环往复出现，都在表达着自己的信仰。

这样的处理方式很优美，很当代，很震撼！

稍有不足的是，编剧大概为了迎合当代人的趣味，有意模糊时代背景，弱化或回避了一些政治性话语。歌词里其实应该正面强调那一代人要建设新中国的理想，那种单纯的信仰，理想主义的热情元素要加强。比如，白雪梅她们为什么非要隐瞒体重、死乞白赖要参军？难道不是一种革命军队的光荣吸引、是革命英雄主义在激励吗？她们这一路走一路受难，队伍又靠什么理念来教导支撑新兵？仅仅靠爱情、靠花儿朵儿的就行吗？一个人为了信仰去战斗，不丢人，为什么要羞答答不肯正面说出来呢？人们都知道1950年代共和国成立初期的国情和氛围是什么样，在歌剧里却没有很好体现。在这一点上歌剧没有将原著的精神表现出来。这方面，应该参考一下《长征》组歌，参考一下《志愿军进行曲》，它们那种时代感，那种符合情境的韵律。"雄赳赳、气昂昂，跨过鸭绿江……"节奏一响，就令人想起那个年代，那个令人热血偾张的时代。

六

舞台布景什么的就不用说了，花千万元打造的旋转舞台、升降台、漫天飞雪、一望无际格桑花等等有超强的恢宏的视觉效果，可谓先声夺人。音乐叙事也很成功。张千一的音乐也没的可说，写西藏的曲子，大概目前还无人可出其右，音乐一响，就令人闻到张千一的西藏味儿，那也是浸到他自己旋律深处、用熟了的某些固定音符和调式。独唱、对唱、二重唱、三重唱、小合唱、合唱，几乎所有的形式都用上了。

歌剧歌剧，有歌才有剧，听的就是那两口唱。最期待的，仍然是戴玉强的咏叹调。前期的宣叙调太多，有点招人烦。大概是编导总担心听众是白痴看不懂戏，就频繁地用对唱、重唱来叙事介绍剧情。其实不用来回芝麻谷子地介绍，就那么点事儿，谁一看都明白。你倒是唱啊！你倒是炫技啊！你倒是让人饱耳福过足听瘾啊！

我看了下表，演到一个半小时的时候，从晚七点半开演到九点钟的时候，还一个高潮都没有呢，没有一段像样的唱，没有一个激动人心的剧情出现。只牺牲过一个拽牦牛牺牲的革命同志，男女主角还你一句我一句搞不成形的试探和揣摸。

多亏还有个戴玉强。多亏他有很好的控制力。多亏有他对粉丝的号召力垫底，人们还能忍得住，还能等得起，还能强忍着听。知道他会来一大段过瘾的唱，早晚都会唱的。

是哦，剧情不足又没有幕间休息时，被冷冷的空调吹得如坐针毡的观众，全靠对偶像的热爱和渴望支撑着等下去。是秋天啊！解放军歌剧院的冷气为什么还死命地开足了吹？军队电价低，浪费电不要钱吗？哦，原来台上的演员在穿棉衣表演，他们需要适合的冷度。可怜我们穿着夏装前去观摩的现场观众，冷风飕飕，贴着骨头缝直往脖子里钻啊啊啊……

为了裴一姐和戴偶像，我忍我忍我忍忍忍！

七

偶像不愧是偶像，在与女主角初识的对唱中，先是拉出潺潺流水，渐聚涓涓溪流，丰沛，茂盛，水草丰美；而后长江大河，浩浩荡荡。最后一曲，他卧在雪峰断崖上对女主角白雪梅唱的一曲咏叹调《弥留之际说声我爱你》，缠绵，感伤，遗憾，爱恋，柔情，不舍，舒展，辽阔，激荡，高山雪莲，冰清玉洁，滚滚江水，奔涌而出。直听得人血脉偾张，热泪盈眶！那真是一条被上帝吻过的嗓子啊！直叫人觉得，倘能被这样的嗓子爱上一回，人生便也值了！

偶像永在！

偶像永生！

偶像不能死啊！

偶像牺牲，滚落山崖以后，人们就纷纷离座，休息，到外廊喝水，上厕所。剧场里一片喊喊喳喳的离座走动声。坐在我们前排的一对老年夫妻，老头满脸皱纹，老太太头发花白，听完了戴玉强的最后一曲咏叹调后，也起身猫腰，心满意足、毫无遗憾地离开剧场走了。不亲临现场，你能想象得到这情景吗？

八

等在厕所里缓了一缓，将身子骨暖和过来，重新走进冷气中的黑暗时，演唱还在继续，却已是强弩之末。一大段的白雪梅独唱《你走了》，怀念战友和恋人。两个八度，上是上去了，但有点声嘶力竭，不悦耳。

扮演白雪梅的冯瑞丽这个年轻演员很有天分，外形靓丽，表演灵动，手眼身法步，功底都很扎实。一个极大的遗憾，就是让一个通俗歌手唱歌剧。她的嗓音，属于流行音乐里有金属质感的那一种，塞擦音重，走性感一线，很适合演老年杜拉斯那样的角色，沧桑之年回望湄公河上的情人之路，一定会非常丰厚，迷

105

人；要么应该是唱百老汇歌剧，是一种午夜梦回时的妖惑嗓音。应该找机会为她量身打造一部音乐剧，发挥她的长处，届时一定会光芒四射！但是，来唱歌剧里的白雪梅，是一个极大误会。这跟演员本人没关系，是编导在用人时的理念偏差。

首先，跟戴玉强这样的人同台，就是大不幸，如果不是同一个重量级的，没有足够的气场能压得住他，那简直就没自己什么事儿了，只能当陪衬，还愈发露出自己的不足。连坐我身边的川妮也说：这他娘的怎么也得整条幺红那样的嗓子来抗衡啊！就算不是幺红，那也得整个殷秀梅、王静、孙丽英什么的谁来都好。现在呢，戴玉强简直一个人在台上孤独求败，没有对手。

这也太欺负小孩了吧？！（坏笑两声，嘿嘿。）

其次，在歌剧里把古典和通俗往一起凑，可能还是不行。一切古典艺术都是力图挣脱大地的桎梏，要向上，飞升，通往天堂，通往至高无上的存在，芭蕾舞、古典音乐等无不如此；而现代艺术是对古典的反动与反叛，是要拼命回归大地、留守大地的，现代舞、流行乐概莫能外。

把冯瑞丽这么一条通俗的嗓子放到这出天堂的剧里，满拧，跟戴玉强的男高音的美声不搭。美声是要引领人到高处的，通往天堂；通俗是要拽着人回落地的，在地上翻滚。尤其是白雪梅金属感的嗓音放到雪域高原里，总是令人想到翻浆、泥石流、搓板路，当美声刚把人往天堂提升，通俗的音色就会沙啦沙啦往下拽。总是听得疙疙瘩瘩，磕磕绊绊，一会儿在天上，一会儿在地下。

尤其当戴玉强扮演的医生辛明牺牲后，就不应该再让白雪梅来通俗唱段了。除非她能唱出李娜那样的纯净和华丽的天堂之音，否则，越唱越不对，越唱越觉得我们牺牲了这么多好同志，其他剩下的人却没有得到成长和提升，身心仍刺啦刺啦在大地浊淖里翻滚。

这时候，太应该让尼玛，让那个一直在高山顶上唱灵歌的尼玛来一段花腔《安魂曲》了！太应该让藏族女孩的歌声直达天堂，以安妥心灵了！然后，在歌声里，加入合唱队的低吟。白雪梅接过苏队长牺牲后留下的公文包和枪，成为飒爽英姿新女队长，成为一名久经考验的真正的革命战士。

九

还应该给男中音张海庆一个炫技的机会吧？他扮演的欧战军同志那才真正是个大英雄啊！铮铮铁骨的男子汉，比一个辛明卫生员牛多了！也不能为了突出一个又软又面的卫生员，就配给他最长的一个唱段是这样："戎马倥偬大半辈，不知家庭什么味。如今见了白雪梅，想要跟她配成对……"像话吗？

美声次女高音王璟扮演的女兵苏队长，表现可圈可点，可惜机会太少，角色性格还需要进一步突出。她是白雪梅真正的领路人，起楷模和示范作用。苏队长之于白雪梅的成长，比起那两个男人来更重要，应该给她更多机会展示性格。一个抱着孩子行走在西藏运输路上的政委夫人，容易吗？她所承受的，比白雪梅她们要多得多。她的牺牲，比起辛明的牺牲，对白雪梅造成的心灵冲击应该更大。以为女人只有靠男人才能成长吗？同性榜样的作用会更加突出、有力！

十

后海波光潋滟，渔火点点，每一间酒肆吧台都有都市人群的饕餮和沉迷。在这里，一墙之隔的歌剧院，另一群人，却在《太阳雪》演绎的五十年前革命战士的天路历程中，经受一次心灵的朝圣和洗礼，享受了一道丰盛而华美的精神飨宴。

2009 年 9 月 14 日

邹静之：歌剧《西施》的情怀

　　让诗人邹静之来担纲歌剧《西施》，算是找对了人！听着那一首首诗一样的咏叹调——《绸缪》、《春天的鲜花开满伤痛的祖国》、《请你用手指向越国》（西施）、《影子之歌》、《风吹的草籽》（越王勾践）、《梦一样美妙的生活》（郑旦），不由得感叹：这哪里是在写歌，这分明是在写诗啊！一部美轮美奂的诗剧，缠绵悱恻，凄婉忧伤。"被点燃的春心，让长夜不再寂寞""像冰在火焰上吱吱作响的美人，贤淑如香草一样的美人""命运啊！对不幸的人你现出了慌张""西施，你是越国最痛的伤"……哪一句不是诗？哪一首不是诗人在昭示大时代下个体命运之乏力和无奈？

　　美人西施的故事千古流传。越王勾践卧薪尝胆，西施浣纱，范蠡与西施泛舟五湖……各种版本各个剧种的戏都给说唱八百遍了，越剧、潮剧、京剧，冯宝宝版、黎燕珊版、蒋勤勤版电视剧，更有台湾音乐人黄辅棠（阿镗）与陈丽婵合作的歌剧《西施》也曾于 2001 年在台湾首演。吴越争霸美女当间谍的故事一遍遍广布人间，静之的戏文还怎么写？已经没有多少可以创新的空间了。

情怀。除了专业技巧，一个艺术家，最重要的是要具有情怀。一个将历史故事新编的优秀作家和诗人更不能没有情怀。静之就是个有情怀的人。他博大、飘逸、苍凉、温润，同时他又悲悯、怆痛、仁厚、细腻，怀有沧桑之叹和命运的悲剧感。"西施之沉，其美也。"（《墨子·亲士篇》）就从这个沉江的结局上溯，静之笔下的西施成为一个复国仇、离故土、念家乡、遭沉江的舍生取义、为国捐躯的忠义女子。沉鱼落雁的美人儿，为什么不再是毁坏江山的倾国倾城红颜祸水？西施与范蠡，为什么不再是卿卿我我的一对佳人才子？苎萝江边的小女子，肩负得动雪国耻拯民难、纾解吴越恩怨、完成越王勾践争霸大业的使命吗？

静之在歌剧《西施》里营造的最重要的纠结关系是美人与君王的关系。这不仅是男与女的纠结，更是君与臣的纠结，也造成了西施命运的走向。西施遇到越王勾践，西施死；吴王夫差遇到西施，吴王死。"狡兔尽，走狗烹；敌国破，谋臣亡。"还有什么命运能比这种臣子的结局更悲剧的？在关于西施命运的三种说法中，静之选择了"沉江"说。这个被沉江的西施，比之郭沫若剧里自投汨罗江的三闾大夫屈原若何？这个担负国家重任去国潜伏的西施，比之当年郭老的王昭君、蔡文姬怎样？古往今来优柔伟大的男性诗人剧作家，他们笔底的人物身上究竟寄托了怎样感世伤怀的怅惘？又是怎样一个香草美人、君臣夫妻的隐喻与自况？！历史上被选来承担大业的不幸而又万幸的男人女人们，在他们笔下总是千愁万恨，荣辱悲欢，遗世独立，坚贞不渝。

长夜漫漫好观剧。雷蕾的作曲已经做到了尽心，戴玉强、张立萍、吴碧霞、孙砾等众艺术家的表演让歌剧增色（我看的是 A 组）。张立萍那个大西施，西洋歌剧铁的纪律打造出来的好嗓子，响遏行云，气度、仪态，俨然不是小民女，仍是她的蝴蝶夫人、黑桃皇后、叶卡捷琳娜二世，或武则天、慈禧……总之，她的气场太大，台上一站，根本没别人什么事儿了。她的出现，让舞台有了灵魂。

扮演郑旦的吴碧霞是个多么好的歌唱家！她经验丰富，在被打扮得像哪吒或村姑造型出场的不利情况下，几乎是"抢"出来一大段华彩唱腔《梦一样美妙的生活》。她那金丝雀一样的嘀呖婉转的花腔，真配得上"丝绸包裹的生活啊"！

我们的戴偶像戴玉强，戴玉强哪里去了？他的唱腔完全被压住了，没有唱出来，配给他的两段咏叹调也没能给人留下什么记忆，不知道是为什么。也许雷蕾是女权主义者，故意贬抑帝王，把他们的曲调写得很压抑？不光是越王，吴王夫差也没能唱出什么声响。好！干得好！就算是替西施出口气吧。能够让人过耳不忘的是源于诗经《绸缪》的主旋律咏叹调："正在用绳索，捆着那柴草，天上的三星啊，出在东南角。今天是什么样的日子啊，让我见到了你，你是那样的你，让我可怎么好……"一唱三叹，吟咏四次，出现得有点意外。原以为是西施唱给范蠡听的，或者看中了浣纱的苎萝江边哪个小青年，原来都不是，却原来是对着广大的虚空唱的，想要表达的可能是对故土的思念和对爱情的憧憬。为什么编剧和作曲家都如此钟爱这一段？众人猜测，可能跟静之、雷蕾他们那代人都曾当过北方知青在农田里辛苦劳作过有关。《诗经·唐风》里这段山西临汾一代的爱情歌谣，激起了他们多少青春情愫和怀念啊！朋友宁肯说应该把越王勾践给西施送别的《秋雁》那一段当主旋律，更切合本剧要表达的人类个体命运难以把握的悲剧主题。众人深以为然。

2009 年 11 月 15 日

电影《盗梦空间》与新版电视剧《红楼梦》

　　白露时辰遇上两场梦:《盗梦空间》与《红楼梦》。都山呼海啸,狂震人们视野。前一场,科幻梦,两个多小时就做完;后一场,古装梦,为时二十来天。若不看,酒肆茶楼聚谈时无话说,遭人白眼和鄙视;若看,无非乱纷纷一通热闹,看完即忘,过眼云烟。

　　先说《盗梦》,是一出"让梦想照进现实"的幻觉游戏。关于梦,现实中的道理是"日有所思,夜有所梦"。小时候,老人们都告诉被梦魇住的小孩:梦都是反的。梦见掉河里或从高空往下坠落,那是在长个儿;梦见踩大粪(必须是人拉的黄澄澄的粪),就是要发大财,醒来会捡金元宝。

　　《盗梦》却颠覆以往论断,告诉人:梦是正的。梦有所思,日有所为。梦能左右现实。要是能钻进一个人的潜意识,控制了一个人的梦,植入一个想法,醒来后他就会照梦里的做。简单地说,就是可以在梦里修改人的大脑程序,给人洗脑。

　　这种控制人类大脑的方法,可比电影《追捕》时代给证人横路进二吃药的方法强多了!也比监狱里劳教改造的方法要省事得多。被修改了梦中程序的人醒来后不疯也不傻，不会变成精神病，跟正常人完全一样，洗心革面后乖乖按被修改后的程序办事。用暴力和强权做不到的事情，就征用柯布他们的盗梦团队，一律钻进潜意识的梦里去解决。

但是……且慢！一个想潜入他人无意识里控制别人的人，妄想擅改人家梦的程序，如果技术不过硬，不仅容易把对方搭错神经，造成失效后果，同时也容易不小心让自己也搭错几根神经，陷在梦里出不来。

电影里的柯布，不就赔了夫人又折兵？柯布修改了他妻子的梦，导致妻子醒来后分不清梦与真的区别，最后从现实中跳楼自杀，归入永恒的梦境。柯布自己，在完成任务后，也随着陀螺的旋转，滞留在跟儿女团圆的梦里，回不来现实世界。

所以说，出来混，早晚都要还的。这才是电影《盗梦》的真谛。

梦与真，或者"似梦似真"，这个问题不值得纠结，太一般化。有趣的是，电影营造了梦境的三层或四层空间。这个非常有想象力！（如果时间允许，电影让拍四个小时的话，导演会营造七层或八层空间也有可能，流行元素和风景诸如酒店、雪山、海滩等美丽外景都拍到了，而月球和白垩纪还没有拍到。也许那是留作《盗梦2》的外景地。）弗洛伊德和荣格也只说到意识和潜意识，平常人做梦，最多是"梦中梦"，二层就很了不起，如果在梦中梦里还要套做梦中梦，那肯定精神错乱，思维一定会崩溃。

所以电影里要通过吃药才能做第三层梦，上一层梦里解决不了的就到下一层去找解决方案。想做的梦层数越多，就越得下猛药，借助药力才能在梦的黑洞里一层一层往下陷落。听起来既迷人又毛骨悚然！

看电影的时候，我总在担心，把梦的层数做得太多，万一自己数不过来是身在第几层，往回返时没走到位怎么办？比方说四层的只回到第二层就卡住了，或者误以为已经到顶就不往上潜了，该怎么办？那么现实中的肉体不就成了睡不醒的植物人或者干脆死翘翘？

电影可能想到了观众的担忧，所以想了个捷径，搞个简单动作，叫作穿越，KICK。只要一撞车，掉河里，巨大的撞击力，把在各个层里做梦的人全都撞醒，一下子全回到现实中来。

哦，明白了。做梦的时候，下去的时候是一层一层下，跟电梯一样，每层都停；醒来的时候，回返的时候，却"嗵"的一声，齐刷刷往回返，电梯直驶，中间不停。

很好玩的。说来说去，像看一个游戏，跟打电脑游戏过关斩将没什么区别。商业大片，越来越精致，场景、特效、制作、动作、表演，都不错。看完出来，脑海一片空白，什么也没留下。里面的小爱情、谋杀、富二代被绑架桥段，拼贴、虚掷，人物都像纸糊的，动作机器人，一句话，不感人。电影基本与人的情感无关。观众的注意力也全放在人物怎么往回穿越，着急于时间到了还不赶快撞车上面。

美国人的科幻梦，这一点，不如咱们自己的古装梦。红楼一梦，朱门豪宅里的女子的身世命运，虽然叫刘姥姥和板儿这些无产阶级人民大众看起来，就是饱食终日无病呻吟，但是架不住曹雪芹纯文学范儿的感同身受、怜香惜玉、诗词歌赋的有才，把人的悲欢离合给描写得好啊！清凌凌的世道上，还是有血有肉的人的情感最能打动同类物种的心。

曹雪芹的梦有两层：通篇《石头记》都是记录人生繁华一梦；第二层是太虚幻境梦中梦。在那里让宝玉听了警幻仙曲，并与秦可卿搞了一些动作，醒过神来，回屋里又在袭人身上把梦境落实了，这一段叫"初试云雨情"。

新版《红楼梦》剧组在自己的梦里改写了曹雪芹的梦。比方说，让电视剧里各位女子性格与书中大不一样，原本备演黛玉的去演了王熙凤，总是"哏儿哏儿"上气不接下气乱笑个不停；原本演史湘云的演了林黛玉，圆脸憨态就差咬舌子叫"爱哥哥"了；原本大家闺秀的秦可卿有了招猫逗狗的身段和眼神。

导演李少红也在曹雪芹那里植入和新建了自己的梦：一是超过1987版的《红楼梦》；二是希望2010版《红楼梦》能成为经典。

当所有这些红楼人马的梦中梦的梦中梦，都被观众的诘难和网友恶评一棍子拍醒，众人被"kick"，无奈穿越到现实中来时，他们才明白：别的梦就先别做了！目前到处灭火，保住收视率最为紧要！演员接受采访大倒苦衷时，她们说出了自己担任角色的身不由己，一不小心暴露了商业操纵的秘密。不是谁适合哪个角色就能演哪个角色，背后是多方政治经济力量的相互掣肘和妥协。

梦中梦，身外身。科幻梦和古装梦，说白了，都是商业梦。商造梦，虽然看着五光十色，却像泡沫，一晃就灭，瞬间缭乱难达永恒。

2010年9月16日

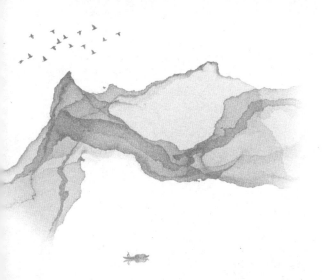

文学演讲

鳄鱼与母老虎

——首届"中国—西班牙文学论坛"上的演讲

欢迎在座诸位女作家、女教授、女同学。当然，也同样欢迎诸位男作家、男教授、男同学。（笑声）很不幸，"女性文学"的议题被放在最后，现在已经严重超时，到了吃午饭的时间了。（笑声）从会议的安排上，就可以看出，女性文学在整个文学格局和人们心目中的地位。（笑声）首先，我要向诸位承诺两点：第一，保证在五分钟之内阐述完我的观点，不耽误大家吃午饭。第二，借此机会，我要向前面那些拖延和侵占了我的演讲时间的男性作家和男学者们表示抗议和批判。（笑声，掌声）诸位看到，我们这次"中西首届文学论坛"的中心议题是"New Century, new literature"，叫作"新世纪，新文学"。而刚才，那些男作家和男教授们讨论的依然是"旧世纪，旧文学"。（笑声）无论是讨论诗歌、小说，还是探讨文学与现实的关系，他们都显得很认真、很辛苦，实际上很重复，也很可以不谈。（笑声）这不是因为他们谈话水平不高，或者是他们没有思想性，而是因为，同样的话题，他们已经谈论几千年了！（笑声，掌声）自从人类历史上有文学形态存在的那一天起，文学和文化的话语权力就一直掌控在他们手里。他们一直这样说了好几千年，说到今天，已经很难有新意。（笑声）而女性文学，是除了网络文学之外，唯一可以称得上是"新世纪，新文学"的 21 世纪新的文学形态。（掌声）

西方的女性主义和女性文学发展到现在，已经有了半个多世纪的历史，中国的女性主义文学的发展，也有了二十年的时间。中国的女性用二十年的时间，走完了西方女性五十年间所走过的路。就像刚才这位诺尼·贝内加斯（Noni Benegas）女士所讲的一样，西班牙女性写作所曾遭遇的困境，中国女性也同样遭遇过；西班牙女作家所取得的成就，中国女作家也已同样取得。无论是在西班牙还是在中国，女性主义文学现在已经成为一门成熟的文学形态和理论学科，所取得的成绩有目共睹。

然而，仍然有人要反对，要诘问：既然文学的审美形态和终极价值标准都是同一的，文学又不是上厕所，那么，为什么还非要分出个男女来？（笑声）这让我想起，昨天在塞万提斯学院的论坛上，几位男性作家，在讨论到文学与现实、文学与社会的关系时提出，这种关系就像是"与鳄鱼做爱"和"摸老虎屁股"（笑声），其结果是"很痛，很快乐"。（笑声）但是，如果换个方位思考，如果站在鳄鱼和老虎的立场上，我们不禁要问：他们这样做和摸的时候，事先征得鳄鱼和老虎的同意了吗？（笑声）如果鳄鱼和老虎也能开口说话，也能写小说和诗歌，那么，它们会怎么讲？我想，鳄鱼和老虎一定会说：你的快感并不是我的快感（笑声），我的快感，就是要吃了你！（笑声，掌声）

现在，女性和女性文学就是鳄鱼和老虎（笑声），沉默千年，她们终于开口说话了！（热烈掌声）如今，掌握了知识和文化的女性，通过文学书写，来建立起她们自己与这个世界的深层联系。她们所运用的语言符码，所表达出的情绪，跟男性作品中所表达出来的，是不一样的，是有鲜明差异的。女性试图从性别差异的角度，来解决女性与男性的关系，女性与自我的关系，最终要解决的是女性与社会的关系问题。（掌声）

在新世纪中国文学批评领域和创作领域，活跃着一大群优秀的女学者、女诗人和女作家。中国的大学文学系里，也像今天在座的情形一样，有三分之二以上是女学生。（笑声）尤其是硕士生和博士生，女生的比例更是达到百分之八十以上。每年一到招生季节，导师们都很发愁，十个报考的人当中通常只有一个是男的，想找到好的男生生源根本找不到。（笑声）这说明，男性的文学想象力和创造力的大幅度下降。另一方面，也充分证明了女性心智的大大提高。（笑声，掌声）在中国的文学创作领域，活跃在一线的女作家、女诗人比男性要多，她们的创作成绩也要比男性作家们普遍要好。（掌声）这一点，在座的铁凝主席可以做证。（笑声）铁凝主席的存在本身，也是一个证明。她不仅是一个优秀的作家，同时还是中国文学界的最高领导，是一个 Official 和 Minister。（掌声）

女性文学的写作，我认为，要达到三重境界。第一层境界，请允许我借用在座的达西安娜·菲萨克（Taciana Fisac）主任在二十五年前翻译的铁凝主席的一篇小说的名字来做比喻，叫作"没有纽扣的红衬衫"，它所表达的是女性在一般传统意义上的反叛。在全体民众都被迫要求穿着统一的灰色和蓝色工装时，女性要想表达对美的热爱，想要穿一件红色而且还没有纽扣的衬衫以突出自己的个性，是不被允许的，要冒很大的政治和精神风险。

第二层境界，是"没有衬衫的红纽扣"。（笑声）我看到在座有男士两眼已经冒出绿光。（爆笑）我没别的意思（笑声），而是说，颠覆之后是为了重建。女性写作要进入自由的境界，要创造出新的美学形态，以及新的属于女性自己的文学表意方式。

第三重境界，是"没有纽扣，也没有衬衫"。（掌声，爆笑）也就是中国佛教禅宗所说的，见山不是山，见水不是水，见了男人也不是男人。（笑声，掌声）真正达到文学的阔大、浩渺、悲悯、虔敬的境界，出神入化，与生活和解，也与这个世界达成和解。（掌声）

最后，我想给诸位推荐手里这本书，刚刚拿到的，新鲜出炉，热乎的（笑声），是一本翻译成西班牙文的《中国当代女作家小说选集》，里边收录了文坛大鳄铁凝、王安忆、方方、池莉等人的作品。诸位回去可以读一读，看看这些鳄鱼和母老虎们是如何处理纽扣与衬衫的关系的。

谢谢大家！

（热烈掌声）

（根据录音整理）

2010 年 11 月 3 日　西班牙马德里自治大学

当我们在谈论门罗的时候我们在谈论什么

——第二届"中国—西班牙文学论坛"上的演讲

当我们在谈论门罗的时候我们在谈论什么？我们在谈论"逃离"，我们在谈论对于日复一日年复一年单调重复生活的厌倦、挣扎与反叛，在谈论对于在生活中规定角色的游离和抗拒，在谈论人们尤其是女人们对于命运和宿命的不恭、憎恶和背弃，在谈论梦与现实的距离，在谈论逃离之后究竟会无功而返、继续逆来顺受，还是叫一声"亲爱的生活"，假装与生活和解？

"逃离"是门罗一生写作的重要母题，事实上也是她所生活的那个加拿大小镇上人们的真实处境。从古至今，由中而外，怀揣梦想的人们，谁不在试图逃离呢？逃离当下，逃离现实，找到一个合适的端口进入梦境，于是，"画梦"和"造梦"就成为文学的巨大功用之一。门罗所书写的逃离的情境可以上溯到乔伊斯、福克纳和契诃夫，当然，从女性的文学创作谱系上，应该还有勃朗特姐妹的《简·爱》与《呼啸山庄》。她以对小镇人物的描写进而透视人类内心，揭示了人类生存的普遍境遇。

短篇小说《逃离》最能代表艾丽丝·门罗的写作主题。多年来，女主人公卡拉和她的丈夫克拉克在小镇上一直过着平静的生活，他们靠养马为生。有一天，卡拉最喜欢的一只小羊弗洛拉丢了，这让她感到很是伤心。无比郁闷之中，卡拉决定离家出走。邻居西尔维娅帮了她大忙。她坐上了开往多伦多的大巴，心里如释重负，想着今后可以永远离开那个难以忍受的马厩和没事就爱冲她发火的丈夫，跟这样的丈夫在一起生活简直要把她逼疯了。大巴离家乡越来越远，她却心里开始变卦，望着窗外的风景开始想起克拉克的种种好来，想到到了多伦多即将开始一段没有丈夫的独自生活时，卡拉崩溃了。神情恍惚的卡拉嚷嚷着要下车，并打电话给丈夫说："来接我一下吧。求求你了，来接接我吧。"丈夫回答她说："我这就来。"结果她的逃离中途作废，最后无功而返，重新返回单调乏味的生活之中。他们夫妻和好，卡拉却再也不想见那位帮助她逃离的邻居西尔维娅。人性的无奈、脆弱、在追求梦境过程中的首鼠两端和无所适从，跃然纸端。逃离是主动的，回归也是主动的，从这一点更显示出人性的复杂性。

2012 年底门罗的封笔之作小说集《亲爱的生活》英文版出版。这样的题目，乍看起来我们以为老太太要表示与生活和解。但是读过之后却发现，书里的故事仍然延续了她以前"逃离"的母题。《亲爱的生活》讲述了别离与开始、意外与危险、离家与返乡的故事，比如，第一个故事《漂流到日本》是这样开始的："彼得把她的行李箱一拿上火车，似乎就急切地想要离开。"其他如《火车》《科莉》《亚孟森》主题亦是如此。《亲爱的生活》最后四篇被归入"终曲"部分，是门罗具有自传性质的小说。从中可以窥见门罗的成长与她的部分世界观。《亲爱的生活》里最后一段文字是这样写的：

母亲临终生病时，我没有回家看望，后来也没有参加她的葬礼。我有两个年幼的孩子，在温哥华没有人可以托付。我们几乎负担不起这趟行程，而且我的丈夫不在意这些繁文缛节，但何必责怪他呢？我和他想的一样。我们常说有些事情不能被原谅，或者我们永远不会原谅自己。但我们会原谅的——我们一直都这样做。

看起来，这似乎也是一种"逃离"——逃离了给亲人送葬时的悲伤和哀戚。表面原因是贫穷，年幼的孩子没人可以托付，夫妻支付不起奔赴母亲葬礼的路费，内心里，还是因为有"逃离"的想法在作祟。因为某类人心中所具有的习惯性的"逃离"倾向，可以使他们甘冒人伦之大不韪，连一个最基本的底线都逃掉了。而一旦付诸行动，却又会万分自责，在痛切的自责过后，又能很好地找到借口纾解和宽宥自己——人性的卑劣和自私也在这里。这才是门罗最后这段话的意义之所在。

死者长已矣，生者当足惜。这是门罗的小说的"逃离"哲学。从"逃离"到向生活道声"亲爱的"，说的都是梦不足惜，活着才重要。梦终归是梦，逃离过，去追寻过了，便也罢了，最终仍得回归，回归现实，回归日常。

我们再来看看中国的女性作家怎样书写"逃离"。

文学中的"逃离"，是一个古老的世界性话题，它当然不是门罗的专利。在上个世纪的二三十年代，恰好是门罗出生的那个年代，中国现代文学史上就有一批女作家，先于门罗而"逃离"——这个"逃离"不仅是文学书写上的，而且是身体力行的。她们所受的影响，就是当时挪威作家易卜生《玩偶之家》中的娜拉出走的启示。中国女性的逃亡生涯先是从反抗封建父权家长制开始，尤其是逃婚，反抗父母之命、媒妁之言的封建婚姻，是她们大体一致的出逃线索。

在中国古代社会宗族、宗法、夫权、神权的限定当中，女性在主观上尚不具备完整的自我解放意识，客观上也不具备出逃的条件。偶尔的反叛与言说，也无非是想象当中对爱情及婚姻自主自由的无限哀怨。进入现代社会以后，妇女的逃离，却是要从女性自己的生存遭际出发，将解放的想象变成具体的行动。逃婚、私奔、进城、同居，躲开了封建家长的耳目，去求取婚姻的自主和幸福，世纪初的女性文本中呈现出一派胜利大逃亡的景象。"五四"时期那些激进的女性作者或多或少都有过辛酸痛苦或充满期待与盼望的逃离过程。无论是萧红《生死场》《呼兰河传》里的逃离，还是庐隐《海滨故人》《归雁》、冯沅君《旅行》《隔绝》里的逃亡，或者是丁玲《梦珂》《莎菲女士的日记》中的逃离，以及白薇《悲剧自传》里的逃亡和谢冰莹逃婚参军的《从军日记》，都是女性从死亡之路走向自我救赎的过程。

例如，在中国现代女性作家的逃离场景当中，萧红的经历是最富有传奇性的，她的作品《生死场》《呼兰河传》也最富有灵性，流传最为久远。她从逃脱包办婚姻离家出走，到落入背信弃义的男人魔爪复又出逃，整个生活似乎就是在不断陷落和逃离之中循环往复。身为女性作家的萧红，她的才气与敏感，她的身体孱弱与言行刻薄，她的文人神经质与北方女子的率真朴拙，她的艺术上的成熟与孩童般的世事未谙……诸种性格奇妙地在她身上杂糅。由叛逆而得的飘零遭际，她不太长的一生中无尽的逃离和奔波，愈发加重了她性情中的脆弱和敏感。这一切都使她的作品风格在同辈女作家中显得奇异，如鲁迅在给萧红《生死场》的序中所评价，"女性作家的细致的观察和越轨的笔致，又增加了不少明丽和新鲜"。

有过逃离经历的女作家还不止这些。张爱玲的逃离与杨沫的逃离，也给文学史上留下了杰作《倾城之恋》和《青春之歌》。时光荏苒，当历史进入到新时代，到了 21 世纪的今天，妇女们还在逃吗？"逃离"的主题又有哪些变化？

当然，还在逃。门罗小说的女主人公不因时光前移而停止传统的逃离脚步，中国女作家的逃离也不因政治经济上的与男人平权而就有所停滞。铁凝的短篇小说《伊琳娜的礼帽》，发表在 2009 年，写的又是一段有关"逃离"的故事。小说的叙事者并没有亲自参与逃离，而是旁观或者说偷窥了一个女人的逃离。文章写的是叙述者"我"在飞机上看到一个叫伊琳娜的俄罗斯少妇，带着一个小男孩出门旅行。她的随身行李中有一顶大礼帽没处放，邻座一个瘦高的男乘客帮她把礼帽放在头顶的行李舱中。一对男女由此认识并挨坐在一起，整个飞行途中都在打情骂俏摸摸捏捏，看那样子下了飞机就要直奔酒店解决问题了。

妙就妙在小说结尾。飞机着陆后，伊琳娜牵着她的小男孩，拽着行李头也不回地匆匆下了飞机。瘦高个男人发现伊琳娜忘了拿礼帽，急忙追出去给她送。当他找到伊琳娜时，却看见伊琳娜正在和来接机的丈夫拥抱。男人把礼帽递过去，伊琳娜一下子没反应过来。等她明白过来时，就顺手把礼帽扣在她自己的头上。但是那顶礼帽却是她为丈夫买的礼物，扣在自己的小脑袋上，把整个脸都装进去了。丈夫见状哈哈大笑，觉得很是有趣。只有瘦高个男人心里明白：这是伊琳娜在跟他划清界限。伊琳娜此时是不想再见他，故意把脸藏在了礼帽里，其身体语言已经明确表示出，他此时的出现十分多余，刚才飞机上的暧昧根本就是逢场作戏，都不算数。她是个有老公有孩子的正经人，他不要再来打搅她。

这个叫作伊琳娜的俄罗斯少妇——实际上是代表了所有的当代的女性形象——在有限的时间和空间里经历了一次"逃离"，与一位素昧平生的男人的肉体拉扯和暧昧，用以消磨飞行过程中的无聊。然而时间一到，她却即刻返回到原有的生活轨道上，并以礼帽遮颜的方式，将飞机上的荒唐与真切的现实隔离开来。女人这时成为主动的一方，感到尴尬和失落的是那个瘦高男人。

与半个世纪前的女作家相比，同样是写逃离，显然，在这里，主客体已经变了，女性已经占了主导地位。

还有一个"逃离"的故事也比较有趣，是池莉 2010 年写的中篇小说《她的城》：白领丽人逢春与懒惰散漫的丈夫周源赌气，到擦鞋店做了打工妹，偶遇前来擦鞋的风流倜傥的单身富豪骆良骥。富豪见她年轻貌美，便语言勾引和暗送秋波，搞得逢春五迷三道不能自已。擦鞋店老板蜜姐见状大为不满，果断阻止了逢春的红杏出墙，两个女人起了冲突。后来，当蜜姐得知逢春的丈夫是同性恋后，深表同情，两个女人不打不成交，终成闺密。逢春在蜜姐的开导下，决心走出旧生活，回去跟丈夫离婚。蜜姐又为逢春与富豪二人搭起鹊桥。生活中的矛盾由此得到化解。

这个看似有点"豪奢"的故事却道出了现代性中"逃离"的可能性。无论过去、现在还是将来，当我们在谈论门罗的时候，我们一直都在谈论逃离。无所不在的逃离，正是文学能够赋予我们的一个通往自由和天堂的梦。

2014 年 6 月 24 日　北京中国现代文学馆

王蒙：上帝选中的人

在"青春万岁——王蒙文学创作六十周年学术研讨会"上的发言

尊敬的各位领导，各位嘉宾：

能够参加王蒙先生"文学创作六十周年学术研讨会"，我倍感荣幸！相比起今天到会的学者来说，我的身份稍微有点复杂：首先我是作为王蒙先生的崇拜者和忠诚粉丝来出席这个会，衷心祝贺偶像走进金色年华！1981 年，《青春万岁》荣获由团中央发起评选的"全国中学生最喜爱的十本书"之一，我和我的全班同学都是投票参与者。那一年，我在辽宁省实验中学读中学。我们共同感佩那个十九岁的叫作王蒙的作家，他书里描写的青春简直不像是 50 年代的青春，而是我们 80 年代初那热情奔放、激情澎湃、"年轻朋友们来相会"的青春。青春永驻！青春万岁！一晃，三十二年时间过去了，没想到我竟然能够在这里以这样一种方式与王蒙老师相会。偶像在上，请受粉丝一拜！

其次，我作为得到过王蒙先生提携，并有幸亲炙教诲的学生来参加这个会，衷心祝福与感谢王蒙先生大师风范提携后进！上世纪 90 年代初，当我二十啷当岁初登文坛，无知无畏发表了一系列反讽和解构知识分子生活的小说时，是王蒙先生最先给我以支持和鼓励，亲自写下评论文章《后的以后是小说》，发表在1995年第三期《读书》杂志的"欲读书结"专栏上，从此把我隆重推向读者和批评家视野。知遇之恩，终生难报。王蒙先生于我而言，可谓情深义重，山高水长！

第三，我是作为王蒙先生写作风格的虔诚学习者和模仿者来参加这个会，衷心向先贤前辈表示敬意！身为一名真正是读着王蒙作品长大的"60后"写作者，王蒙老师那灿烂华美的写作风格，那汪洋恣肆一泻千里，抒情议论不舍昼夜，一气呵成吟咏复沓，大智若愚又假装大愚若智的行文语法习惯，早已在我的心中根深蒂固，并已渗透进我个人的写作习惯中。但是我自己却一直不很自知。直到最近某一天，一家全国著名的刊物举行评奖，我的一篇叫作《通天河》的中篇小说入围，进入终评时，评委说：算了，就别给徐坤了，她学王蒙学得太像，有一个王蒙就足够了——直到这时我才知道，这三十年来，王蒙先生已经怎样深深影响了一代人成长，无论是思想方法还是行文方式，都在我们这群"60后"写作者身上打上了深深的烙印。感谢王蒙先生率先垂范！

第四，我是作为一名王蒙先生的研究者，作为中国社会科学院的研究人员和文学史专业的学生，来向研究对象、向尊敬的作家王蒙先生致以崇高的敬意！王蒙先生以他六十年的创作业绩，创立、丰富和发展了中国当代文学史。他个人所走过的六十年风雨文学路，不光是展示了一部从黑白到彩色的 2D 平面文学史，更是全面展示着一部彩色宽屏 3D 立体的社会主义文化生产发展史。

他以他个人的审美见解与创作实践，延续了"鲁郭茅巴老曹"以降的中国现代文学传统；他以他自己的狂飙突进和重归古典，以他自己的哲学思辨与现实批判，成为耸立于中国读者心中的文学大师，接续了从屈原、贾谊、范仲淹、王安石、苏东坡到辛弃疾、张居正、梁启超等名垂青史的政治家、思想家、文学家的一脉，为一个时代的政治道德理想建设做出了贡献，

如秘鲁获诺贝尔文学奖的作家略萨所言，"对权力结构进行了细致的描绘，对个人的抵抗、反抗和失败给予了犀利的叙述"。

他是20世纪下半叶，古老的中国大地上被上帝选中的使者，以文学来开启民智，构筑民族心灵，以文学的方式来印证共和国六十年的沧桑巨变。

一、他是青春时代就被上帝选中的骄子。50年代，作为一名"少共"和新兴共和国最年轻的团干部，奉天承运，他臂上仿佛刻着"天降大任于斯人"刺青，开弓拉架，摹写《青春万岁》，书写《组织部新来的年轻人》，并受到过最高领袖的接见与赞誉……那是何等的星光闪耀，灼灼其华！上帝将这一切看在眼里，记在心上。在给了他巨大荣耀之后，上帝又像《圣经·受难记》里对待那个忠实的仆人约伯一样，开始降临厄运和苦难给他：打成"右派"，下放改造，之后又拖家带口远走新疆。"我这样虔诚皈依供奉于你，为何还要予我此等苦难加身？"约伯含泪问道。"不要问我理由，"上帝说，"这一切，只是为了考验你的忠诚。"

二、他是六七十年代被上帝选中的忍者。新疆时期的自我放逐，他躲得巧妙，躲得酷烈。十六年，在看不到希望的日子里，隐忍，蛰伏。七十多万字的戍边实景记录《这边风景》，表面中

正圆通，却掩饰不住字缝子里的左右为难、喑哑忧伤。《这边风景》的写作基调，绝不是后来《淡灰色的眼珠——在伊犁》的热烈深情的回望姿态。"不放弃"，是这一时期的真实写照。不放弃忠诚，不放弃尊严，不放弃对生活中细小琐碎美好事物的发现。抱着"不放弃"的心态，他融入大地，融入民间，融入边疆多民族生活的阔大和繁茂。一口滚瓜烂熟的维语，将他自己从前的标准学生腔汉语打乱又重造。十六年的边地生活的磨炼，将他从前青年时期帝都团干部思维改造又重建。这一切，为他日后东山再起，形成自己的创作思想和写作风格，打下牢固的根基。"千里黄云白日曛，北风吹雁雪纷纷。莫愁前路无知己，天下谁人不识君！"

三、他是那个充满光荣和梦想的 80 年代，被上帝隆重选中的钢铁骑士。重放的鲜花，流放者归来。仅仅用了一个十年的时间，他就达到了文学创作和个人政治生涯的顶峰！春风得意马蹄疾，一日看尽长安花。天生我材必有用，千金散尽还复来。从干预生活——反思历史——文化批评，从一系列意识流小说《说客盈门》《相见时难》《夜的眼》《海的梦》《深的湖》《风筝飘带》《蝴蝶》《布礼》《木箱深处的紫绸花服》《坚硬的稀粥》，到 1987 年出版长篇小说《活动变人形》，以形象的方式深度介入传统思想与现代性的讨论，他气贯长虹，旷达无羁，思接千载，视通万里，引领了一个时代的文学狂飙突进运动。80 年代末他辞去文化部长职务，急流勇退谓之知机。"衙斋卧听萧萧竹，疑似民间疾苦声。些小吾曹州县吏，一枝一叶总关情。"

四、他是上世纪 90 年代，被上帝选中的布道者。在那个东方风来满眼春的 90 年代，他原地满血复活，说《红楼》，开展人文精神大讨论，撰写自传体小说三部曲《季节》系列。十年匆匆复十年。"青山遮不住，毕竟东流去。""前不见古人，后不见来者，念天地之悠悠，独怆然而涕下。"

五、他是新世纪里，不由分说再次被上帝选中的变形金刚。从2003年的《我的人生哲学》，到2004年的《青狐》、2006—2008年的自传三部曲，到2009年的《老子的帮助》、2010—2011年的《庄子三部曲》、2012年的《中国天机》，他写小说，讲哲学，上电视，做巡演，参禅悟道，道破天机。他的强健刚劲姿态，绝不是"停车坐爱枫林晚"，而是刚刚起锚的"航母Style"。但见他二指禅轻触键盘，说声"走你!"而后战舰乘风破浪，军机直击蓝天。此情此景，是"我见青山多妩媚，料青山见我应如是"，更是"把吴钩看了，栏杆拍遍，无人会，登临意"。

六、最后是一个小花絮，进一步说明，他是新媒体时代的偶然，也是必然要被上帝选中的无敌蜘蛛侠。

2013年春节前夕，我有幸跟王蒙先生同台，做一期凤凰卫视《锵锵三人行》节目。节目播出时，我请在某电视台做总监的本家小堂妹看看，意在冲她显摆显摆，讨几句表扬，增加几分跟大师同台的得意感。不料，堂妹看完后，直截了当说：姐，你是想听真话还是假话？我说：你啥意思？当然听真话。堂妹说：听真话，那我必须说，王蒙上电视好看，你不好看!我说：为啥呀？堂妹说：因为他脸长，符合平板电视16:9的比例，横向一牵拉，正好，视觉上舒服。而你们这些包子脸，上电视显得脑袋大，圆咕隆咚不好看。

我一听，"扑哧"一声乐了，心说，太气人了!没辙，这都是天意啊!在21世纪的新媒体时代，王蒙又一次成了被上帝选中的时代弄潮儿。

弄潮儿向涛头立，手把红旗旗不湿。

祝贺王蒙！祝福王蒙！

我的发言完了。谢谢大家！

2013 年 6 月 9 日　杭州浙江工业大学

文学的土地

——在香港"内地与港澳文学对话会"开幕式上的致辞

尊敬的各位嘉宾、各位朋友,女士们、先生们:

在这个秋风送爽的美好季节,我们相聚在这里,召开"内地与港澳文学对话会",首先让我代表中国作家协会代表团,对出席本次会议的来自文化部的领导以及港澳和内地的作家们致以诚挚的问候与热烈的欢迎!对主办这次会议的香港艺发局的同人表示由衷的感谢!

中国作为有着久远农耕文明历史的国家,对于植根脚下的大地有着宗教一般的情怀。"文学的土地"不仅是一个文学概念,更是有着超乎于文学之上的哲学况味。离开了大地,我们的肉身无处放置;背离了乡土家园,我们的灵魂无所皈依。

回望过去,古代文人们对于大地家园的理解,尽显在对乡思乡愁的描述之中。"日暮乡关何处是?烟波江上使人愁",这是唐代诗人崔颢的清愁;"举头望明月,低头思故乡",这是大诗人李白的离愁;"少小离家老大回,乡音无改鬓毛衰。儿童相见不相识,笑问客从何处来",这是唐代诗人贺知章的谐趣而又刻骨的乡思。怀不尽的故土，说不尽的乡愁。古人从山川河流、从天空飞鸟、从稻菽麦子、从森林花朵、从物候时令、从"慈母手中线，游子身上衣"来感知家园大地，来体会故土和乡愁。

进入 20 世纪的现代社会以后，以鲁迅、沈从文为代表的现代怀乡之思，则比古人多了一层况味，在对《故乡》故土和《边城》小城的浪漫回忆与抒情想象里，有着深沉的精神失落感和对现实生活的批判意味。而以海峡对岸余光中的《乡愁》为代表的故土乡愁诗派，则开启了文学大地的一个新的层面，从一枚小小的邮票、一张船票、母亲的坟墓和一湾浅浅的海水喻象入手，由古典乡愁演化出了深切的祖国之恋和民族之爱。诸多况味，怎是一个"愁"字了得！

当时光进入 21 世纪的今天，整个世界步入全球化信息化时代，地理和时间上的距离不再是阻碍，故土家园的概念遭到空前的改写。人们都吃着同样的肯德基麦当劳，喝着同样的咖啡可乐，出入于外形相近的城市写字楼；人们拿着航班机票、手握护照签证，把脱离大地在天空中的飞行视为平常。为此，当我们再来谈论今天的文学大地，谈论故土与家园，谈论城市化与全球化，谈论地域与乡愁时，我们在谈论什么？

我们其实是又一次站在天空俯瞰大地。我们是在遥望和思念我们的出发点和降生地。我们是在做又一次文学的缅怀，向古人致敬，向先人先贤致敬。我们是在走了很远很远之后，在倦怠疲乏之时，暂时停歇下来，回望初心，回望我们的来时路。

不忘初心，方得始终。朋友们，作家同行们，让我们一起共同努力，在文学的土地上辛勤耕耘，为实现民族复兴的伟大理想，为实现个人的文学梦想而不断奋斗。

2016 年 9 月 8 日

萧红与张爱玲：敬重与追怀

演 讲 者：徐　坤

录音整理：王秀涛

时　　间：2011 年 6 月 19 日

地　　点：北京中国现代文学馆

主持人：欢迎大家来到现代文学馆听讲座。今天为我们讲座
的是北京作家协会的徐坤老师。徐老师得过文学界很多重要大
奖，像第二届鲁迅文学奖，中宣部"五个一工程"优秀长篇小说
奖，首届冯牧文学奖，第九届庄重文文学奖，以及首届女性文学
成就奖等等。其实今天我对徐坤老师还有一个印象，因为徐坤老
师不光是一位作家，她还是一位学者，这在当代文学界，尤其是
女作家当中是比较独特的。今天在台上的其实是两位女博士，但
是我这个小博士对徐坤老师只能是仰视，因为一位中文系的学生
往往刚开始怀抱的都是一个作家梦，但是我不小心学过了头成了
博士，现在只能写写论文。而徐坤老师她不光学问做得好，而且
写作写得好，写出了大成就，所以我对徐坤老师可以用现代流行

137

的一个词来形容，就是羡慕嫉妒恨。

徐坤老师的写作非常善于描写女性的命运，而因此也被很多批评家打上了女性主义的标签。我看过徐坤老师去年在《中华读书报》上的一篇文章，叫《从厨房到探戈——十年一觉女权梦》，徐坤老师说她被叫作"女性主义"或者"女权主义"纯粹是赶上了，也就是说无心插柳柳成荫。但是我想另外一句话可能更能反映徐坤老师的心声。她说至于自己是不是一个女性主义者，只能待定，"应该说我是女性，但还没有说主义"。这也是我自己特别赞赏而且认同的一句话。今天徐坤老师来讲这个题目，说得玄一点也可以说是不同时空的三位杰出女性的一次对话，下面有请徐坤老师。

徐坤：感谢各位牺牲了周末的休息时间，会集到我们文学馆里来听这样一次讲座。尤其没想到的是今天的上座率会是这么高，让我十分感动。原来我想一般我们面对社会的文学讲座，通常六七成的人也就差不多了。今天见到大家，尤其还有好多白发苍苍的前辈坐在这里，真是非常感慨。我想正因为有了你们，有了在座的诸位，我们中国的文学事业才会走到兴旺发达的今天，文学在今天才会依然是照亮人们心灵的一盏明灯，谢谢！

今天我们要讲的是萧红与张爱玲，现代文学史上两位许多人都熟知并热爱的女作家。如果她们活到今天的话，一个是一百岁，另一个是九十一岁。萧红出生在1911年，跟辛亥革命爆发是同一年，1911年的端午节出生；张爱玲是1920年出生，五四运动爆发的次年出生于上海。前一个，应该是和当代长寿的学者女作家杨绛的年龄一般大，杨绛今年也是一百岁；后一个，九十一岁的张爱玲跟当代健在的哪位女作家同庚我还一下子没有找到。

她们两人都在自己的盛年转身离去，给后人留下了一个永久的青春背景。一个在三十一岁客死他乡，另一位在三十二岁的年纪背井离乡。萧红在1942年因为肺结核疾病死于香港；张爱玲在1952年绕道香港转去美国，从此就再也没有回到祖国大陆。我们今天在这里来讨论的萧红和张爱玲，其实是六十多年前的萧红和张爱玲，是六十多年前那个活跃于哈尔滨、北京和上海的年轻左翼女作家萧红，是六十多年前蹿红于上海滩的大红大紫不可一世的美女作家张爱玲。正是因为有了文学，有了那许多曼妙生动的文字留于身后，才会让她们转身离去半个多世纪以后仍然还被我们谈起和怀念。由此可见文学力量之生动与文化之永恒。

我们通过谈论她们的生活与创作、谈论她们的艺术与思想，进而来探讨，在她们所生活的那个时代究竟发生了什么，那个时代女性的写作和个人的命运与国家民族的前途究竟发生了怎样的关联。我把今天演讲的副题命名为"敬重与追怀"，就是为了在相隔半个多世纪之后，作为晚辈和后学，以虔敬之心向两位现代文学史上的杰出女前辈致敬！我想，正是因为有了她们，以及跟她们同时代一大群杰出的女性文化先驱如秋瑾、冰心、丁玲、庐隐、凌叔华、冯沅君、谢冰莹等等的出现，有了她们在文学上的辛勤耕耘和在行动上的戮力开拓，我们的新文化和义学运动才能发展到如此温润而丰厚的今天，20世纪的白话文写作也才会达到今天这样一个高蹈的境地，我们今天当代文坛的女性写作也才会有所继承有所依托，才会有如此之大的进展。"敬重与追怀"既是我们对这两位女前辈的态度，也是我们新一代写作者对于历史一贯的立场。面对以往的纷纭复杂的历史和诸多的文学前辈，我们这些人每每都要在批判与剖析之时怀着深深的温暖的敬意，以及真诚的学习和追怀之心。

一、生平与创作

对于萧红与张爱玲已经有过许多的专家学者进行过讨论比较。刚才讲座之前我跟王老师在交流的时候，她还说前不久也是在同样的讲台上，吴福辉老师讲过张爱玲，还分上下集没有讲完，听众没有听过瘾，要求他再讲下部分。那么在更早之前还有著名的美国学者夏志清，是他最先发现张爱玲，他曾经也把张爱玲跟萧红做过比较，他就说在他自己已经对张爱玲进行了至高无上的评价之后，一个偶然的机会才读到了萧红和她的《呼兰河传》，他就说他读萧红读得晚了，萧红的确是一个非常杰出的女作家，她的《呼兰河传》是那么通透那么伶俐。在夏志清之后还有上海复旦大学的陈思和教授以及北京的女学者季红真教授也都分别对张爱玲和萧红做过比较研究。尤其是季红真女士还曾写过一部《萧红传》，当然有关萧红的传记已经出过许多部，她的这部是在 2000 年由北京十月文艺出版社出版的，她的史料是非常翔实的。而且我发现她这个传记特别有趣，就是她是以小说的笔法来写萧红，她在吉林大学上过学，跟东北这个地域特别有缘，所以她通过许多大量的亲自勘察收集的资料，披露了许多不为人知的萧红生平的一些史料。我建议如果有机会大家可以再去网上找这本书看一下。当年她这本书对于我形成对萧红一个完整的看法是非常有帮助的。

归结起来，林林总总的专家学者在比较起这两位的时候无非是这么几种态度：喜欢或者非常喜欢。所不同的，无非是喜欢这个多一点，或者喜欢那个多一点。唯独没有人说不喜欢。当然，如果不喜欢的话他们就没有兴趣去研究比较了。有些朋友就不禁要问，说为什么要比较萧红和张爱玲？在中国的现代文学史上出现过那么多优秀的女作家，为什么单单拿出她们两个比较？最有意思的是我在准备这个讲座之前特意上网浏览了一下，发现网站上好多网友贴的帖子特别有趣又特别精到。天涯论坛上一个网友，一看就是比较年轻的网友贴的帖子，是 2009 年贴的，也是针对当年一个年轻教师进行的一个同名的讲座，她就贴帖子问，为什么是萧红和张爱玲？为什么不是萧红与丁玲？为什么不是张爱玲与丁玲？为什么不是张爱玲和苏青？为什么不是张爱玲和王安忆？为什么不是萧红和迟子建？

　　当然这个帖子里面没有看到答案，也不知当初讲课的那位青年教师是否给了这位听众回答。现在我要借这个机会说一下我个人的看法，为什么我们要把萧红和张爱玲放在一起谈？第一点原因，就是因为近几年"萧学"和"张学"正在渐渐成为我们文学研究领域当中的"显学"。就说这两位，之前在漫长的一个历史阶段中都没有得到过应有的评价。张爱玲大家知道因为她崛起于上海孤岛时代，也因为当初因为她跟汉奸文人胡兰成的一段婚姻，一直以来这个人物饱受争议和责难，新中国的学者们编撰文学史的时候就没有她这一笔。在我 80 年代上大学的时候，文学史课本里是没有张爱玲的。萧红在当时的文学史里也是作为当时抗日时期东北作家群里的一个不是那么特别显眼的小作家被提起，往往一提起萧红就要提到萧军，是"二萧"同时进入文学史里面的某一章某一节中，没有单独单节来对萧红进行充分评价。

当历史进入到 20 世纪的 90 年代，在一个多元的文化环境和历史语境下，人们开始反思过往的历史，重写文学史。张爱玲的被挖掘，重新被发现，首先要感谢美国的学者夏志清，其次要感谢那些以赚钱为目的的出版商的利益驱动，是他们的推波助澜助长了"张爱玲热"。另外还有媒体的众声喧哗，也促使"张热"和"张学"在上世纪 90 年代开始一直延续到今天。大家也知道在她的叫《小团圆》的所谓自传出版以后，新近又有两部续集《易经》和《雷峰塔》在港台已经出版了，但是在大陆现在还没有看过这个书，只看到了媒体预先的报道。其实我对她的所谓"传记"一直抱有质疑态度。读过《小团圆》后至今我仍然不认为或者说"不肯认为"它是张爱玲本人的作品，它更像一个超级张迷通过一些史料的拼凑，加上一点点小说笔法来完成的。因为张爱玲的传记文章还有平生的生活资料我们看到的太多了，我估计现在随便跟在座的一个热爱张爱玲的粉丝"张迷"交流起来，知道的材料也许都并不比《小团圆》里边少。按张爱玲本人的性情来说，她是何等自负与傲世，断不至于写到那种程度，有失水准，跌破底线。但是，任何质疑和研究都需要拿出证据说话。目前尚无人无史料来认证它的作伪，所以，这种质疑也只是我个人的一种主观态度。《易经》和《雷峰塔》据说又是从张爱玲自己的英文著作由其他人翻译成中文的。这就更加有趣而显得不可理喻了。我们欣赏的是当年的张爱玲，是她源自《红楼梦》的那种汉语遣词造句风格，那种圆熟老到的中文叙事笔法。如今要由第三者从英文翻译成中文给我们看，无论怎么说起来都是非常古怪的一个事情。这个先放下不提。

对于萧红的研究也是经过了许多时日之后，研究中国现代文学史的人，尤其是做女性文学研究的人，才越来越发现了她作品的重大价值，越来越发现像她的《呼兰河传》可能就是几十年以来中国现代文学包括当代文学中一个不可多得不可复制的文本。对于萧红的评价近些年来也在逐渐地升温。今年是萧红诞辰一百周年，就在前不久，也就是上个月，黑龙江省颁发了首届"萧红文学奖"，并且邀请全国专家学者到场，召开了大型的纪念研讨会。实际上在萧红诞辰九十周年以及再往前的十几年，这种纪念性的学术研讨会也都进行过，但是从来没有像今天这样，对萧红大家能形成一个共识，从来也没有像今天一样大家重新在历史的意义、文本的意义以及女性主义的范畴内去高度诠释和演绎萧红的价值。

既然"张学"和"萧学"都成为一门"显学"，作为批评者和研究者的我们，难免也都会不甘落后，都要置身其中，发表一己之见，包括我自己可能也不能免俗，这么热闹的事情落下自己，作为一个从业者不发言大概也是不对的（笑）。但是我要解释一下，我不是在今天因为要做这个讲座才来找这两个女作家进行比较，早在十多年前我在中国社会科学院文学研究所从事女性文学评论的时候，萧红和张爱玲就是我的重要研究对象。当年在做博士论文的时候我做的是《文学中的疯女人》，副题是《论20世纪中国女性写作的演进》，在论文里面萧红和张爱玲都是很重要的一章。今天正好有这样一个机会能让我将自己的观点与在座的诸位交流。

第二点解释为什么要讲萧红和张爱玲，为什么不是张爱玲与王安忆，为什么不是萧红与迟子建。我想这种问话也是有道理的。从地域上来说，同样写上海的王安忆跟张爱玲之间肯定是有一种影响的关系、一脉相承的关系存在，迟子建跟萧红可能也是由于地域的原因，她们在风格气质上、思想认识上也有许多一脉相承之处。但是对于研究者来说，往往他们都愿意做历史的横向的比较，至于影响学的研究希望还是能够留给后代人来做。所谓"盖棺论定"，是希望一些结论性的东西能够在身后进行。所以我们不把这几个人放在一起来比较也是有它历史的和现实的原因。

至于为什么不比较张爱玲和苏青，当时在上海的沦陷区，上海成为孤岛的时候，活跃的女作家除了张爱玲之外还有能够稍微与她齐名的女作家苏青，在北方还有个叫媚娘的女作家。为什么不这样进行横向比较呢？按时间段来说她们正好是在一个时段，而萧红和张爱玲还差着九年的年龄距离，等于是萧红去世以后张爱玲才崛起于上海文坛的。但是苏青和媚娘的创作对于后世的影响比起张爱玲来还是要逊一筹。可能诸位也读过张爱玲的《张看》，其中有一篇她当时就写过《我看苏青》，当时她们是很要好的女朋友，写这篇文章是为了替苏青来做宣传。实际上你再看张爱玲的字里行间，那种小女子的自负和心高气傲，她是一直压着苏青来说话，她当时就说，如果要把跟现实的女作家来比较的话，没有谁能跟我齐名，要说有也就是苏青。你会觉得她说这句话的时候嘴角稍稍下撇不屑的神情。在她自己的心里，她也觉得苏青是不如她的。

还有问到为什么不拿丁玲跟萧红或者丁玲跟张爱玲进行比较，这个就太有意思了。丁玲我们知道她是一个大家，她的整个生平创作贯穿了从现代文学到当代文学的一个漫长的历史过程，大时代的荣辱沉浮她都经历过，也得到过相当高的奖项"斯大林文学奖"，新中国成立初期她在文坛上有着至高无上的地位。后来遭受迫害被打到北大荒忍辱负重几十年，80年代后平反，组织创办了《中国》月刊。我们的文学史对她已经做过大量研究，因此人们已经很难再把被历史淹没的作家来跟这样一个已经十分荣耀的作家放一起进行比说。实际上丁玲是跟萧红和张爱玲都有过交集的，萧红跟丁玲是见过面的，在1937年到1938年之间，她们同时作为左翼阵线比较活跃的作家在西安曾经有过会面，也有过互相评价。张爱玲小的时候就读过丁玲的作品，而且在她十六岁还在上中学的时候，就已经开始发表文章，专门写过一篇书评是评价丁玲的。丁玲是1904年出生，张爱玲是1920年出生，丁玲大她十六岁，所以对于她来说丁玲是她的女前辈，当年她对丁玲是十分推崇的。

解释了这几点，现在我们言归正传，我们要讲的就是萧红与张爱玲。就是这么两个旷世的才女，她们都在离今天不算遥远的半个多世纪以前，同样都在二十三岁的年纪上写出了她们的成名之作。一个是《生死场》，是萧红在她二十三岁的时候，经由鲁迅的推荐和亲自作序出版于"奴隶丛书"第三期，从此萧红开始屹立于大上海的文坛。另外一个也是在二十三岁时崛起于上海文坛，张爱玲在1943年以她的《沉香屑·第一炉香》《倾国倾城》《金锁记》一夜之间大红大紫。两个人都在二十三岁上爆得大名，出名地都在上海。萧红活跃于1935年到1937年的上海，上海沦陷的前两年。那会儿她跟萧军从东北跑到青岛避难，然后从青岛又辗转到上海去投奔鲁迅先生。正是在上海他们同时得到了鲁迅先生的提携，萧军的《八月的乡村》是在萧红的《生死场》之前出版的，是"奴隶丛书"的第二期。其实按照写作的顺序和完成的顺序应该是萧红的这本首先能够出版，但是我们在鲁迅的序里面也能够看到，萧红的《生死场》当时受到国民党审查机构的阻拦不允许出版。后来也是耽搁了差不多一年的时间，辗转曲折，终于在萧军的《八月的乡村》之后次年出版。立刻萧红的名声就盖过了萧军。

张爱玲风靡上海的时期是1943年到1945年，抗战胜利的前两年。两年之间风头正劲，靠小说独领风骚于海上文坛。之后突然终止了小说写作，只是一些零零散散的小文章在打点生活，再往后又蓦然转身悄悄离去。我们现在谈论的张爱玲的才气和圆熟老到，指的都是她从二十三岁到二十五岁这两年的作品。一个人两年间的创作却让后人评论无数时间，这是很特殊的文学现象，不能不说是现代文学史上的一道奇观。

比较有意思的是，这两个人不仅仅都崛起于上海滩，在上海成名，另一个文化重镇香港，也是造就她们命运荣衰沉浮之地。1940年，萧红和端木蕻良跟随一批左翼进步文化人士到香港避难，从遭到日本敌机轰炸的重庆辗转到香港。他们到达香港的时候，张爱玲作为香港大学二年级的女学生那会儿也正在香港，她在干什么呢？她在前一年逃离了家庭，她母亲给她学费，她考到香港大学。在大学的三年里面没有写过一篇中文的作文，一直在练习英文的写作。在香港这段时间里，这两位日后青史留名的女作家同城而居，但是没有见过面，更没有接触。萧红最后是病死在香港的，所以大家都会觉得她在香港的生活是很凄惨的，颠沛流离然后生病不得医治所致。实际上那都是她到了香港后半段的事情。1941年底珍珠港事件之后香港遭到轰炸，萧红的肺结核病没有得到及时的医治，经常是担架抬着从一个防空洞逃到另外一个防空洞，耽误了治疗才导致红颜早衰。但是在之前，她刚刚到达香港的时候是相当活跃的，身体状况也还不错，经常在中华全国文艺界协会上做报告进行演讲，然后在报刊上写文章呼吁东北人民要起来抗日，当时她也是左翼文化阵营里面的一个非常活跃的作家，是一个立场非常鲜明的战士。

香港的沦陷大轰炸造成萧红在三十一岁上就溘然长逝。这场战乱在年轻的张爱玲心中也留下了不可磨灭的有关生与死的深刻体验。她的大学学业没有完成就逃离香港回到上海，到上海之后她最初的创作全是以香港的战乱为背景，《沉香屑·第一炉香》《沉香屑·第二炉香》，以及大家熟悉的《倾国倾城》都是以香港战乱为背景的。也可以说，是香港的生活成就了张爱玲，如果没有这段人生经历，她的活动半径其实一直是非常狭小的，她的成长过程中除了在上海看见大家庭里面的纷争之外就没有其他，再有就是她从两岁到八岁的时候曾经跟随她的父亲到天津去做官，有过一段童年客居天津的经历。但是经历了香港的这场战乱，看到战争当中人的命如草芥，看到那么多人在危难当中都暴露出人的本性，对她的触动是非常大的，对她世界观的形成也是有非常大的震动。她的经验世界变得丰富。我们会看到《倾国倾城》里面白流苏和范柳原会说到，一个城市的倾塌就是为了成全这两个人的爱情。范柳原原来是一个纨绔子弟，对所有的爱情都不抱着真意的，但是当他跟白流苏在香港经历了患难与共的避难生活之后，突然间触动了内心特别柔软的地方，人的最善良的本性就出来了，两个人最后才能够结成秦晋之好。

上海和香港算是这两个人同城而居的城市，应该是曾经在活动半径上有过交集的城市，但实际上却没有过任何的接触。但同样是这两个城市也成就了两个人不同的命运走向，造就了她们不同的精神气质。当她们没有走到共同的城市之前，她们各自的生活、出身、受教育的经历以及生活经历又是怎样影响了她们的创作呢？我们都说在研究一个作家作品的时候，探讨她的出身、她的生活经历是非常必要的，因为所有的这些都是一个人前期的艺术准备，一个人的生命体验能够直接决定她最后的一个艺术上的创作方向。我们就要探讨一下，一个东北呼兰河的小地主家的女儿跟一个大上海官宦之家的后代，她们的经历又有什么相同与不同之处。从地理方位上来说，二人相距实在太遥远了，在出身上要说起来也似乎有高下之分，似乎没有什么一致性和可比性。但是恰恰是在表面上看来无法可比的这两个人，在她们的童年时代，在她们的家庭生活上，在她们的出生成长各方面却都经历过似曾相识的不幸与苦难。如果说成"苦难"有点嫌大的话，或者换个说法，她们都有过"幸福又不幸的身世"，这样比较靠谱。

比方说，第一点，一南一北的两个著名的作家，她们都出生在富裕又不幸的家庭，都有一个暴君的父亲和一个狠毒的继母。大家读过她们的散文，读过她们的传记，读过她们的自述性的文章，对她们的经历都会知道一些。张爱玲是名门之后，她的祖父是晚清名臣张佩纶，外曾祖父是更有名的李鸿章，父亲是旧式才子，母亲是新派淑女。张爱玲的父亲叫张廷重，萧红的父亲叫张廷举，张廷重、张廷举，听起来像兄弟。历史有的时候就是很有意思，会有这种巧合。萧红原名叫张乃莹，笔名悄吟、玲玲、田娣，后来见到萧军以后追随萧军改名，"萧红""萧军"意思是"小小的红军"之意。张爱玲的父亲张廷重是官宦的后代，这不必说了，各方面的学识修养受教育程度都是非常好的，在张爱玲的父母亲没有离婚之前，她的父亲也是对她非常好，从两岁到八岁带着她跟弟弟，全家到天津去做官。那个时候张爱玲就开始读《红楼梦》，读《三侠五义》，自己也写章回小说，父亲跟她一起来创作。萧红的父亲张廷举算是一个乡绅，也有很好的教养，一般东北的汉人祖上基本上都是从山东各地去垦荒逃难过去的，她的祖上大致也是这样一个经历。张家经过几代的积累，做各种乡下的生意，到她父亲这一辈积累了很大的财富。不知道在座诸位有没有去过萧红的呼兰河故居，一看就是地主家庭，而且不是一般的地主家庭，才会有那么大的房子，那么大的院落。通过萧红的自述也会知道当年她们家有三十多间房，最后是靠出租房屋来过活，日子过得很优裕，算是相当有钱的人家。她的父亲也不是一般人，父亲曾经当过黑龙江省教委的叫作秘书长的职务，当过呼兰县县教育委员会的头头，还当过校长，他的受教育程度是非常高的。五四新文化运动兴起，全国都在兴办女学，张廷重是支持自己的女儿去上学的。以前，在旧时代，一般女子是不能够出门读书的，大户人家的女子在家里面办私塾受教育，请老师到家里。五四运动之后吹来一股新风，办女子学堂，当然也只有有钱人家的女儿才能够到学堂里上得起学。

两位张姓的父亲都是支持自己的女儿去上学的。但是好景不长，萧红的母亲在萧红八岁的时候去世了，母亲去世不到三个月，父亲就给她娶了继母，从此她跟她弟弟的厄运就开始了。继母经常挑唆父亲来毒打他们，对她和弟弟两个人并不是很好。而张爱玲在十岁的时候她的父母也离了婚。张爱玲的母亲也是大家闺秀，看不惯父亲抽大烟，在外面吃喝嫖赌，愤然离婚，然后跟着小姑子一起去海外留学。母亲走了以后，张爱玲跟她弟弟随着父亲过活，从此也没有了好日子。

两位出身高门大户的张姓女作家的幸福生活，都在失去了母爱之后戛然而止。之后她们的叛逆生活、反叛家庭的逃离生活就逐步展开。

第二点我们要讲到的非常重要的是这两个人的生命过程当中都有过两次叛逆离家出走的经历。萧红的逃离我们知道是逃婚。她曾经有过两次叛逆逃离。萧红的第一次叛逆是因为她想要继续读书家里面不让读，也是继母给挑唆的。读完高小之后，当年的哈尔滨的高小是六年级，她想要继续上中学。但是，当时的呼兰尽管很发达，毕竟还是一个县一级的小地方，是没有好的中学的，如果她要上中学就必须到哈尔滨或齐齐哈尔去。继母怕花钱，也嫌她和弟弟两个拖油瓶是累赘，就说女人读书读多了没有用，不让她去，还挑唆她父亲毒打她。萧红不服，她生性很倔强，她一定要读书，于是开始抗议绝食。之后父亲把她关到小屋子里面不理她。接着她的祖父来看她，大家知道萧红从小是祖父给带大的，祖父对她非常宠溺，这在《呼兰河传》里有过描述。祖父、姑姑、伯伯都帮着说情，萧红的父亲才勉强答应她提供学费。就这样萧红才跑到了哈尔滨去读女一中，当时是黑龙江省最好的中学。当时的哈尔滨等于就是东方的巴黎，所有的新思想在那里都汇聚了。萧红这一步走对了，正因为走出了呼兰县才大开了眼界。

然而没等她这边中学毕业，家里面就给她定了一门婚事。萧红上初中二年级寒假时，由六叔张廷献做媒，父亲张廷举做主，许配哈尔滨顾乡屯一个官吏之子名汪恩甲，是滨江小学教员，就是历史上记述最先对萧红始乱终弃的男子。张家非常希望能够跟汪恩甲家结下这门亲事。萧红一开始对这个亲事是模棱两可的，她跟汪恩甲是有过接触的，当时在女中管得非常严，不许男人进来，但是如果是未婚夫的话就可以在周末的时候领着女学生出去。汪恩甲经常来找萧红，请她下馆子出去游玩。萧红应该说是对汪恩甲有感情的，不然也不至于后来跟他同居了七八个月并怀上身孕挺着大肚子。到后来为什么看不上汪恩甲又偷偷跑了，一种说法是萧红发现汪恩甲抽大烟，她有点不太高兴了。这个时候萧红又跟一个姑姑家的孩子陆振顺产生了感情。1930年7月，萧红初中毕业，想继续升学，但父亲却叫她回家完婚。萧红不想结婚，还想继续念书，她就想到要逃离这门婚事。陆振顺给她出主意，说这样我先到北平去上学——陆振顺家也是比较有钱的——然后把你接去。结果这两个人就按约定，萧红还没有毕业的时候，陆振顺先到北平去了，考取了当时叫中国大学的学校。萧红随后也投奔过来，到女师大附中高中部学习。两人等于是私奔了。他们那个学生宿舍地点就在现在的金融街附近。双方家里面听说后，都断绝了他们的经济来源。两人在北平待了一年待不下去了，钱花光了。没钱了怎么办呢？走投无路，萧红只好又回去了。1931年1月，萧红又回了东北，回到了呼兰河老家。

萧红的第一次逃离是不彻底的逃离。逃出之后又迫于经济的困顿曾经有过回返。回家以后，严酷的惩罚在等着她。汪家知道了以后就立刻要求退婚。此事还牵连到萧红的父亲张廷举，当时的黑龙江省教育局说张廷举教子无方，家里出了这么一个伤风败俗的丫头，给他降职，撤了他的秘书长职务，降到巴彦县，当一个教务长。萧红的弟弟也受到了牵连，不敢在当地的学校里读书，人家背后都指指点点，他受不了也转学，转到巴彦县。事情闹得太大，所有的家人亲戚邻居都对她冷眼相向，这时候她也没有出路，不知道怎么办。父亲为了防止她再次做出不轨的事情来，把她送到老家一个地方，看管起来，等于囚禁，让一大家亲戚轮流来看守她。这样的囚禁生活大概持续了十个多月。后来在外面的陆振顺这些人听到之后都想办法来营救萧红。结果在严寒的冬天萧红又一次逃离了家庭，跑了出来。这一次出来就再也没有回去过，这一次是彻底的叛逆和逃离，与她的封建旧家庭彻底划清了界限。

她这次从呼兰跑到哈尔滨，怎么逃的呢？就是现在史料记录也是很模糊的。据萧红自己的散文里面讲，她是藏在一个运大白菜的车上逃出来的。她是怎么从家里面出来的？是因为她的小姨还是姑姑同情她的遭遇，偷偷打开了门，她就跑出来了，来不及拿什么衣服，就藏到白菜堆里到了哈尔滨。那么到了哈尔滨之后又走投无路。这个时候已经是"九一八"事变之后，整个东北沦陷了，日本人进来了。她在哈尔滨漂泊了三个月，带了一点点钱都花光了，已经到了冬天穿破衣服、穿着露脚指头的鞋的地步，情况非常凄苦。让人不可思议的是，当她走投无路的时候她又回头找了汪恩甲——那个退婚的未婚夫。用史料里的话说，因为她觉得汪恩甲是爱她的，会帮她的。结果还真是没出她所料，两个人在1931年12月份真就入住了哈尔滨道外的一家旅馆开始同居。这就是著名的那段萧红被骗失身的经历。

如果没有这段经历就不会出现后面的萧军，不会出现她后面一系列人生的转折。他们两个人大概住到了次年2月份的时候，萧红又觉得非常不满，觉得尽管衣食都丰足了，又觉得精神上汪恩甲没法满足她。汪恩甲还是比较有钱的，这会儿她已经可以穿起了貂皮的大衣，里外三新的，吃得好，穿得好，住旅店。在那个年代也不是所有的人都能过得起这种生活。

汪恩甲刚刚给了她短暂平静的富裕生活，2月份萧红又偷偷往北平跑来找陆振顺。萧红这种天生叛逆性格真是没办法，也很有意思。如果不是这样，萧红也就不是萧红。如果她不是有这样的脾气，她也不会成为女作家，她可能就会像普通的女人一样相夫教子，最后过一个混沌幸福的日子就完了。她是不甘于平庸，不甘于日常的幸福。如果她最后不是逃离的话，好好地过日子，汪恩甲也许会收留她，让她把肚子里的孩子生出来，可能她的命运走向就变了，历史上会多了一个庸俗的小妇人，少了一个伟大的女作家。2月份她又跑了，没告诉汪恩甲，从哈尔滨的旅馆跑到北平，又到北京金融街二龙路找陆振顺来了。来了没几天汪恩甲追过来，然后史料里有过只言片语的记载，说有一天，陆振顺和几个同学到萧红的房里一看，来了一个青年男子不太爱说话，萧红站在他背后介绍，这是汪先生。他们就知道了这是跟她同居的男士。汪先生什么都不说，就放到桌上几个铜钱，等于给她送钱来了，知道萧红身上没有钱。然后转天萧红也没跟那些朋友打招呼，又跟汪恩甲回了哈尔滨。读这段的时候，让人觉得，这个段子特别像青年男女谈恋爱的时候使小性闹别扭，年轻人常有这种，在一起时间长了待腻了，就要出逃一次，让对方（通常是男方）得上赶着来找、来追，给女的一个台阶下，女的于是就乖乖跟回去。似乎觉得这样更给两人以新鲜感，平静的生活里掀起一些小波澜。当然，这里我没有用"水性杨花""见异思迁"这些词，也是出于对历史和女前辈的敬重。人性本身是很复杂的，尤其是像萧红这种天性不羁的女人的情感，很难用一两个词准确

153

定义。

从汪恩甲追她到北平的行动中，至少能看出，这时的汪对萧还是有恩爱的。回到哈尔滨之后，五六个月过去，这会儿钱花光了。说的是钱花光了，我想可能也是因为富家子弟觉得很腻味了，两个人生活在一起时间长了，如果没有什么新意的话，会产生厌烦的感觉。在萧红怀孕大概七八个月的时候，汪恩甲就说你在这儿等我，我回家去要点钱就回来。说完，离开萧红走了。从此就杳无音信，把一个挺着大肚子的萧红独自扔到了旅馆里。

抛弃孕妇这种行径已经不能简单地用"始乱终弃"来定性，它更触及道德上的可耻和法律上的犯罪。这会儿萧红可真是饥寒交迫没有办法了，在哈尔滨无亲无朋，到了叫天天不应叫地地不灵的地步。但是，且慢！有文化的女性毕竟不一样，她知道通过文化的途径寻求帮助。她想到了要给报馆写信求助，就冒蒙地给当时的哈尔滨市非常有影响的一张报纸《国际协报》的副刊主编裴馨园写了一封信，大意是我是一个被拐骗失身的少女，被扔到旅馆里，旅馆逼迫我交钱，不交钱的话把我卖到妓院里面去，你们一定要救我，中国人必须帮中国人！最后这句话激着了副主编，裴馨园拿到这个信一看，从来就没有敢说这样话的，怎么回事去看看吧。大家伙儿那会儿都忙，当时的《国际协报》下面聚拢了一大群左翼有进步思想的青年，像罗锋、白朗、苏群都是他们写作团里的成员。萧军也是里面的一个主力干将，别人都很忙不能去，那就让萧军去看一下。

历史就在这样一个偶然的瞬间发生了变化。正是这条消息改变了萧军的一生，也改变了萧红的后半生。当拯救失足少女的重担落到行伍出身但是又极具浪漫和理想气息的萧军身上时，他也没多想什么就受命前去。后来从萧军的回忆录里和其他记录里面看到，两人第一次见面的情景，可不是那么乐观。萧军拿着字条地址找到那儿去一看，一开门旅馆里面很暗的光线，一个臃肿的孕妇，脸色青白，就是两个大眼睛很有神，穿了一件已经变灰了的蓝长衫，光着脚，脚下好像趿拉着一双变了形的女鞋。萧军只是受命而来，不愿意多说话，就说我是受副主编之命前来看你，并鼓励她说你一定要挺住，我们帮你筹钱，一定不让他们把你卖到妓院去。寒暄几句，转身就要离去，这时候萧红就叫住他，恳求他说请你坐下来，我们再聊聊。萧军不忍回绝年轻女子这样一个邀请，就回来坐一坐，实际上是没有话说的，但是不经意间看到床上放的萧红的信笔涂鸦，画的几幅画和一行小诗，当时他立刻就被震惊了！那真是叫电光石火啊！一下就觉得他面前的整个天地都变了。

萧红的小诗就写："去年的五月／正是我在北平吃青杏的时节／今年的五月／我生活的痛苦／真是有如青杏般的滋味！"还有一首是："这边树叶绿了／那边清溪唱着／姑娘啊／春天到了。"瞬间萧军就被击中了！这条汉子心肠一下子变得柔软了，就问她这是你写的，萧红说是。那些画也是你画的？萧红也说是。萧军然后就立刻坐下来，两个人就开始大谈文学。萧红也不是一般人，所有的文学准备这时都已经完成了，就差一个机会让她喷薄而出。她还评价起萧军，说三郎你的作品我都看过。这种在艰难情境下遇到知音的感觉不是一般的感觉。当萧军走出萧红的房间的时候觉得世界满眼都是阳光，他原来在文章里写过整个哈尔滨是没有女人的，所有女人都不在他眼里，哪想到在这个小女子身上，会迸发出夺目的光彩！

这个时候的萧红才二十岁，年纪轻轻的一个女孩子，萧军就决心一定要把她救出来。第二天，萧军就返回到旅店，二萧就正式结合了。书里面是这样写的，细节没有见到描述，我们也不便去展开谈。两个性情中人，两个以文字相交的人，两个充满浪漫情怀和理想的人相遇的瞬间电光石火般把对方照亮，然后决定共同担当双方的命运，无论如何，都是一件了不起的事情！我们真要为他们的相遇和相知而感到庆幸。这是历史的安排，这也是造物主的意愿。

　　这就是萧红的两次叛逆和逃离。她的第二次从呼兰家里逃出来碰到萧军进而完成了她叛逆的使命，最后在叛逆和逃离的延长线上找到了"革命+爱情"这样一个美丽的图景。

　　张爱玲平生也有两次叛逆和逃离。第一次也是她在中学毕业之后想去继续读书，继母挑唆着不让她的父亲资助她，不许她上学。张爱玲也是在家里被囚禁了几个月的时间，后来她也是逃出她的父亲家。史料上没有具体记载怎么逃的，总之是逃出了父亲和继母的家，跑到她妈妈家里，求得她妈妈的帮助，然后得到了学费的资助，从上海逃到了香港，进了香港大学学习。这时候是1939年，她十九岁。第二次的叛逆和逃离我们都知道是在1952年，新中国已经成立了，她在上海还参加过第一次文代会，颇感时局不妙，意识到自己的身份不利于在这个新政权之下继续留守，于是在1951年她没有告诉任何人就悄悄办好了出去的手续。向香港大学做出了申请，要完成当年没有完成的学业，当时因为战乱她只读了三年就不上了。申请提出后得到批准。次年她就从上海到香港，从香港又一路到美国，从此一去不复返。

二、叛逆与逃离

叛逆和逃离是今天我们要探讨的一个重要的主题。20 世纪初期的女性作家们有一个共同特点，就是"逃离"几乎是当时所有女作家所涉猎过的主题。这是女子写作过程中真正意义上的"破开"，是对传统限定的女性身份的一次打碎和撕裂。"逃离"虽是一种真实生活情境，一经书写，便成为女性求取解放当中的一个重要的文化母题。中国女性的逃离显然与从西方传来的"娜拉出走"有所不同。娜拉的出走是走出吃穿不愁的小康家门，欲在夫妻之间争取女性"自我"的人格尊严和道德权利。中国女性的逃亡生涯先是从反抗封建父权家长制开始，尤其是逃婚，反抗父母之命、媒妁之言的封建婚姻，是她们大体一致的出逃线索。

西洋北欧的娜拉出走，并没有给出确切的走向，以"出去"本身作为目的，易卜生是借着娜拉和海尔茂夫妻间一场矛盾争斗行使着文学的社会批判职责，意在揭露人性的自私和伪善，而跟女性独立的意旨关联不是很大。至于后者的意义，则都是翻译介绍过来以后国人对其的附会，由于接受者甚众，以至于娜拉不甘心于做玩偶愤而离家出走的"独立"意义远远盖过其他。尽管绝大多数生活在 20 世纪的中国女性都不曾有过如此优裕的"玩偶"生涯，而更多的是飘零际遇和受难历程，但是娜拉的出走行为还是给黑屋子里憋闷已久的中国女性们开了一扇气窗。"走"是过程亦成为结果。尤其令她们中的一些人想不到的是，在自己的悲愤"出走"和"逃离"的延长线上，等待着她们的，同时还有一场"革命+爱情"的动人风景。

在中国古代社会宗族、宗法、夫权、神权的限定当中，女性在主观上尚不具备完整的自我解放意识，客观上也不具备出逃的条件。偶尔的反叛与言说，也无非是想象当中对爱情及婚姻自主自由的无限哀怨。现代的逃离，却是要从女性自己的生存遭际出发，将解放的想象变成具体的行动。逃婚、私奔、进城、同居，躲开了封建家长的耳目，去求取婚姻的自主和幸福，20世纪初的女性文本中呈现出一派胜利大逃亡的景象。五四运动时期那些激进的女性作者或多或少都有过辛酸痛苦或充满期待与盼望的逃离过程。无论是萧红《生死场》《呼兰河传》里的逃离，还是庐隐《海滨故人》《归雁》、冯沅君《旅行》《隔绝》里的逃亡，或者是丁玲《梦珂》《莎菲女士的日记》中的逃离，以及白薇《悲剧自传》里的逃亡和谢冰莹逃婚参军的《从军日记》，都是女性从死亡之路走向自我救赎的过程。

在这样的逃离场景当中，萧红的自身经历是最富有传奇性的。从逃脱包办婚姻离家出走，到落入背信弃义的男人魔爪复又出逃，她的整个生活似乎就是在不断陷落和逃离之中循环往复。身为女性作家的萧红，她的才气与敏感，她的身体孱弱与言行刻薄，她的文人神经质与北方女子的率真朴拙，她的艺术上的成熟与孩童般的世事未谙……诸种性格奇妙地在她身上杂糅。阶级和党派、民族、国家观念的吸纳，又使她仿佛呈现出倾"左"之势，作品中呈现出许多的觉悟和反抗压迫意识。虽是被划进左翼文学阵营，但是由于对政治的懵懂，使得她在实际生活中心存畏惧而不愿归入任何一个派别之中。由叛逆而得的飘零遭际，她不太长的一生中无尽的逃逸和奔波，愈发加重了她性情中的脆弱和敏感。这一切都使她的作品风格在同辈女作家中显得奇异，如鲁迅在给萧红《生死场》的序中所评价："女性作家的细致的观察和越轨的笔致，又增加了不少明丽和新鲜。"①

与众多的左翼阵营的男性作家的表达方式不同，萧红对于国难乡愁的书写，对于时局的忧愤，对于民族国家概念的表达，不是从已有的理论教条出发，以理性来操纵和控制写作；恰恰相反，她是从个人记忆和自身的生命体验出发，从对女性身体的认识和感知出发，在百般遭受欺凌侮辱的乡村底层妇女身上，表达她对彼时乡土中国中人们麻木而又愚昧的生存状况的忧惧。由此我们可以理解，为何《生死场》中"蚁子一样的愚夫愚妇们"②的生存状况描写，笔墨主要都集中于乡村女性身上：她们的身体、劳作、生殖、疾病、伤痛、被殴、苦难、不被当人看、形同兽类的生活……这一切怀着万分同情和惨痛的描写，皆是因为女性的生活是萧红最谙熟的领地，在那一系列女性躯体伤痛、受难的流血记忆里，分明有着她自己亲历过的凄苦人生经验。

没有谁能比萧红更深切感受到作为女人生存的不易。身为女性，一次次逃离、陷落、被遗弃和贫病交加的经历，尤其是她经历的几次亲人的死亡——母亲、祖父、自己的孩子的死——这一切都使她对人性内核及其生与死有了进一步的参透，对于大地、家园及其延伸到最小概念的"家庭"也有了最真切的依附和牵念。"女性的天空是低的"③ 是她于无奈之中发出的最真切的慨叹，也是比别的女作家所具备的更深刻的性别自我认知。懂得了

---

① 鲁迅：《生死场·序》，《生死场》，黑龙江人民出版社，1980 年 7 月。

② 胡风：《生死场·后记》，《生死场》，黑龙江人民出版社，1980 年 7 月。

③ 季红真：《萧红传》，北京十月文艺出版社，2000 年 9 月。

生与死，使她对"阶级""革命""解放"等等概念的表象予以超越，文本之中无形增加了一分人性深处的洞明。

从她个人的生存遭际入手理解，我们就可以看到，在萧红笔下，"生死场"其实是一个具有女性先天受难意味的"生殖"与"死亡"之"场"，然后，才是"麻木的愚夫愚妇"们在亡国灭种的灾难中警醒、争取国家民族抗日解放的拼死求生之场。小说《生死场》的前三分之二的篇幅写的都是妇女的灾难，在封建男权专制下，她们根本不被当人看，被当成会生产的畜生一样对待的身体所受的灾难，那是只施加在女人身上的民族性的灾难。其中所体现的阶级压迫和阶级矛盾，是"妇女阶级"所受的男权制度的深重压迫和性别歧视，而不是像一般男性作家所写的农村"阶级矛盾"总是由诸如地主与农民之间的剥削压迫关系构成。《生死场》的后一部分笔锋一转，描写外来侵略者带来的灾难，那是不光施加于女人同时也施加于男人身上的民族灾难。而无论在什么样的灾难中，女人总是处在最低一层的受苦等级。她们的苦，最痛切的来源是来自于身体所受的苦。翻看萧红的作品，会发现萧红对于女人身体伤痛的记忆总是拂之不去。

《生死场》中的女人是没有欢乐可言的。无休止的田间与家庭劳作给她们带来无尽的身体疲惫；转瞬即逝的青春求偶交配的快乐，也因为会带来怀孕和生殖的连带效果，因而让女人产生恐惧与惊悚。而生殖，对女人而言，更是过鬼门关，在炼狱里挣扎，不死也得扒层皮。《生死场》中，萧红对于女性生殖的生与死意义的认识和书写，甚至远远超过其后半部分对于国家民族生死存亡意义的书写和认识。围绕着"生殖"其实也就是女人的"生"与"死"这个议题，作者循环往复，从前因到后果，尤其是其过程，铺排渲染得十分细密。对于人类来说，其"生殖"如同牛羊鸡犬的生殖一样，是"种"的繁衍和延续；而对于女人来说，这却是受难的行程，是在跨越"生"与"死"的门槛。而在这样的疼痛与流血的生死关头，她们自己却往往无法主宰，无能为力，只能听天由命。

"生殖"的过程，是同性交、怀孕、流血、疾病、死亡紧密联系在一起的。每一个生理流程，都令人望而生畏，不寒而栗。生殖的前因是性交，对男人来说，那是动物发情一样的不可遏止的欢娱；对女人而言，就因为它会带来怀孕，因而导致她会产生惊恐和厌恶。十七岁的金枝未婚先孕，她的感觉是：

> 金枝过于痛苦了，觉得肚子变成个可怕的怪物，觉得里面有一块硬的地方，手按得紧些，硬的地方更明显。等她确信肚子里有了孩子的时候，她的心立刻发呕一般颤嗦起来，她被恐惧把握著了。奇怪的，两个蝴蝶叠落著贴落在她的膝头。金枝看著这邪恶的一对虫子而不拂去它。金枝仿佛是米田上的稻草人。①

不仅如此，一旦女人身染疾病，就会落入悲惨的境地，身体变形，流血，丑陋，再无生的意趣，生命成了苦难的载体。打鱼村最美丽的女人月英瘫痪了，整天悲苦凄惨地呻吟哀求，她的丈夫都无动于衷，不闻不问，反过来还虐待她，想法折磨她，不给她被子盖，残忍地在她身子周围用砖倚住。"她的眼睛，白眼珠完全变绿，整齐的一排前齿也完全变绿，她的头发烧焦了似的，

---

① 萧红：《生死场》，黑龙江人民出版社，1980年7月。

紧贴住头皮。她像一头患病的猫儿，孤独而无望。"这个变了形的身子，丑陋不堪，简直难以目睹。"她的腿像一双白色的竹竿平行著伸在前面。她的骨架在炕上正确的做成一个直角，这完全用线条组成的人形，只有头阔大些，头在身子上仿佛是一个灯笼挂在杆头。"最难以忍受的是，当王婆用麦草揩着她的身子，擦臀部下时，觉得有小小白色的东西落到手上，借着火盆边的火光去细看，知道那是一些小蛆虫。月英的臀下是腐烂了，小虫在那里活跃。月英的身体成了蛆虫们的洞穴！

女人的躯体由于受尽迫害逐渐变成了一个龌龊的东西。萧红不惮于描写这些女性身体上的丑陋和龌龊。而生殖更是可怕，萧红干脆把生产叫作"刑罚的日子"，是它把女人的全部恐惧、灾难都推到顶点：

> 家中的婆婆把席下的柴草又都卷起来，土炕上扬起灰尘。光著身子的女人，和一条鱼似的，她趴在那里。
>
> 黄昏以后，屋中起著烛光。那女人是快生产了，她小声叫号了一阵，收生婆和一个邻居的老太婆架扶著她，让她坐起来，在炕上微微的移动。可是罪恶的孩子，总不能生产，闹著夜半过去，外面鸡叫的时候，女人忽然苦痛得脸色灰白，脸色转黄，全家人不能安定，为她开始预备葬衣，在恐怖的烛光里四下翻寻衣裳，全家为了死的黑影所骚动。
>
> 她受著折磨，产婆给换下她著水的上衣。门响了，她又慌张了，要有神经病似的。一点声音不许她哼叫。受罪的女人，身边若有洞，她将跳进去。身边若有毒

药，她将吞下去。她仇视著一切，窗台要被她踢翻。她愿意把自己的腿弄断，宛如进了蒸笼，全身将被热力所撕碎一般呀！

这边孩子落产了，孩子当时就死去！用人拖著产妇站起来，立刻孩子掉在炕上，像投一块什么东西在炕上响著。女人横在血光中，用肉体来浸著血。[①]

五姑姑的姐姐生产仿佛生灵涂炭，而她的丈夫——那个酒疯子，还要闯进来用手撕扯幔帐，厌烦地打她：

他拿起身边的长烟袋来投向那个死尸。母亲过来把他拖出去。每年是这样，一看见妻子生产他便反对。

……忽然那个红脸鬼，又撞进来，什么也不讲，只见他怕人的手中举起大水盆向著帐子抛来。最后人们拖他出去。

大肚子的女人，仍涨著肚皮，带著满身冷水无言的坐在那里。她几乎一动不敢动，她仿佛是在父权下的孩子一般怕著她的男人。

金枝、傻婆娘、李二婶子的生产过程，莫不如此。金枝拖着大肚子洗衣做饭，挨骂，临产前一天，还被丈夫纠缠着做房事，险些出生命危险；产后十天就又下去干活，屋里"小金枝哭着在呼唤她"。生命在昏天暗地里循环往复，女人的灾难也在循环往复。

---

① 萧红：《生死场》，黑龙江人民出版社，1980 年 7 月。

房后草堆上，狗在那里生产。大狗四肢在颤动，全身抖擞著。经过一个长时间，小狗生出来。

暖和的季节，全村忙著生产。大猪带著成群的小猪喳喳的跑过，也有的母猪肚子那样大，走路时快要接触著地面，它多数的乳房有什么在充实起来。

在乡村，人和动物一起忙著生，忙著死……①

这就是乡村里生存和死亡的实在意义，也就是不知不觉、无知无觉的"种"的繁衍和延续的意义，亦即是那个"场"的实在意义。尽管《生死场》一直被归为是抗战的主题，鲁迅在《生死场》的序中评价它："这自然不过是略图，叙事和写景，胜于人物的描写，然而北方人民对于生的坚强，对于死的挣扎，却往往已经力透纸背。"② 然而本文中萧红对于女性身受多重迫害的黯然神伤、感同身受、悲天悯人……却构成了作品打动千万人心的关键情节。几乎在所有篇章中，女性命运的悲戚，都一直是萧红精心营造的主题。她作品中的每一位女性都是乡下平凡的妇女，她们的共同特点是身世悲惨凄凉。

除了《生死场》之外，《王阿嫂之死》的王阿嫂，《牛车上》的五云嫂，《小城三月》中的翠姨，都是被封建制度欺凌逼迫而死。《呼兰河传》中老胡家的"小团圆媳妇"是又一个典型：那个还未成年的小姑娘整天在婆家挨打受骂，活泼伶俐的小女孩硬

---

① 萧红：《生死场》，黑龙江人民出版社，1980年7月。
② 鲁迅：《生死场·序》，《生死场》，黑龙江人民出版社，1980年7月。

是被折腾病了，婆家又听从跳大神的挑唆，把她塞进滚烫的大热水缸里洗澡"驱魔"，三进三出，最后小媳妇活活被折磨死了……萧红诉尽了底层妇女的苦难，对于男权的压迫有着一贯的愤懑和批判。对于乡间的男女不平等她满怀讽刺地说道："可见男人打女人是天理应该，神鬼齐一。怪不得娘娘庙里的娘娘特别温顺，原来常常是挨打的缘故。可见温顺也不是怎么优良的天性，而是被打的结果，甚至是招打的原由。""人若老实了，不但异类要来欺侮，就是同类也不同情。"① 在那些挨打受骂被欺凌的妇女身上，她不光是寄注着自己的同情，同时，也倾注了自己太多的婚姻不幸、飘零逃亡的生命体验。她总是不断地絮絮私语："我最大的悲哀和痛苦便是做了女人。"②

值得注意的是，在中国的现代女性作家中，能够将乡村题材写得好的，可以说寥寥无几。或是因为她们没有乡村生活的丰富体验，或是因为受小资情调影响，虚荣的城市化立场的泛滥，对城市灯红酒绿霓虹闪烁繁华生活的向往，致使她们将注意力对准了城市中间一份浮华喧闹的生活，而对描写乡村生活场景显得不屑一顾。即便是那些本是来自乡野农村的，也要极力掩饰自己的出身经历，努力将自己厕身于城市人的行列中。萧红却是个例外，她对乡村场景的描写出自天然又饱蘸情感。无论书写什么题材，萧红都从来没有把自己的视点放在一个不适当的位置，没有那个时代小资女人通常怀有的孤高自傲或盲目自恋的毛病。作为女性个体的不幸的生命体验和记忆，使她总是十分虔诚而朴素地

① 萧红：《呼兰河传》，北方文艺出版社，1987年。
② 骆宾基：《写在〈萧红选集〉出版之时》，葛浩文《萧红评传》，北方文艺出版社，1985年3月。

描写她所能感知到的一切生活，尤其是她身上具有的天然的对底层人民的同情，情感非常动人。她的朴素和真诚是其作品在半个多世纪以后仍然能够打动人心、受到男人与女人共同喜爱的一个根本原因。

而张爱玲，走的是另一条路。她的身世经历已经注定了她的生不逢时，且又命途多舛。她的优越感和自卑感交织，虽是高门巨族出身，可惜童年又遭逢父母离异，遭受继母虐待的不幸，年轻时又曾有过逃离家庭只身考到香港读书的经历。无形中，自卑中更多了一份自尊。与其说她是从没落的封建大家庭中"逃离"，不如说是"被遗弃"更确切。在实际生活当中，其实她已是被父母遗弃的孤儿，一直跟姑母过活，靠稿酬养活自己，算得上是一个"自立"的女性，无论是在经济独立意义上还是思想独立方面，她都是无所依赖的，只凭自身。仅从这一点上来说，就要令人肃然起敬。

逃离是义无反顾的，而被遗弃者却不同，后者自然要抱着十二分的委屈、眷恋、遗憾、惆怅，要时时地控诉却又有所怀想。张爱玲那破落贵族世系横遭凋零的感觉，不向旧式的《红楼梦》里去找，也就无处可寻了。因而她对往日风情大俗以雅的描写，对日常生活琐琐碎碎人情世故的展开，便是在《红楼梦》似的哀怨婉叹里，以"一恋倾城"和"焚香围炉"的说古方式讲述，渗透了贵族遗梦似的感伤，同时又是极其"歹毒"、"狂妄"、恃才傲世、心狠手辣，戳穿人性"恶"时毫不留情，人性善的方面却几乎看不见，描述的多是懦弱、狡黠、贪婪、自私的本性。沦陷时期的上海文坛之所以能够容忍张爱玲的出现并有奇才之叹，实际上是将历史的断裂在风花雪月的追忆中弥合，满足一部分艺人对旧式才子佳人繁华生活的怀想，也是栖居孤岛之时暂时而不得已的对凡俗人生、男女世相的无奈关注。

张爱玲是个思想深邃的同时又具世俗心计的聪明女子。她的写作资源，不光是来源于古代《红楼梦》《西游记》以及"三言二拍"等等旧事传说，对于当时文坛的潮流起落、名衔排行，她也都悉心关注，心里有数。从胡适之、老舍到周作人、鲁迅、林纾、张恨水到丁玲、冰心，作品她都阅读，并有自己的评价。这些，在她的散文集《张看》中检索得出来。当代人中，她喜欢读老舍的作品。"《小说月报》上正登着老舍的《二马》，杂志每月寄到了，我母亲坐在抽水马桶上看，一面笑，一面读出来，我靠在门框上笑。所以到现在我还是喜欢《二马》，虽然老舍后来的《离婚》全比《二马》好得多。"她的胞弟张子静的文章也可以作为辅证，表示出她对同时代作家的关注："她从前也很喜欢看，还有老舍的《二马》《离婚》《牛天赐传》，穆时英的《南北极》，曹禺的《日出》《雷雨》也都是她喜欢看的。她现在写的小说一般人说受《红楼梦》跟 Somerthet Maugham（即 Somerset Maugham，英国小说家萨默塞特·毛姆——编者注）的影响很多，但我却认为上述各作家给她的影响也多少都有点。"

年轻时，她尚可公正评价林纾、丁玲等若干作家、女作家，及至成名进而大红大紫后，便没有什么人尤其是女性作家能在她的眼里了。发表于 1936 年 10 月 20 日上海《国光》创刊号上的《读书报告》，其中一则书评《在黑暗中——丁玲著》写道："丁玲是最惹人爱好的女作家。她所作的《母亲》和《丁玲自选集》都能给人顶深印象。这一本《在黑暗中》是她早期作品中的代表作，包括四个短篇。第一篇《梦珂》是自传式的平铺直叙的小说，文笔散漫枯涩，中心思想很模糊，是没有成熟的作品。《莎菲女士的日记》就进步多了——细腻的心理描写，强烈的个性，颓废美丽的生活，都写得极好。女主角莎菲那矛盾的浪漫的个性，可以代表五四与时代一般感到新旧思想冲突的苦闷的女性们。作者的特殊的简练有力的风格，在这本书里可以看出它的养成。"

这种中规中矩、客观公正的评价，当然不是日后那个飞扬跋扈、自恃才高、眼里没有第二人的张爱玲所写，而只是当年十六岁的女学生的读书报告。等到1945年4月，在上海《天地》第十九期上发表《我看苏青》时，就没这么客气了，口气里全是大家风范，虽然看上去是帮苏青的《结婚十年》说些促销式的好话，但显然句句都在表白自己。虽然假意说"把我同冰心、白薇她们来比较，我实在不能引以为荣，只有和苏青相提并论我是心甘情愿的"，而口气言谈中却也着实把被说为"与她齐名"的苏青也看低了一层。

好了，这就是张爱玲。弄清了她的家世来源和知识结构后，就能明白，她出道以后的每每下手毒辣、撒豆成兵的气冲云天的书写，完全都在情理之中。若干才情不向写作里出，也是天理不容，老天太不眷顾于人。总之，在她没有正式向文坛出手之前，就已经基本修炼完毕，具备成为一个作家的各种禀赋。所有的人生不幸经历，所有的阅读经验、接受的教育，都在教她往一个合格称职的职业写作者的方向发展。

在她有了足够的人生履历和写作训练后即将崛起之际，所处的时局却给了人一个大困惑。张爱玲时代的上海，是沦陷以后的上海。当时蛰居在此的文化人都在谨慎地保持沉默。

当张爱玲甫一成名时，柯灵等前辈善意劝告她要谨慎从事，这个小女子却以"出名要趁早"而置一切于不顾，只顾着写得痛快、出名得痛快，走的是一条纯粹自由主义者的道路，潇洒而无所顾忌。

张氏也俗，却俗得浓艳；也烟火气，却烟火气一跃而成撒小娇，由着她二十出头的小女人性子，将被窝、零食、姑姑、女友、窗前风景、有轨电车、邻家妇人等等一概入诗。没人说她创作资源匮乏，相反却得赞许，不能不说她占了"年轻女人"的大便宜。综观张氏人生经历与作品，我个人体会，在那些小女子式的表面风光与矫情下，内里张氏却一直怀揣一宗生存的恐惧，那种要命的女人生存的不安全感，贯穿于她的一生，也贯穿于她的作品。她是一个完全靠自立、以卖文为生的小女子，父母离异的家事不幸，短命的婚姻却又换来伤心受骗的结局，故而她无所依靠，只有靠自己的一双手艰难为生：工作刻苦勤奋，生活省吃俭用，兵荒马乱的危急时刻她要慌忙去"囤积大白纸"，担心以后书出版时印刷不了；跟姑姑同住一个屋檐下也要钱款 AA 制分得很清，似是"洋气"其实是相当的小气；偶有一时的高额稿酬进项，却也顶替和满足不了长久的人生之需。在那样的时局里靠写作赚钱，说穿了仍旧是一种缺乏安全感的生活。这一切，折射到她作品的女性人物身上，就变成了那基本上是一群没有收入来源、经济上不能自主自立的女子：曹七巧、长安（《金锁记》）、白流苏、萨黑荑妮公主（《倾城之恋》），王娇蕊、孟烟鹂（《红玫瑰与白玫瑰》），小寒与绫卿（《心经》），梁太太、葛薇龙（《沉香屑·第一炉香》），阿小（《桂花蒸·阿小悲秋》），王佳芝（《色·戒》）……

169

无论是华侨出身的"红玫瑰"王娇蕊，还是大学毕业生"白玫瑰"孟烟鹂，无论是离婚女人白流苏，还是寡妇曹七巧，这些新新旧旧、半新不旧的女人，都有一个致命的弱点，就是自己不能赚钱，都要靠男人养活。她们结婚嫁人，就是为获得一张长期饭票，婚后的任务就是在家相夫教子，打理家务。一旦这张男人"饭票"失效，她们的整个人生也会就此坍塌。"生存的恐惧"是她们一切行为的出发点。她们没有去革命，也不会写作，又没有任何职业技能，更没有遗产可以继承，不牢牢抓住男人、金钱，她们还怎么过活？这实际也是中国旧式妇女的生存写照。她们就是那些没有能够身体力行去争取平等解放的、被"五四"遗下的仍保有旧时婚姻习惯的那部分妇女。曹七巧拼死抓住分家后的财产，白流苏用尽心机抓住范柳原，白玫瑰对于振保的忍气吞声、逆来顺受……这一切皆是出于生存的无奈。只有"红玫瑰"王娇蕊是个例外，她是个有着"成熟的身体，婴孩的头脑"的美丽女人，只知调情、做爱，不管其他。因为她的生长环境不同，身为华侨，不知内地的残酷生存本相。所以作者让她闹了一通婚外恋后，开始促使她"省（醒）事"，让她大闹一场、离婚、受苦、再婚、生子，最后心情沉静、面有老相，变成中规中矩、毫无生气的中年妇人。

　　张爱玲所写的悲哀，都是那个时代女性最基础的生存悲哀。她所体现的深刻，是揭破女人在社会等级秩序中毫无经济地位、社会地位的锐痛式的深刻。如果现代文学的女性人物长廊上没有了这一系列女人形象，就无论如何也不能算是完整的。至少，是不够丰富多彩的。

三、小　　结

最后我再来简单做一下总结：通过分析以上两位女作家的生平创作和思想，以及她们的作品，我们会知道，首先，她们是第一批新文化的先驱，共同通过写作来获得经济上的独立，获得自己身为女性的政治社会地位，也真正争取了女性的尊严平等和自由。其次，她们以个人的写作实践丰富和发展了现代汉语尤其是白话文，也为中国的现代文学史留下了宝贵的经典篇章。正如克里斯蒂娃所说，妇女写作作为一种"特殊的写作实践"，本身就带有"革命性"。当我们在谈论20世纪初女子加入文学写作群体的政治意义时，许多人都忽略了它的经济意义，或故意对其在经济上的盈利视而不见。对这个问题避而不谈是不恰当的。妇女从事职业写作的意义，最重要的一点在于标志着经济上的独立。娜拉出走的致命症结——由于经济上不能自立，致使她此番出行的结果，或是回转身来，或是当妓女，这已经早被鲁迅先生所洞悉。而通过写作来赚钱，使它成为女子自立的手段——这是在形式上和写作的最直接效益上区别于古代女子写作之处，也是建立现代性民族国家理想之于妇女的最初的最实惠的利益。如果女子的吟诗弄文仅仅停留在古代"绣余""红余"所做的"风雅游戏"一类基点上，仅仅停留在情感自慰和交际应酬唱和的层面，那么它所赋予女子的自由意义将根本无法凸显。写作只有成为合法谋生手段，它的自由和独立意义才是有效的。现代两种新型的女子自立方式：一种是将自身加入革命，从中取得薪俸；一种就是从现代稿费制度中获取自己劳动所得，通过写作赚钱养活自己。正是这两种方式使得她们的逃离出走，有了经济的保障和基础，也使她们自身的解放有了真切实在的意义。而后者，更具有永久性，因为她们的文化命运就从"写作"这一具体事件上改变了，妇女的历史文化命运也从此而改写。

我要讲的就是这些。谢谢大家！

主持人：现在还有十五分钟，然后徐坤老师咱们还可以有互动的环节，哪位听众想提出问题的都可以畅所欲言，有关张爱玲、萧红还有有关徐坤老师自己的都可以。

提问：非常感谢徐老师，我觉得今天听课是我听到最深刻的一堂文学课，也了解了一些写作，写作真的需要童子功的说法。刚才徐老师也讲过一个观点我很认同，但是也很困惑，就是说写作是用手指头在思想的，可能不是你的原话，但是我觉得我很认同这句话。之前我也有上过一堂研究课，当时是听崔曼莉老师讲的，她也提到过。因为我在写作的过程中有点困惑，所以问了她一个问题，她当时的回答是这样的，她说你不要去用文字去翻译画面，而是在这个画面之前你是有文字的。所以我觉得这两句话是比较通的。我的问题是这个境界好像很高，怎么能够做到这一点，谢谢徐老师。

徐坤：感谢这位朋友提出的问题。毕飞宇也曾经说过作家是用手指来思考的。怎样能达到文字能够先于思想这种境界，这可不是先天就有，不是说生下来就会写，你不经过训练，人有了手一摸上去字就出来，就能先超越大脑冒出来。而是说必须要经过训练，前提是你必须形成一定的世界观、价值观、思想观，有了大量的阅读积累，当你进入具体的操作状态的时候，才会心到手到，我手写我心。必须勤学苦练。写作更多是一个实践的过程，必须要天天写，曲不离口，功不离手，写作也是一样。比如说我现在放一个月不写东西不摸键盘，我再去写的时候手也生的。我必须每天在工作台上坐上五六个小时，偶尔出差的时候，晚上也一定要打开电脑写一写东西，才能在手指上找到熟悉的感觉。我们都知道，打球的人都爱说"手感"，刘国梁在评价马琳、王皓的时候，经常说这个手感好，而那个的手感稍微差一点。"手感"就是熟练程度，你必须总是在不断地接触，不断地用你这个器官，才能达到熟练。作家的手指是来表达自己的大脑的，但是如果你不练，你的手指是涩的，那种语感语句是出不来的。一旦你的手指灵活了，每天都练，一上工作台，你的肢体自动就开启速热状态，如果这时脑子里面已经存储了丰富的思想，那么它经由你的手指往键盘上一搭，文字马上就从指尖流淌出来，很顺畅，并且会逐渐进入出神入化的状态。

所以说，首先还是要有思想，其次才是用手指来把它表达出来，再次是手指必须要天天练。只有这样才能达到流畅自如的境界。

主持人：谢谢。今天也非常感谢徐坤老师的精彩演讲。今天徐老师在演讲中告诉我们为什么是萧红与张爱玲，她们两位在身世、天分、才情方面都有很多相似之处，而命运也殊途同归。我还得问一个问题，为什么是徐坤老师来讲萧红与张爱玲？我想徐坤老师自己也提到她对萧红与张爱玲的关注和研究是长期的，也是关注了很多年。其次，她跟另外两位女作家之间有很多共通点，同是女作家，而且同是善于写女性命运的出色的作家。今天徐老师的演讲不光有学者的细致学理性，也有作家的细腻感悟力，为我们提供了非常多的新资料、新信息，特别是有关萧红的部分让我也大开眼界。今天徐老师多次讲到现代女性的解放，我想大家可能听了特别是在座的女性听众听了都会感慨万分，而我们都赶上了好时候，所以徐坤老师可以来这儿演讲，而我可以来主持，下边听众可以自由来听讲座，我想我们都得珍惜这和谐社会。但是在提倡男女平等的时候我们也别忘了男女有别，女性视角、女性视野对写作研究而言都是十分宝贵的，我想徐坤老师就提供了一个很好的证明。

今天徐坤老师也讲到了《小团圆》，对《雷峰塔》和《易经》的中文版提出了质疑，当时我听到这儿我就觉得徐坤老师敢说的本性一下子就暴露了。关于这一部分下一次我们可以到7月10号吴福辉的讲座再继续聆听，欢迎大家来听，谢谢。

2011 年 6 月 19 日　北京中国现代文学馆

短篇小说：短兵相接与快意恩仇

——在鲁迅文学院高研班上的讲座

2013 年诺贝尔文学奖授予以写短篇小说见长的加拿大作家爱丽丝·门罗，不由得让人们对于"短篇小说"这样一种古老文学样式重新产生几分激情。在这样一个以互联网为代表的新媒体不断出现、传统文学样式日渐衰微的时代，诺奖的这次授奖，更容易被理解成为是对传统作家和传统写作的敬意。

当然，如果这次评奖的奖项授予另外一个加拿大女作家玛格丽特·阿特伍德的话，将会被理解成对女性卓越智性的赏识。总之，对于一项评奖结果，人们总是会找出适当的理由来阐释概括。

按照授奖词的说法，门罗是"当代短篇小说大师"，"门罗以精致的讲故事方式著称，清晰与心理现实主义是其写作特色"。对于门罗，可能人们有许多话要说，但是对于短篇小说，无论说什么，都是老生常谈，难出什么新意。"精致的讲故事方式"，这句评语说得很到位，缺了它，就无从谈短篇小说的文体与技法。

如何理解"精致的讲故事方式"？换句话说，短篇小说，好比是人生大戏中的一场折子戏——人物有了，对话有了，身段也有了。《三岔口》或《罗生门》，出场就对打，摸着黑儿的、明着干的，或明火执仗、或扑朔迷离，高潮和冲突爆发在一刹那或者循环爆发，放眼望去，唱念做打，招招式式皆出彩！

其实，又有什么不是折子戏呢？所有的艺术门类——长篇小说、中篇小说、诗歌、散文、影视剧、舞台剧……没有哪一个不是撷取人生或者漫漫历史长河的一个片段书而写之或演而戏之。可谁又能在有限的篇幅里写尽和演完上下五千年、东西南北中的人类史和文明史呢？

谁也不能。短篇小说也同样不能。但是，短篇小说有一个好处是，囿于篇幅所限，它的矛盾冲突更集中，对语言的要求更纯粹、更见功力，对于人性的起底更迅捷、更不留余地。

当人生与人性以"短篇"的形式出场时，该是多么的短兵相接与快意恩仇啊！高度凝练与高度浓缩的世界，蓄意横生的紧张，一触即发的美，高潮在绷紧的渴望之中如期到来。

以我自己写作短篇小说的体会而言，高潮可以在不必出声、仅有小幅肢体碰撞动作中便达到，如短篇小说《厨房》里的一对很矜持的男女主人公；高潮也可以在大幅度肢体动作的夸张与交相缠绕中来到，如《午夜广场最后的探戈》中一对跳广场舞的男女，他们在场子上的最后一摔，让一直悬着的暧昧欢乐气氛戛然而止；高潮还可以通过耍贫嘴、饶舌、上万人群聚广场京骂的气氛中到来，如《狗日的足球》里那个足球场上众人看球的场面。

如任何一类传统小说一样，短篇小说也总是要有个开始，总是要有个展开，也总是要有个结束。当然，这些说得有点像废话。但是，短篇小说不管从哪里开始，它的高潮，必定是落在它结束的那个点上。

2014 年 4 月 6 日

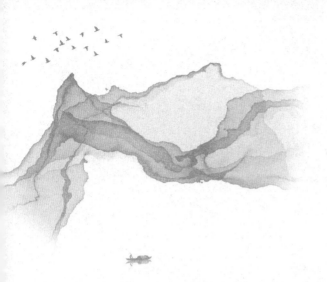

喝酒谈球

你那酒汪汪的玫瑰色女狐狸眼睛

　　跟广州女作家张梅第一次见面，是在 1998 年世界杯足球赛开赛前夕。她们一行人出访欧洲，集结于京城。饯行的酒席宴上，我叨陪末座。正是薄暮时分，喝酒的好气氛。别人喝啤酒，我们两人要了一瓶北京醇。酒一喝上，就有了感觉。张梅说："我就喜欢像你这样见面烟酒不分家的。"我呢，也是酒逢对手千杯少的喜悦。但因时间紧迫，她要出行，我要看球，不敢畅饮，只能将一瓶酒垫垫底，相约等她回来时再喝。

　　从欧洲转来时，她却因旅途劳顿，在首都机场直接转飞了广州。

　　又一年夏天，不知什么名目，大闲人和大忙人张梅竟能在京有一段闲散的滞留。于是免不了一干酒友每日觥筹交错，再续前缘。却说那日，艳阳高照，两人被好友李师东拉去京郊某部队养鱼场钓鱼，中午免不了一场军民相见欢似的酒宴交战。喝的是京酒，度数低，不太适应。小战士好不容易遇到两个女酒鬼，姐一声妹一声紧逼着相劝得急。我俩也是从小就对解放军叔叔有崇拜之感情的，也未拿捏，痛快应战。几个人很快喝掉三瓶。当即小兄弟们或去呕吐或倒头去睡，我们则继续去池边钓鱼。晚上回来，又一个朋友宴请，酒却无论如何喝不动了，头痛欲裂。方知是中午的酒劲泛上来，暑热，喝了快酒，外加逞能，犯了喝酒的大忌。于是散了歇息。说改天重喝，一定要把感觉喝回来。

两天以后，终又有了机会，名目是给她饯行。长城饭店酒家，聚了一干好友。李敬泽兄拎来了家藏多年的两瓶茅台，兴安兄端来一瓶窖藏的上好葡萄酒。茅台毕竟是茅台，况且又是深藏多年世风不曾日下时的醇厚，先一入口，就是绵软，渐而甘洌，渐而强劲，渐而暴戾，渐而深长，渐而缠绵，渐而欲仙欲死，渐而不知今夕何夕、今年何年……迷离醉眼里，恍见眼前张梅，活脱脱一张旧上海 30 年代的泅黄月份牌：兰花指，酡红脸，二郎腿，水蛇腰，摩尔烟，一双酒汪汪的玫瑰色女狐狸眼睛，电光闪闪。谁跟她对眼儿谁倒下，唯我还勉力维持与她推杯换盏。

几瓶白的红的下肚，仍不尽兴，给喝得挂了起来，是喝酒进程里最不爽的阶段。于是又喝掉一瓶小糊涂仙。意犹未尽，众人打车到三里屯酒吧，落座，吩咐酒保将泛着泡沫的新鲜啤酒斟上。一小口一小口地呷着麦芽冰啤酒，有一搭无一搭地说着体己话，塌着长长的懒腰，迷蒙倒伏于桌上，醉猫和醉狐狸一般，缓缓转动手中酒杯，开始谈文学，谈魏晋风度及文章与药及酒之关系。隔壁女孩子用咿咿呀呀的唱段陪伴：莫道年少，今朝秋来早……蓦地明白，不知不觉，喝的，却已是中年的酒了呵！少不更事时，总看别人醉，觥筹交错之中，是别人的高潮，满世界的热闹，也都是别人的，吾辈只有当看客的份，往往还要陪出一副侍酒小女子的谄媚假笑，端的是惨淡人生！

这酒，却只有到中年时，才让女人家品出了一点点分量和意趣。第一口酒吻过，那热辣的、滚烫的、粗壮的、艰涩的、刀锋一般的快感，飞快在唇上抹过，刹那间鲜血淋漓，割出无数道热血梅花飞溅！呵，杯酒酬唱，醺酥人生！一剑封喉之际，饮者的心灵有多么的宽阔！

那就挥手作别吧！带着朝闻道夕死足矣的醺态，各自登程，冲进城市夜色深处茫茫的繁华与荒凉。今朝有酒，莫问前程；今夜有酒，无论路上发生什么，也便都无所畏惧了啊……

2000 年 1 月 4 日

开往城里的喝酒专列

　　若干年前，有一部徐静蕾主演的电影叫作《开往春天的地铁》，讲的是一对京漂小夫妻，在北京地铁里上演有关爱情、失业、持守、迷离的纠结戏。拍戏的时候，才是 2002 年，地铁还只有两条线，人也不多，显得空荡，还可以让剧组取景，拍一拍男女主人公在环线来回坐车、玩追逐、搞神思飘忽的曼妙桥段。

　　转眼，八年过去。也就是说，多半个"十五"规划和整个"十一五"规划全过去了，到如今，北京的地铁已经以迅雷不及掩耳之势汹涌发展起来，地铁线路剧增，乘车人也剧增，再想在地铁车厢里玩浪漫、找空隙拍一两个恋爱镜头，哪还有那悠闲！地铁成为实实在在的交通赶路工具，现实主义版本，微挤，没座，快，迅捷，永远不堵车，保证不晚点。

　　2011 年的北京地铁线路，除了城里常坐的 1、2、4、5、8、13 六条线以外，又在去年年底新增了连接郊区的大兴线、亦庄线、房山线、昌平线和 15 号线一期五条轨道交通新线。到 2015 年，也就是"十二五"规划结束之年，北京将会有二十八条同时开通运营。

看到网上论坛里，有见过世面的人发帖表示不屑：看看人家巴黎地铁、莫斯科地铁和东京地铁！怎么还好意思说你们北京地铁发展得快？

要我说，得了吧，老兄，别这儿显摆您见多识广了！要是我告诉你，北京地铁打从 1969 年 10 月 1 日开通了第一条环线地铁，也是新中国第一条城市地铁开始，三十年间就没有再动过，你该怎么想？若是再告诉你，直到 2000 年 6 月才开通了第二条沿长安街的线——地铁 1 号线，2003 年开通了从东直门弯道北边然后奔往西直门的 13 号线，2007 年开通了贯通城市南北的 5 号线……等于说，十几条线路，都是新世纪这十年里开通的！你说，这还不算快的话，那还怎么叫快？总提人家巴黎莫斯科，人家那叫什么富裕底子，咱这又是小康人家多么薄的家底儿！

只有眼看着地铁一截截发展起来的北京人，眼看着这北京路面整天暴土扬尘、地铁工地一步一步蹭着爬着艰难往前延伸的北京居民，才知道这修地铁的艰辛，才体会这地铁带来的实惠和便利，也愈发珍惜这地铁带来的幸福和甜头。

就说我家门口的这条新地铁线路吧，它成为我和跟我一样居住在北部的朋友的"开往城里的喝酒专列"。

大家纷纷买商品房后，如今朋友都居住分散，东南西北哪厢都有。再要聚会，地点肯定选在城中，跟每个人距离均等的地方。说好了都不准拿开车挡酒，必须步行前来。于是，众人都纷纷把私家车留在单位，或停在家中，再转而坐车前来。在交通的高峰时间，地面上坐车极难到达，于是就坐地铁。咣当咣当，用不了多久就进城聚齐了。吃完了饭，狂欢完了，又咣当咣当，带着微醉的迷离分散回家去。绝对安全，快捷，稳妥。不必担心酒驾、醉驾，也不必找代驾担心被打劫。

最有意思的是，走进地铁口，见哪位还现掏钱去窗口买两块钱地铁票，就揶揄说：是外地人吧？连个公交卡都没有！然后，齐刷刷，每个人都掏出兜里的蓝色"公交一卡通"，一刷，"嘀嘟——"就进去了，显得自己的北京土著程度很资深。

曾经替一个暂住几个月的外地朋友买"一卡通"交通卡，过后她惊叹：你们北京人，太幸福了！拿卡乘车，一块钱的公交车票还给打折，四毛钱就从城东坐到城西！地铁票也才两块钱，环线直线随便换乘，从郊区到城里，都不加钱，简直没天理了！我在地面上打车每回出去办事，没个一百块钱哪能走个来回！

一旁的北京土著和假土著居民不禁自豪地说：嘿嘿嘿，北京人民好吧？北京人民在公共交通事业上被政府补助了多少啊！谁敢说这不好那不好？谁说不好我跟谁急！

如今各大城市里都是这样，地铁跟着楼盘修，或者楼盘跟着地铁走。有了地铁，就可以提速城市追逐春天的步伐。开往春天的地铁，和开往地铁的春天，多么叫人向往，而且惬意啊！

2011 年 1 月 26 日

我有茅台，鼓瑟吹笙

　　遇见茅台之前，已经有了十几年酒龄——从上个世纪90年代初，我作为中国社科院刚入职的小青年，随队到河北农村下放锻炼，于荒郊野外老屋中一群素心小伙伴以"刘伶醉"开场练酒解闷儿，到90年代末文学所同事集体出行，于上海月色下被华师大几坛黄酒闷得口吐莲花、抱头鼠窜，再到新世纪初，于广东某地入乡随俗，跟张梅一起用大杯威士忌洋酒与地方官员"炸雷子"大获全胜……整个就是一片混乱的少年行与侠士醉，十步杀一人，千里不留行，端的是无知者无畏。那不是喝酒，是在闹青春，与狐朋狗友勾肩搭背，挥霍与享受着不知有肾、遑论肝脾的花样年华。

　　忽一日，茅台来了。在北京，因为获了一个以"茅台杯"命名的文学奖，于是便与正宗茅台酒劈面相逢。那真是"金风玉露一相逢"，说不出的快感与惊艳！盘桓在舌尖上的绵、香、软、糯，温润与醇厚，浪花与云朵层层堆叠，一波推着一波奔涌向前，仿佛就要拍岸，随时都要在天际炸出亡命的快感。

　　然而，没拍，也没炸。忽忽悠悠落地上，虽已经是桃花满天、飘飘欲仙，却又能稳稳站住，立于大地之上，脑子还是自己的，手脚也是听使唤的，说话发音全没走样，还能够继续觥筹交错，云淡风轻，止于可止，行于可行。

神乎哉，茅台！发乎情止于礼，潮起潮落，完全可控，有着中年般的火候和自制力。莫非，它的酒曲里，有着不为人知的神秘配方？

发乎情止于礼，这就是茅台的风度和旨趣。

往后的十几年中，我便与茅台结缘，如若不是两家杂志"茅台杯文学奖"的获奖者，便是受邀出席颁奖会的嘉宾，持续不间断地体会着茅台的好。茅台酒的绵软好喝自不用说了，关键是这酒不醉人，简直算得上一个奇迹！酒醉是一个比较讨厌比较麻烦的过程，没法自控，因为不知道自己什么时候醉，那些烈酒洋酒小野酒，都来势汹汹，没有过渡，根本不给人一个渐进预防的过程，说醉"梆当——"一声就醉了，呕吐过后人事不省，活该由着身边哥们儿给编排绯闻故事。

茅台酒就没有喝醉之虞，喝了茅台不出丑，喝了茅台不上头。它的微醺来得悠然、舒缓、缠绵，让人清醒体会身体里高潮的临界点。即便是多喝了三五杯也无妨，不过是一夜沉沉睡去，次日醒来，神清气爽，如曙光初照，混沌初开，如开辟鸿蒙，重获新生，脑门儿和眼神都闪闪发亮，大脑皮层褶皱里的油泥，都被酒精擦得一干二净、纤尘不染。

究竟有什么神方，让茅台酒生成这般模样？

多年以后，当有机会亲临茅台酒厂，目睹美酒酿制的整个工艺流程，才解开了这个谜，也才愈发叹服了茅台人的智慧和勤劳。且不说地球上叫作"赤水河"的那一片广大的区域，水土气候温度湿度土壤菌群都适合于酿酒；也不说赤水河两岸长出的红高粱，粒大饱满浆足，是天然做酒的好材料；单说这高粱九榨的工艺，也让人听起来叹为观止！什么东西经得起来来回回翻来覆去九次的揉、踩、蒸、煮、榨？就算一块钢板也会给锤成面包了，更何况只是一群群红彤彤的高粱！茅台酒原来只不过是红高粱酒啊！九榨过后的高粱，把性子全都揉松了踩扁了榨没了，最后才滤出那么几滴发酵后的精华。

榨完之后就是勾兑。茅台酒厂有着自己特殊的勾兑流程：勾兑的前一晚，品酒师沐清风明月，禅定打坐，保持身心的洁净。然后于次日日出时分，沐浴更衣，带着清洁和清净的口腔味蕾，前来品酒。他们不是靠工业流水线的数字原料配比来勾兑，而是仍沿用人工的方式，靠品酒师的味蕾来品尝。这样品尝勾兑出来的酒，即便是每一批的百分比上有了些微偏差，但是却覆盖上了"人"的气息。每一批茅台不但带上了物候时序、温度湿度的记忆，同时还沾染了人的情绪、喜怒哀乐、性情性格。因而这酒就变成是"活"的，集日月之精华、天地之灵气、人类之品格，活生生地勾兑出来。

勾兑好的酒，还要再窖藏至少五年才能出库。这是一个关键又漫长的过程。那些细小的高粱分子，在暗无天日里沉睡、发酵、修炼，等待着拨云见日重见天光。五年，一千八百多天，是长还是短？说长不长，说短也不短。坐地日行八万里，大圣也曾被压五百年。终于，时间已到，高粱的火气、性子全磨掉了，它们化成了酒，化成了神，化成了酒神——这人类艺术的最初动力和源泉。

有了酒，才有了饮宴，有了诗篇，也改变了人类文明的基本走向。《诗经·鹿鸣》有言："呦呦鹿鸣，食野之苹。我有嘉宾，鼓瑟吹笙。""鼓瑟鼓琴，和乐且湛。我有旨酒，以燕乐嘉宾之心。"我有茅台，鼓瑟吹笙。大宴宾客，歌舞升平。遇上茅台，好比是遇上一个敦厚儒雅的中年人，什么都有了：历练、气度、财富、心胸。好酒如此，好文亦如此，都要经过漫长的历练和熬煎，蒸煮榨藏，直至飞升成仙。

2014 年 3 月 10 日

球迷不转会

最初我跟女作家徐小斌在一起侃球的时候，我们一点也没意识到彼此之间那个要命的差异。我们在一起评判教练，调侃裁判，揶揄某某球员"大腿不分叉""小腿不会劈掰儿""脚底下总爱出窟窿"……仿佛就连随便哪个女人上场的话，也不至于踢得那么傻叉。我们说着说着，就会气得笑起来，嘻嘻哈哈喊喊喳喳的，这样无数次地开怀一笑，很快将我们平日里所怀的文化忧惧，以及无意中染上的这个时代的无名焦躁一扫而光。

而那个致命的差异此时就隐藏在我们兴高采烈的话语缝隙里，总是蠢蠢欲动，伺机窥视。总有一天它会憋抑不住，自己活生生地跳将出来，奋勇凸现它的真身，并在同时也将我们虚妄的球迷友谊无情断送。我们在兴高采烈之时却一点也未意识到这个危机。

晓小（著名女作家徐小斌同志看球时的"球名"）迷恋足球的纪年已不可考，据说可追溯至中国支援非洲修坦赞铁路那一时段。后因中国足球运动的一度低迷，晓小的这份爱好也随之休眠。万般无奈，球场休息时她只好抽空去编了点剧本写了些小说，谈了会子恋爱生了个儿子，推了推《周易》演了演八卦，兴了兴茶道弄了弄插花，鼓捣鼓捣剪纸玩了一玩画画……一切都卓有成就之时，一声哨响，90年代的中国职业足球联赛正式开战。小斌女士二话不说，立即扔下手里的活计，头也不回地扛着一管大笔就折身返回了球场。随后的日子，就见她电笔狂挥，在一块绿茵场上横扫平蹚，没有什么球场上的活物不被她的笔锋带电蜇蜇捅捅而过，跑的和看的都给评点得折了七寸似的，一激灵一激灵地立马弯腰恭敬蛰伏。并且，小斌行文立意中的"骨感英雄"偶像取向，还差一点影响到一大批新进女球迷的择偶心理。热爱场上精瘦后腰者越来越多，给教练和裁判提意见起哄的小喇叭调门也越来越趋一致。世界简直要在绿茵场上求出一派大同了。

世界又哪儿那么容易变得大同？

差异终于在某一天不小心露出端倪。

某天下午，小斌同志与我相互通话提醒下午有赛事，到时务必别忘了观战。问："看吗？"说："当然看。""几点？""三点一刻。""不对吧？是四点多开始。""是三点一刻，我刚看的报纸。""是四点四十，我们家两个人同时查的，不会错。"认真较了几回真，忽然觉得不对，说："你看哪场？""我看国安哪，你呢？""我看万达呀！"稍愣片刻，两人在话筒里同时放声大笑。这下我们才意识到，我们想看的不是同一个球队，原来我们不是同一个球队的球迷！

小斌同志在北京出生并成长，她不是北京国安球迷还能是什么？而我的祖籍在山海关的外围，甲A各路兵马大会战的时候，我不为辽宁大连万达队加油还能为谁？

真逗啊！以前我们怎么没发现我们不是一个球队的球迷呢？

我们从前在一起是怎么侃球来着？以前的话题集中在崇拜骨感男人、揶揄面瓜教练、修理吊腰子臭脚身上，光顾着赏析国际球星，并为中国国家队冲不出亚洲更走不向世界而犯愁起急，各自的地区属性差异就隐匿在其后藏而不露。如今偶然间的这一漏嘴，才使我们知道，当什么什么亚洲杯、世界杯等等国与国之间的绿茵矛盾平息了之后，甲A联赛、足协杯比赛等等地区与地区之间的争端就上升为主要矛盾。而这当中牵制我们去为谁欢呼的，却是一个自身身份的归属问题。

我不知道，在别处，有没有当地球迷为外省球队欢呼加油的。只是自从这件事以后，我特地打问了周围无数的球迷伙伴，其中包括外地来京的同事、同学、朋友等等，球迷之中，凡是出生在北京的，没有谁不是国安的球迷；而从外地来的，哪怕是在京居住了十年以上的球迷，仍难能成为北京国安的球迷，他们几乎是从哪个省来的，就是哪个省当地球队的球迷。

这真是没有办法的事情。地域这种东西，你不承认它的存在不行。一个人的身份和血缘，几乎就是与生俱来无法更改的。像小斌那样，北京人成为北京国安球迷，自然无须多说，而外地人难成国安球迷，则还有另外一层原因。几乎差不多每一个外地人，都有在北京挨骂受气的经验，都会因为初来乍到，普通话说得不好，夹带着浓重的外省口音，不会像北京当地土著居民那样，把舌尖儿过分扮卷儿上翘，发出一些京油子式的儿化音，因而就要饱受当地人，尤其是服务行业的，比方说公共汽车上卖票的、商店卖菜的、煤厂卖煤球的、粮店卖油炸馃子的等等国营职工的气。当他们拿眼瞪你，或用嘴角的向下牵拉动作表示鄙夷时，一派皇天后土的地域性优势。

外省人就在北京土著居民的玻璃花或卫生球眼的鄙夷中艰苦地熬煎打磨着，直到有一天磨得舌头也会自如地打弯，翘翘地说一口北京话了，这时，人群开始分化。一部分人学会了宽容，用自身生存不易的经验，善良平和地对待新来的外地人，并给他们以力所能及的帮助；另一部分人则狭隘了，仿佛刚熬成婆婆的媳妇，忙不迭用这刚弯了不久的大舌头，去鄙夷嘲笑新迁移来的外省人，说他们如何如何侵占了他当地老人家的生存空间，破坏了环境卫生，乱了社会治安，等等等等，听那口气，仿佛普天之下，莫非王土，率土之滨，全似他家院墙狗尿苔。更厉害一点的，就刻苦甩着一口京片子，用"精神"之类的口音谴责外省人方言既缺精又少神。那种卷舌音的纯熟老到程度，已经散发出了一股胡同味儿。

外地人在京受的气，不由自主就要记到当地的各种象征物身上。反映到球迷身上，国安球队不被他们拥戴，且还要成为抨击撒气的对象，动辄被趁机大喊"傻叉傻叉"，也是理所当然，且又责无旁贷，没什么好抱怨的。同样道理，北京当地球迷，不也是把同样的京骂，无偿奉送给过外地球队吗？

当然在信息高度发达的后工业时代，世界看上去已恍然一片大同，地球已经成为名副其实的地球村。且不说信息的迅速交流和传递，就说世界各国球员的自由转会，从拉丁美洲村转到欧洲村，再从非洲寨子转到北美大寨，一切都只不过是银行账号上过一下户，然后就喷气式飞机在天空划过一溜烟儿的瞬间旅程。为哪个队效力都是为人类效力，为哪国争光都是争人类之光，商业球市的泛起和火爆，已经将这个理论借市场经济的庇荫得到普遍认可。没有人敢阻止人才的自由流动，也没人再将外援或援外当

192

成有损主权或叛国叛民的象征，那种判断只能说是一种狭隘的民族主义和保守的地方主义，只能表明发言者缺少对当今后工业文明和商业文化的最起码认识。

但是，奇怪的是，我们都只听说球员转会，却从没听说球迷有转会的。球星都是有身价的，巨大的转会费数额，就是其自身技术水准和身价的标志。唯有球迷不受市场经济利益的熏染，不受任何外在条件限制，全凭一腔热血和激情倾注，自发自愿充当，自发自愿为所拥趸的球队呐喊助威。球迷不当叛徒，更鲜见双料或多料间谍，拥戴哪个队，就从一而终跟定那个队；哪个队离自己的出生地、离自己的血缘发生地最近，他就是哪个队的拥趸，就绝对要"爱它不商量"。球迷当中偶尔的叛变，也是因为势单力孤，不得不做暂时的绥靖屈服。比方说四川球迷一小撮在工体看球，当然不敢喊"雄起"而要跟着喊"傻叉"，并且是冲着北京国安队喊；反过来说，北京球迷一小撮到了四川主场上，也一样不敢喊"傻叉"而要喊"雄起"，且也要冲着北京国安队喊。

常见身边有同事缕缕行行来来往往出国访学进修，每见他们从德、荷、意、英、美等国回来，我都要禁不住欣羡，说："呀，赶上联赛赛季，能够看看德甲意甲英甲多好！"他们说："是啊，人那才叫作足球，中国，再过五十年也赶不上……但是，没有中国队，我们又去看谁呢？与己无关，随便看一眼，客串一把别人的球迷而已。"

球迷也要客串，不知为谁欢呼，欢乐之中没有你的份额，那真是隔靴搔痒，一种不能真正入港的尴尬。隔靴搔痒——正如师兄叶舒宪多年前讥讽我的，"中国人搞外国文学，岂不是隔靴搔

193

痒？再搞又怎搞得过人家说母语的"？彼时他已将外国文学不再硬搞，而是回归本土，除了充当弗莱在中国的义务推销员外，还开始用文化人类学的方法，搞起《诗经》《老子》和《庄子》的文化解读，冷板凳坐过一会儿，不久，便成为此行当的专家和权威。而我则绕了一大圈后，过了而立之年，才重返当代中国文学研究，进入自己的母语文化。一个人知道自己的血型，找到自己的血质特点，竟要用去三十年的时间——此是后话不提。

隔靴搔痒——也正如同我们在国内欣赏电视中的国际球星，那些坎通纳、加斯科因、巴乔、罗纳尔多们踢得再好，我们也像远远地欣赏一种表演一样，激情调动不起来，并没有真切替他们欢呼的欲望。情形也就跟看电影中的一连串的靓仔007、猛男蝙蝠侠、肌肉块儿垒成的史泰龙，还有《真实的谎言》中那个一身肌肉铁疙瘩的施瓦辛格一样，不过是看一看而已，看完就过去了，顶多作为跟球迷互相交流时的谈资。

而看自己家乡球队的比赛，感觉就完全不一样。对于别的队的输赢，我总是平平淡淡，谈不上什么情绪大起大落，而看万达队，却总是全神贯注，衷心祈祷它连胜的神话不灭。韩国老头崔殷泽领延边敖东杀成一匹黑马，着实也是让人精神抖擞兴奋，不管怎么说，它也是从我家乡一脉的白山黑水中冲出来的。唯有沈阳海狮不争气，甲B联赛过半以后，排名榜上似乎已经失去跃入甲A的迹象，委实让人懊恼。唯有看到李金羽、李铁、高峰他们出场时，才能又变得高兴一些，知道他们是从沈阳出来的球员，不知不觉地，情绪就要偏向他们，情感的意识潜流就要跟着他们走。他们一进球了，我就要止不住地狂呼，而一旦看到谁总给高峰下绊儿，谁把李金羽鼻子撞出了血，谁把李铁撞成了轻微脑震荡，我都要气得七窍生烟，至少要把对方恨上两个星期以上。

血总是要浓于水。球迷是不能转会的，球迷也无法转会。

小斌却是个例外。小斌扬言要转会了。

那是在 97 甲 A 上半截，国安走了"双高"，外援一时不到位，锋线上空虚，眼见着越打越没戏，快堕落到降级保组边缘。某日，赛事刚毕，我和小斌又通电话，小斌声音低哑，一副愁眉苦脸之相，恹恹地说："徐坤，我转会了。"

我一听，大喜，说："是转到大连万达了吗？"

这样问的原因是因为甲 A 开赛以来，大连万达一路顺风，屡战屡胜，已经保持了三十几场联赛不败纪录。谁跟股还不跟绩优股呢？

没想到小斌仍旧声音低哑，有气无力地说："不是，我跟范志毅转会了，转到上海申花。"

我一听，乐了，心想，好，这下好，还真喜欢上了。你转吧，转吧，反正转会也不花钱。再说了，女人一时心血来潮的即兴话语，就跟皇上随机的驾幸、贫民偶尔的梦遗，虽然也算是激过动、兴过奋，却实在不应该当真，记不得，也算不得的。我也是女人，这一点，我还不了解吗？

果然，不出所料，没几天，前卫寰岛客场作战北京国安，高峰要面对旧友踢球。我想这下可有好戏看了，不知他会是放水还是继续一骑单刀赴会。我一心希望高峰出彩，不光是因为高峰是从我家乡出来的球员，而且也因为在前锋这个位置上，高峰算得上国内屈指可数的有灵气的球员，虽然这灵气有时显得不那么好掌握，也不知道啥时候有啥时候无，但总比那些笨蹶蹶不开窍，射门总不上道儿的前锋前卫们强。

两军交战，各为其主。高峰为寰岛踢得很卖力气。国安队员大概得到密令，坚决看死高峰。那些穿绿衣服的，下脚贼黑，把个小高峰绊得一扑哧一扑哧的，帽子戏法和千里走单骑的本领全都施展不出来。施大爷在场边急得哇里哇啦乱叫。作为高峰的老乡的我，这时也不免就在荧屏前咬牙切齿，痛恨国安往死里铲昔日队友的不讲情面。不料球赛刚一结束，电话铃响，小斌同志一开口，还不等我说话，就义愤填膺，细着嗓子高呼："我跟你说徐坤，那高峰，整个儿一叛徒！"

什么话！感情这么深，还说自己转会了呢，骗谁呢?!

万达主场迎战国安那会儿，经过一段时期艰难的忽悠调整，国安队已经从后殖民国家引进一些外援萝卜，基本填满了锋线空虚的坑。小斌这时又有了精神，电话里的声音悠长悠长的，像是沐浴熏香刚刚卜过了吉卦一般："我琢磨着，这回破万达不败金身的，非国安莫属。"

我不说话，也不敢乐，怕笑破了人家的一片殷殷与拳拳。这才是现代巫女的蝴蝶梦呢！北京这个夏天阴湿发潮得厉害，八成是她的卦签也给濡湿了吧?

结果，那个众所周知的结果出来，国安被万达给灌了个1:5。球结束后，电话不响了。她不给我来电话，我更不敢主动给她打电话，怕刺激她。但自己拥趸的球队得胜，却不能炫耀一番心情，憋得心里不好受。恰逢另一个球友老乡、老家在大连的《小说选刊》冯敏老师（男）电话进来，双方立即眉飞色舞，口吐莲花，美得冒出鼻涕泡一样使劲把万达赞颂了一番。平常比赛这位老乡冯敏爱与小斌打赌，常赌的物品是啤酒和西餐，双方所持立场是这样：小斌永远站在国安一边，冯敏则要永远担当她的对立面。我问今日赛前可曾一赌，冯敏说："我没敢跟她赌。一看国安就不行，算了，我就别太狠了，让她自己一个人悲伤就够受了。"

看来万达球迷还挺慈悲的。人若总是在赢家的位置上，心境自然宽和，当然也就大肚能容啦。

转天国安主场迎战申花，国安队的那些外援萝卜都怕被赶回家，疯狂表现，一下就踢出了历史性的纪录9:1。我虽然对申花没感情，但是却真心替范志毅不好受，心想国安也太那个了，进三四个球也就行了，杀人不过头点地，9:1，太不厚道，太不厚道了。而球一结束，电话铃响，说跟范志毅转会了的那个小斌同志，简直像过节一样欢呼雀跃，细长细长的声音，满嘴乐开花，早把"姆们小毅"扔在脑后，当即让儿子在当天的日历上写上"国安雪耻日"几个大字。

血浓于水啊！

球迷不转会。

几次这样的交手过后，我们算是互相领教了。别的都好通融，唯有在甲Ａ为谁欢呼这个问题上我们是无法取得一致的。同时，这件事情也让我明了，不管这个世界将达到怎样的大同，可是，血缘、地域、民族、国家……这些扛在一个人的肩上、融在一个人血里边的东西，却是无论如何都难得改变的。越是在洲际界限模糊、地域概念泯灭的时刻，它们反而愈发显得清晰，并且执拗，愈发清晰而执拗地固守着一份原初的自己。语言可能会一时背叛我们的肢体，但是，血缘，却永远也不肯背叛我们的真心。

1997 年 9 月 10 日

张宇的那些球事儿

——我看《足球门》

这是一个人的带球表演。经过长距离斜传冲刺，这人已带球突破，冲到禁区前边，只剩泰山压顶临门一脚，射开一个惊天之门！场上万籁俱寂，翘首以待，恍若千山鸟飞绝，万径人踪灭。蓦地，斯人却骤然倒地，就势滚出一个小腿抽筋科，并做龇牙咧嘴抱头鼠蹿状。场上嘘声一片。队医担架急上，捏揉喷雾忙活，忙抬人下场。离场时担架上这人仍高举着脚丫挺着倒钩欲射的姿势，背地里却觑眯着眼儿偷偷打量观众———一只眼睛里是愧疚，另一只眼睛里是狡黠。

这就是张宇。这就是张宇的《足球门》。

张宇这人最大的优点就是聪明。身为作家，资历老，天分高，著作等腰，曾经位尊省作家协会主席。想当年《活鬼》《软弱》《疼痛与抚摸》等小说大江南北领风骚，引无数"60后""70后"文学老女青年竞折腰。男性大师王蒙、余华等高人对他也十分称赞，"活鬼""老狐狸"等鬼狐称谓不胫而走，遂成为这位河南省作协前主席的美丽绰号。

该同志的最大缺点也是聪明。聪明过度，好奇心重，大千世界无穷动，落霞与孤鹜齐飞，秋水共长天一色，贪玩与寻欢作乐两不分，体验生活与动真格、拿身家运命相抵互相撕扯。"艺术人生"总被他换成"快男"PK大舞台，人都正儿八经哭天抹泪、向观众鞠躬下跪邀宠，他却拿大顶、装跑调、绵羊音，炫技耍宝，挑逗调戏脑残评委以显自己天赋异禀。

曹雪芹给凤姐那句判词怎么说来着？"聪明反被聪明累"。本能够做到总理（全称"总经理"）的才具，却只做到个县太爷就"古文观止"；本能冲击诺贝尔文学奖的雄才，却只写到省作协主席就挂笔去掺和足球。结果是本尊下野，活活把一个"在位"变成"名誉"的了。

多大的造化！

《足球门》难道只写的是足球吗？谬也！老话儿是怎么说来着？哥写的不是足球，哥写的是人生寂寞和冲动，是冲动之后无法料想的种种"杯具"和"洗具"清仓效果。

在作者笔下，球事就是人事，球运就是命运。作者的书生意气、家国情怀，都凭借一个窄窄的足球门，一球表尽，一球端了！面对强大的足球体制与机制，作为一个曾经的大俱乐部足球"鸡内金经理"，他在揭内幕时也有所规避，有盘带，有花活，但是足球股市里的基本面都涉及了，已经做到尽心尽力。

这是官场笼罩下的球场，球事掩盖下的官事。在这个足球文化产业链里，政治、经济、体育，环环相扣；赌球、涉黑、色诱，险象环生。中国足球环境的陡峭与险恶，直看得人无奈长叹，有时也让人义愤填膺！

自古顺境产竖子，从来逆境出英雄。治大球如烹小鲜，试问天下几人行？老子行！张宇行！《足球门》就带着点小小的得意，微微的自恋，带着老子哲学的春风，扑面而来！大河集团投资十三年、砸了三个亿没整明白的球事，让挂职的作家李丁董事长只一年时间就整明白了，就带领几近中甲降级的弱队冲进中超。难怪他有自得的资本！

李丁赤手空拳上任，运筹帷幄，殚精竭虑，曾经当过县太爷的人，最知道队伍怎么收拾。治理足球俱乐部就像治理俺们县，那点球事，一整就中！在不失身、不砸钱、不越线的前提下，全靠人际关系运作，对待周围不同的人，采取拉、飞、拍、打、挤、压，外加紧、夹等策略，率领全体班子成员和足球队伍一年就跨上一个新台阶。

作者能把枯燥的足球写得好看，在于将官场厚黑学、足坛揭秘术种种流行元素都用上。诸如李丁一上任实施的"清洗风暴"，把不听喝的前朝遗老一律撵走滚蛋，先利用主教练收拾不守纪律球员，再玩赵匡胤的"杯酒释兵权"，酒桌上当即解聘狂妄自大主教练。最狠的一招是拿掉掣肘他的俱乐部美女董事长，而后将董事长与总经理职务自己一肩挑。实乃心狠手辣也！这些手段，不正是从前他当县太爷时玩剩的吗？

李丁独揽大权后，开始整顿作风，危机公关，将大量精力用在利益关系的疏通与平衡上。上到市委书记、公安局长、各类娱记、球迷、俱乐部中层阴谋小团伙，下到主教练、裁判员、大牌球员、会计、司机、黑道老大，横向还有各俱乐部队伍之间的竞争，合纵连横……真真是机关算尽，无往而不胜。最后是上下同心，冲超成功！

火车跑得快，全靠车头带。在炫耀自己的英明才智时，李丁没忘了歌颂大老板一把手的光荣正确和伟大。没有大河集团大老板在背后无条件的信任支持撑腰，作为一个外行来领导内行，作家李丁在俱乐部里算个球啊！

最让人欢呼雀跃的，是大老板还是个女人，是李丁的知青初恋老情人！俱乐部跟他顶牛作对的小美女掌门人，却原来是大老板跟李丁当年在乡下柴火垛一夜情的私生女。这真是足球小说中最痴狂最富有想象力的设置！大老板和李丁，是中国足坛出淤泥而不染的两朵奇葩，是人格完美个性突出的化身。

李丁同志不光用人有术，视金钱为粪土，在男性个人魅力指数方面，也达到了一个知天命男人所能达到的峰值。他魅力无穷，不卑不亢，老少通吃。除了将一老一少两个高层妇女主管全变成了他的血缘亲人外，另外像他的副手执行董事长大龄剩女、铁面苔啬的财会总监大妈，黑道上做球的险恶的南姑娘，开洗浴中心的交际花黑寡妇大婶，球迷协会负责人爆乳少妇……无一不被他的魔力吸引、折服、制服、征服。而李丁呢，却总是守身如玉，弄球人向滩头立，手把旗杆腿不湿，仿佛在昭示一个隐喻：他的"拉链门"就跟中国"足球门"一个症候——绯闻丛生，盘带过度，前戏漫长，关键时刻，却总是拧巴着拉不开栓。

当然，了解情况的人读到这里会不禁莞尔：这是张宇间接向他现任夫人陈静在表忠心呢！嘿嘿嘿！

据此，这本原名《寻欢作乐》的《足球门》昭示了三层意义：第一，从行为艺术上说，张宇创造了新世纪中国足坛的神话。一个作家，只用一年时间，就把一个中甲差队带入中超。其功绩，相当于带中国队世界杯出线的米卢。中国足协应该给他立碑树牌坊以自惭明志。

第二，从写作艺术上说，从《足球门》诞生之日起，写足球的小说，三五十年内，皆可以休矣！揭足球黑幕的那些娱记球记们的报道报告类文字，一二百年内，也可以搁笔废止矣！什么球可以大得过堂堂前建业足球俱乐部董事长手里的球？什么黑幕丑闻这"门"那"门"，可以赶得上作家利笔鞭挞揭露出 scandal（丑闻——编者注）更有劲？

　　第三，从人生意义上讲，《足球门》也提供了一个警示：中国的球事，还是留给那些球人们去搞吧，外人还真是不能乱掺和。搞不好，结局就是一个自残。搞得好，结局恐怕也是一个自残，容易乱了志向，迷了心性。对于作家文人来讲，有所为而有所不为，最好。张宇明白了这个道理，所以转了一圈，又重回书斋。

2010 年 5 月 23 日

千秋大业一场球

当三十六岁的老将克洛泽下半场七十一分钟以一记垫射入门把比分追成与加纳2∶2平，从而让德国队以小组第一名出线的时候，三十六岁的新生代小将徐则臣正携四十万字的长篇小说《耶路撒冷》在北京复兴路中央人民广播电台文艺演播室大厅里做开口秀，倾情诉说"70后"一代作家的成长历程与心灵秘史。巴西赛场，"70后"一代球员已然是告别演出；中国文坛，"70后"一代作家正在突出重围，越过"80后"的追击与"50后""60后"名家林立的防线，稳健抽射争取破门得分。

当二十九岁的C罗身姿潇洒独孤求败，二十六岁的梅西以两粒进球拯救阿根廷队命运，带领球员提前小组出线的时候，与他们同龄的作家甫跃辉、郑小驴、马小淘、文珍等"80后"一代作家，正以娴熟的盘带和脚法，花样年华娇嗔妖娆地崛起于文坛之上，尽显年青一代的英姿和荣耀。

当一代球王马拉多纳携女儿重新出现在2014年的巴西看台为阿根廷队助威的时候，1989年才出生的作家蒋方舟，已神采飞扬地被邀去巴西现场看球去了……

江山代有才人出，各当球迷三五年。

世界杯光明正大，山呼海啸，人声鼎沸，高烧不退，寰球同此凉热。浩大的赛事为中国人打开了看世界的一扇窗。从1978年中国开始转播第十一届世界杯，到如今已经有三十六年了。对于三十六岁的徐则臣们那代人来说，这个时间长度，意味着世界杯就是与生俱来的。因而，《耶路撒冷》里"到世界去"的急切愿望，从出生起就植根于他们的梦想。宏阔的视野与融会贯通各国大师的叙事，是他们那一代人自然而然的画梦方式。

从1986年开始的CCTV世界杯直播，更是将"80后"一代人直接送上了与世界同步的轨道。对于马小淘、文珍、甫跃辉、郑小驴们来说，其思维、想象、谈吐、着装、生活方式与语言方式，跟别国的同龄人几无二样。呈现在这代人创作中的全球化图景更是一片粲然。在此基点上再来甄别他们的创作，方可避免率尔成章。

世界杯赛事，以四年一次的浩大声势，用世界一流球星们的精湛表演，不断告诫新老球迷和业界精英：打铁先要自身硬。先有技术，后有艺术。锐意进取，勉力而为，方能赢得尊敬和成就。

万丈红尘三杯酒，千秋大业一场球。

世界杯赛事，在这个日益全球化的世界上，愈发凸显了国族身份。各种商业比赛俱乐部联赛里，球员自由来去，个人身份逐渐模糊，只有技艺和能力才是考量标准。而洲际比赛尤其是世界杯，才将球员重又在国家的旗帜下归位。至此，国家信念、个体尊严与球队集体荣誉感合成一处，构成一场浩大的国家荣誉感的争夺。联赛小天地，世界大舞台。梅西、C罗这种超级球星在世界杯上的卓越表演，他们渴望能代表国家有所成就的殷殷与拳拳，给了那些周游世界的"90后"一代人以教育与启示：爱国从来不是一句简单的口号，为国争光要脚脚落实到行动上。

何当三杯通大道？更是一斗合自然。

世界杯斗转星移，山高海阔，已经举办了二十届。它仿佛是个计量器，计量无情时光，计量球星短长，计量球队底气，同时也计量你我情之所钟与心之所向。

2014 年 6 月 25 日

长夜漫漫好看球

一

世界杯结束后的日子，大雨如注，大夜如磐。

整整一个月的狂欢喜庆，物我两忘，心无旁骛，摇旗呐喊；整整一个月的彻夜不眠，连续观战，事儿了吧唧，微信摆摊，拉帮结伙，斗嘴犯贫；整整一个月的我是"球神（经）"，力比多荷尔蒙、多巴胺肾上腺素猛增狂泄；整整一个月的"男娥"长歌，声协宫商，感心动耳，荡气回肠。

荡气回肠。荡气回肠啊！

这一切，都在昨天夜里，在莫斯科卢日尼基体育场的大雨如注中，豪华结束了。

一切都显得皆大欢喜。法国人捧得了大力神杯，克罗地亚人赢得了世界尊敬。俄罗斯人，据说赢得了一把小伞，就是率先只遮在普京头顶上的那把公务黑伞。那一刻，战斗民族失去礼仪，完全忘记了女士优先，眼里只有他们的普京大帝，却让颁奖台上的克罗地亚女总统科琳达尴尬地淋在雨中。旁边还有雨中挨浇的法国总统小马马克龙，以及国际足联主席因凡蒂诺。

没的说，一看这群给领导撑伞的就是训练有素的公务员。

当然，除了这个调侃之外，整个俄罗斯世界杯的组织协调还是相当不错的，并没有出现太大瑕疵。就连我们以看热闹不嫌事儿大之心所期盼的英格兰足球流氓能跟老毛子打一架这样的事情也根本没有发生。可见，人家那个"西伯利亚狼"世界杯吉祥物还真不是长毛绒做的，内核里装的是钢铁。

钢铁早就炼成了。

世上没有不散的筵席。从那样密集的狂欢中骤停下来，心里空空落落，一时竟不知干什么好了。早晨，我只在微信朋友圈中发了几个字"没有世界杯的日子，大雨如注，大夜如磐"，各种安慰劝诫帖就紧跟而来。

美女作家朱文颖最先发来表情图，三个小脸儿并列：龇牙欢笑、心有戚戚外加幸灾乐祸。

万象出版公司老总我师弟刘一秀跟帖：没法过了（抓狂）。

中宣供职的文春小弟：喝点啤酒吧，看着雨点，想着雪花，听着go go go，再写点我阿，那就美得脊梁骨哆嗦（哈哈大笑）。

作家晓航：喝点儿就好（龇牙）。

资深美女编辑杨泥姐：这日子咋过呢（龇牙）？

作家郭雪波：一片汪洋都不见，念天地之悠悠，你怆然而泪下，呜呜……

《光明日报》彭程：大国厉害，大大英明，大学问精深（龇牙）。

南大教授吴俊：好像有点"杯后忧郁症"了，赶紧着，得找医生了。

……

微信留言，如同读史眉批。围观者用语，表达了球迷们共同的坏蛋心声。

帘外雨潺潺，一晌贪欢。别时容易见时难。流水落花球去也，天上人间。

二

这届世界杯，我仍一如既往，支持阿根廷队。

说来也是机缘凑巧，在 6 月 30 日阿根廷 VS 法国的八分之一淘汰赛中，我正好在深圳宝安开会，借机跟到场的作家朋友龙一、东西、王十月、张伟明、楚桥等一起聚众看球，以悲壮的形式集体欢送我阿和梅西提前结束比赛回家。

世界杯胜利落幕的典礼上，那个踢走我的主队阿根廷的小讨厌姆巴佩，不出意外地遭到全世界表扬，以打进四粒进球的战绩，获得 2018 俄罗斯世界杯最佳新秀奖。

十九岁的高卢小嫩鸡，黑不踢白不踢，偏偏把劲儿全用在打掉我阿的那场八分之一淘汰赛上，一人独造三球，活活以 4:3 的比分击败阿根廷队，撵得我阿和梅西提前半个月灰溜溜卷铺盖卷儿回家。

小姆登基登顶都没用。不是说谁爬上了地球最高八千八百四十八米珠峰就能封神成仙儿，还得普度众生，导驾慈航，才能光辉闪耀，塑得金身。

中国的球迷心中，真正的球王只有一人，那就是我阿的大神马拉多纳。而小姆，还刚刚圈粉，他跟老马之间，还隔着两个梅西、三个 C 罗、四个内马尔那么长的距离。

有了老马，世界上就只有一种球迷，叫作"阿根廷球迷"。没有第二种。如果有，就叫作"其他球迷"。

全世界都是阿根廷球迷是一种什么感觉？

没办法。谁让那个遥远的 80 年代，当家家户户刚有电视机，当电视机里刚有世界杯足球赛直播时，我们这代球迷赶上的，正是球王马拉多纳率领的阿根廷队的鼎盛时期呢！

还记得 1986 年墨西哥世界杯赛上，马拉多纳著名的"上帝之手"吗？老马小手一碰，轻轻淘汰英格兰。最后阿根廷队冲进决赛，靠马拉多纳的传球射入制胜一球，以 3∶2 击败西德队，勇夺第十三届世界杯足球赛冠军。

还记得 1990 年意大利之夏，第十四届世界杯，马拉多纳单挑巴西防线，那一枚"世纪助攻"成永恒吗？老马率领的阿根廷队，在八分之一淘汰赛中与宿敌巴西队相遇。比赛第八十一分钟，马拉多纳中场启动，一路带球过关斩将，禁区倒地之前将球分给"风之子"卡尼吉亚，卡吉一脚射门干掉了巴西。

还记得 1994 年美国世界杯吧？马拉多纳重出江湖，赢得球迷一片喝彩！然而，在小组赛被查出服用违禁药物，一代球王，以这样的方式黯然结束自己的世界杯征战生涯。

马拉多纳，马拉多纳！不管你身上有球没球，你永远是世界足坛的瞩目中心和关注焦点。

难道就因为你有种种毛病，我们就不爱你了吗？

北京话叫作：不——能——够！

这不，来了！马拉多纳！北京欢迎你，马拉多纳！

1996 年 7 月 28 日，马拉多纳率领阿根廷博卡青年队来北京，跟北京国安踢一场商业比赛。

作为"马迷"的我，岂能错过这回近距离一睹偶像风采的机会？

是的，球票很贵。粉丝我不惜砸锅卖铁，用了半个月的工资三百五十块钱买了球票，扯上老公就前去北京工体观看。如果再加上老公的球票钱，一个月的工资就没了。呵呵，那也乐意啊！

这场观战结束后，就有了小说《狗日的足球》。

为了写它，实际上我已经准备了十年时间。

能够写出它，实际上我已经热爱小马哥十年时间。

就是在这次总共被绊倒一百三十多次的杯赛上，马拉多纳终于赢取了东方女球盲柳莺小姐的芳心。柳莺眼盯盯地瞅着他在一吭哧一吭哧不断被绊倒之际，愣是用一种著名的马拉多纳式的摔倒和跃起，在两次绊倒之间的零点五秒的间隙里，伸出他那长了眼睛的脚指头将皮球准确无误传到"风之子"卡尼吉亚脚下，让一枚小球整个儿地洞穿了巴西的心脏。

——徐坤：《狗日的足球》，发表于 1996 年第 10 期《山花》杂志

爱了十年的人，难道还不从一而终，矢志不渝？！

爱了十年的队，难道还会转会他投，再去点赞别的队伍？！

我阿你好。我阿必胜。

潘帕斯的雄鹰，金色的太阳。马拉多纳和梅西，风神卡尼和

211

战神巴蒂，探戈的舞步和足球的技巧，飘舞的长发，蓝白相间的战袍……阿根廷！你是我的足球启蒙，爱情的见证，也是我们这代人共同的青春记忆和友谊永恒。

从1986年的世界杯，到2018年的世界杯，我的主队就一直是阿根廷队，从来没有变过。

球迷不转会，这是身为一个真正伪球迷的道德自我约束，以及廉洁奉球法则。

三

球迷不转会。曲终人不散。

从1986年到2018年，三十多年间，我究竟看了多少场球，写了多少篇球评，已经难以历数。滚滚红尘，云翻雨覆。每隔四年一次的世界杯，更是能让人在无稽里舒心，于狂傲中开怀，它蜻蜓般掠过我们的生活，翅翼留下笑忘的剪影。

正如罗素在《论人性和政治》里所言，人不同于其他动物的一个重要方面在于人具有无止境的、永远无法满足的欲望，欲望使人即使到了天堂也会坐立不安。占有欲、竞争欲、虚荣心、权力欲，使人类的奔跑行为永不休止。诸如战争、赛马、足球比赛等等，皆是现代社会中满足人类欲望的出口，给人提供刺激，让人发泄过剩精力。

文明发达了，和平发展意识成为主宰。那些血腥的竞争方式逐步被取消，而更欢畅、更美好的奥林匹克盛会和足球比赛替代了战争，替代了斗牛，替代了以往一切野蛮的争斗方式，让欲望的宣泄以文明公平公正的姿态进行。没有战争的年代，足球就是最大的战争；艺术匮乏的年代，足球就是最美的艺术。它让人类中的膂力强健者表演身体的格斗技艺，它给人群中的观看者留下力与美的享受。

万丈红尘三杯酒，千秋大业一场球。

年轻时我看球还只是看场上奔跑着的大腿和颜值，除了崇拜小马哥，见到扎小辫的巴乔、长发飘飘的巴蒂，还有那个春光乍泄的土耳其扎小辫的前锋伊尔罕，就犯花痴想淌哈喇子；

中年时我看足球也只是看技术看战术，南美的脚底花滑轻功和欧洲的脚法强劲都让人目眩神迷；

如今我已老迈无力，已然是看山不是山，看水不是水，看球不是球，看场上的谁也都是个小屁孩。我只是在看我自己。自在观观自在，无人在无我在。如是我闻，如是我佛，如是我观自在。

2018 年 7 月 17 日

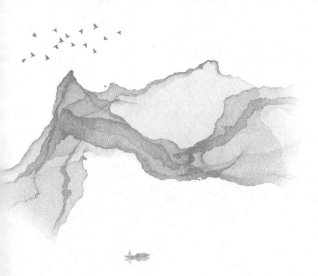

山水怡情

大明湖之恋

大明湖，我一生只来过两次。

两次，便是一生。

那是 1986 年的春天，我和彼时的男友、大学里的同班同学，借着在一家杂志社毕业实习的机会，从沈阳出发，一路南下到了济南。下了火车，我们就风尘仆仆按图索骥，直奔著名景点大明湖和趵突泉。

那个年代，能够出差见世面的机会非常少，更何况是二十出头的在校大学生。我的活动半径，基本上都拘泥在北方的校园，还没有到达过像济南这么远的南方。大明湖，就是我见过的人间最大的湖了。大明湖大水扑面，仿佛水从天上来，岸边有惊天的绿柳，湖水里有无尽的荷花。春风吹皱，波光潋滟，伴着趵突泉三股泉眼猛烈有力"咕嘟咕嘟"地向上翻涌喷射的水声，感觉泉水在地底熊熊燃烧，稍不留神就能喷薄汇聚而成汪洋。这座北方的泉城，水声轰鸣，云蒸霞蔚，驿动得很，初看竟不似老舍先生《济南的秋天》和《济南的冬天》里那般静美和恬适。

或许是因为恋爱中人固有的亢奋和热切，让大明湖宁静的湖水和依依的杨柳，都变成爱情的引火绳，促使荷尔蒙和力比多加速燃烧吧，那时候觉得人整天都飘呀飘的，脚跟儿根本落不到地上。

直到走近一方泉眼，靠近一方石碑，"漱玉泉"三个大字蓦地跃入我眼帘时，我的心才"咚"的一下撞到肋骨上，撞得自己平静下来。哦，竟是以偶像李清照《漱玉集》命名的泉！那个出生于济南锦衣玉食之家后又遭逢离乱的宋代女词人，那个"东篱把酒黄昏后，有暗香盈袖。莫道不销魂，帘卷西风，人比黄花瘦"的美女，那个"花自飘零水自流，一种相思，两处闲愁。此情无计可消除，才下眉头，又上心头"的闺阁领袖，那个"寻寻觅觅，冷冷清清，凄凄惨惨戚戚。乍暖还寒时候，最难将息。三杯两盏淡酒，怎敌他，晚来风急"的婉约女子，此时正漱石枕流，无尽的美妙佳句，顺着咝咝作响的泉水，温婉迤逦而来。

这口漱玉泉，跟乾隆皇帝驾幸过的趵突泉自是不同，规模小了许多，是一个规整的长方形水池，周围有玉砌雕栏，池边苍松翠竹环绕，泉涌自溢水口层叠的山石中，顺势而下，跌入下边的水池中，串串水泡从地底冒出，如大珠小珠落玉盘。几条漂亮的锦鲤，正在水底欢快游弋。却不知哪方游人手贱，好端端的泉眼，却被投下许许多多的硬币。硬币在阳光的照射下，正在池子底闪出一摊摊亮亮的贼光。大概人们以为这里也能够祈福保平安吧。殊不知李易安在中原失守之后流寓南方，境遇孤苦流离失所，想要"易安"也难。

在漱玉泉边的李清照纪念堂，见到郭沫若1959年手书的一副对联："大明湖畔趵突泉边故居在垂杨深处，漱玉集中金石录里文采有后主遗风。"联撰得好，郭老的书法也极好，充满着南书房行走的谨正与得意。在门口卖纪念品处，淘得一方笔筒，扁平酒壶状的白瓷瓶，两面各绘一个女词人肖像，衣袂飘飘，很有古风。可惜两面的人物画得一样，应该有所不同才是，一面画上"倚门回首，却把青梅嗅"的悠闲清丽女词人，另一面画上"至今学项羽，不肯过江东"的情辞慷慨女豪杰。

正把玩间，男友在那边已经招手呼唤，说要去看那边的稼轩祠。哦？他这一说，才让我想起，这里是著名的"济南二安"——婉约派词人李清照和豪放派词人辛弃疾的家乡。李清照号易安居士，辛弃疾字幼安。他们的纪念馆竟都被安排到大明湖畔来啦！辛弃疾是男友最爱，他的毕业论文正准备写稼轩词论。在陪他出出进进图书馆收集资料的过程里，我总是恍惚：辛弃疾金戈铁马的词句，让我总有个错觉，以为他是边塞诗人。

辛弃疾纪念祠的建成时间与李清照纪念堂大体相近，楹柱对联也是同一时间由郭老所书："铁板铜琶继东坡高唱大江东去，美芹悲黍冀南宋莫随鸿雁南飞。"

"济南二安"虽男女有别，平生遭际竟也相似：山河变故，二人从济南到江南，《声声慢》和《鹧鸪天》，覆巢之下无完卵，离乱的命运里充满了壮志未酬和怀才不遇的焦虑和不安。纪念馆看完之后我们唏嘘，相约这一生，不能空来人世一遭，总该像"济南二安"一样有天下情怀，树报国志向，一辈子总要为国家和民族文化发展做一点事情的。

上世纪 80 年代是光荣和梦想的年代，上世纪 80 年代的两个大学还没毕业的小青年，在美丽的大明湖畔、漱玉泉旁、稼轩祠里，牵手明晰了自己人生道路和理想。

2012 年春季，将近三十年过去，我借着到济南讲课的机会，在友人的陪伴下，重游了大明湖。

三十年，多少人，多少事，都付湖水旖旎中。但见春光依旧在，难能万事回初心。三十年前的男友，早已经成了前夫。回首这一生，似乎我们真就按着"济南二安"的气韵和法度，一路蹀躞，不知不觉就到了今天。真个是"少年不识愁滋味，爱上层楼。爱上层楼，为赋新词强说愁。而今识尽愁滋味，欲说还休。欲说还休，却道天凉好个秋"。

是中午时分，来来往往的游客密集，摩肩接踵，熙熙攘攘，比起三十年前不知翻了多少倍，显得十分聒噪得慌。大明湖，依然以其水波浩渺的样子，沉稳立于地球之上。要不是岸边的芦苇和洋槐更加茂盛，新增的小雏菊芬芳地盛开，单以那一泓清澈的湖水来算，我还真以为我来过这里就在昨天。

又见了趵突泉，泉眼还是咕嘟咕嘟有力地往上冒，泉边围栏外还是围着那么多好奇的游客。看他们的样子和神情，都好像三十年前来了就一直没走的样子。又到了漱玉泉，泉水还是哗哗作响，冒着气泡，漱石枕流，跌入池中。还是有几条锦鲤在池中游，池底也仍然是被投了许许多多的硬币——那硬币一摊摊发着贼光的样子，仿佛也是三十年来就一直躺在那里，根本没有人动过，也不生锈，也不失踪，简直成了神一样的存在。大明湖，竟有着强烈的雕刻时光作用。它将一切都凝固了，以不变应万变，就如同这泉城里厚重的老传统。

李清照纪念堂和稼轩祠都经过了大规模改造扩建，如今变得更富丽堂皇。朝拜的人仿佛也是三十年前的老样子，从容冲淡，中年以上的人居多。一个地方，如果只有自然风光，没有人文景致，说什么也算不上有文化有历史。"济南二安"就是济南这座

220

古城的文化名片，他们给后人留下许多济世理想。"枕上诗书闲处好，门前风景雨来佳。""醉里挑灯看剑，梦回吹角连营。"每个时代都要有自己的精神气质，"济南二安"身上有着薪火相传的人文理想。

从李清照纪念堂里出来，我又觅得一个笔筒。三十年前那个瓷瓶样式早就没了，这回淘得一个竹筒制作的，开口像一个大搪瓷茶缸那么粗，外围刷上一层清漆，腰身雕刻上李清照的一首词："常记溪亭日暮，沉醉不知归路。兴尽晚回舟，误入藕花深处。争渡，争渡，惊起一滩鸥鹭。"

三十年，两游大明湖，最后全在这首词里做结了。

2015 年 11 月 23 日

问世间情为何物

一

世上所有能流传下来的爱情都是悲剧。如孟姜女，如牛郎织女，如《白蛇传》，如梁山伯与祝英台。这样的爱情，必须凄婉，必须缠绵，必须幽怨，必须刚烈，必须决绝，必须阴阳相隔，必须天人永诀，必须有情人不能成眷属，必须相思魂堪可为仙伴。

若非如此，便没了艺术，没了文学，没了画梦与解痴，没了爱情毒药与仙丹，没了悲戚，没了伤怀，没了惊惧和眼泪，没了他人爱情盲肠照见自己柴米油盐嚼屁人生的安逸和荒凉。

四月。宁波。鄞州古道。梁祝文化公园。昨儿是莺飞草长，今儿又细雨霏霏。黏稠酥润的牛毛细雨，暗暗地把地皮打湿，把叶子润绿，执拗地协奏一弦《梁祝》衷曲。撑着油伞，踏上通往瞻仰梁祝生平的青石小路。如此的天光，晦暗清丽的园林，雨在枝头吱吱作响。一曲终了，有点低回，有点惆怅，有点幽咽，有点暗沉，甚至有点去意横生的意思了。

还好，早已预备下冲喜的东西。毕竟这里叫作"爱情主题文化园"，而不是"殉情主题文化园"嘛！踩着一地的湿滑拾级而上，甫一进山门，先就被矗立于前的楼台高的大红3D"囍"字震慑住了！那一对红彤彤的双喜大字，比人高、比景深，够也够不着，抱也抱不拢。红双喜雕塑在雨地里分外红艳，彤光闪闪，真可谓先声夺人，分外豪迈。两边厢，古色古香的售票处和旅游品小卖部的门楣下，也都拂拂然垂挂着红"囍"帐。正面，飞檐翘角的仿古建山门下，悬挂着串串大红灯笼和鲜艳的红帷帐。只看现场，会以为这是一个婚庆典礼的舞台，而不是一个公园的大门口。整体舞美造型欢快、喜兴，深得"爱情文化园"之味。再看地面，青石槽里耸起棵棵腰围硕大枝丫繁茂的榆木，枝头都是新芽萌生，嫩绿芬芳。粗壮的树木腰间，都围着金光闪闪的金箔护裙，像是从庙里走来的一尊尊护法金刚。一时间，天地间，园林前，大片大片的红、大朵大朵的绿、大块大块的金，三色相杂相交，道尽人间喜悦和春色，一切都是那么先声夺人的强劲而嚣张。谁再说梁祝爱情是悲剧鄞州人民就要跟他急！

二

　　不到园林，哪知春色如许！有了这喜庆基调垫底，即使是天公降雨、霜打雷劈，也休想抵挡得住人民群众参拜梁祝坚贞爱情的渴望。推开大门，进入占地三百余亩、已然开放十多年的园子，果真如那艳词妙曲里唱的"碧草青青花盛开，彩蝶双双久徘徊"，每一处搭景都仿佛天然自在，每一笔人工设计都妙不可言！

　　园子完全按江南园林风格打造，飞檐起脊、华丽大屋顶的仿古建筑错落其间，亭台楼阁，朱栏回廊，假山水榭，书院庄园，花影树荫，无不迷人。如果仅只是这样，它还算不上有特点，人们完全可以到苏州扬州去看原版古典园林风貌，而不必看这个诞生才十来年的现代公园。梁祝文化园与别家园林的不同之处，在于它有故事。它的旅游景点和路线，完全按照梁祝民间传说故事的情节来打造和编排。只要一脚踏进去，就进入了故事中，每个女人都是活的祝英台，每个男人都是鲜的梁山伯。整个园林就是一个大舞台，人在景中游，景在戏中走。

先要相识吧！人生若只如初见，何事秋风悲画扇？一对恋人，只有懵懂相识尚未确定关系前的那一段是最有趣最难忘的。于是就搭起了"草桥相识"景点，梁祝二人各自求学路上在这里巧遇、初见。然后就要相知吧！自然要有同窗共读整三载的"万松书院"。之后就是小别，进入最最悠长浪漫的梁祝"十八里相送"桥段。再然后就是重逢，姚江畔的祝家庄，两人再见，梁生得知祝女已订婚许配马家，悲剧已然掀开一角。最后就是尾声：楼台永诀、探墓殉情、彩虹飞蝶、蝶恋永伴……

若说青年男子谁个不善钟情，妙龄女子哪位不善怀春，这本是人性中的至洁至纯，为什么从中还有惨痛飞进？——少年维特的烦恼，也是寰球人类在青春叛逆求偶期的广泛烦恼。原因不出两条：若不是制度设置不合理，就是男人不小心爱上别人妻。

好了，故事层层递进，游人移步换景。看这边乱花渐欲迷人眼，望那里儿女情长云脚低。看这边早莺争树燕啄泥，望那里彩虹飞蝶成仙侣。这边厢二月兰开得正好，那边厢红杜鹃春意且闹。这边厢茂林修竹读书院，那边厢茶果飘香结金兰。这边厢仰梁公庙檀香缭绕，那边厢望祝家庄雨打芭蕉。

你看它这园中景致设计多么精心巧妙！比如"十八里相送到长亭"，大道通衢，且又曲径通幽，缠缠绕绕，曲里拐弯，走也走不完，似乎真有绵延十八里。其中梁祝故事中每一个细节都有体现：十八里路上遇见的樵夫、牡丹芍药园、湖面鸳鸯、雌雄大白鹅、独木桥、映双井、观音堂、笨死牛，以及终点站的长亭，都是一比一的比例，按时间顺序一一搭建呈现。

　　十八里相送漫步途中，英台小姐利用路上种种物象，来向山伯那个呆子暗送秋波，暗示自家的女儿身和满腔爱。

　　见到那山上樵夫在砍柴，就问山伯兄他为哪个把柴打。山伯回答："他为妻子把柴打，我为贤弟送下山。"回答的并不是英台姑娘想要的答案。

　　见到牡丹与芍药，祝英台又提示他："我家有枝好牡丹，梁兄要摘也不难。"梁傻子回答："你家牡丹虽然好，路远迢迢摘不来。"

　　见到湖面鸳鸯成双对，祝英台复又提示他："英台若是女红妆，梁兄你愿不愿意配鸳鸯？"梁傻子答："可惜你英台不是女红妆。"

　　迎面来了群大白鹅，英台说："雄的前面走，雌的后边叫哥哥。"可怜梁兄没听懂，气得英台说他"呆头鹅"。

　　两人来到独木桥，英台说："你我好比牛郎织女渡鹊桥。"梁兄摇头笑她痴。

　　前方出现一口井，二人俯身来照影。英台说："井底两个影，一男一女笑盈盈。"梁兄那个呆子说："明明两个男子汉，贤弟你怎能说我是女儿身？"

　　前边又现观音堂，英台拉着梁兄要拜堂："观音大士来做媒，

225

你我双双来拜堂。"梁兄说："两个男人怎好拜堂？"

草地横卧两头牛，犹如恩爱夫妻在小憩。英台把这样的幸福来憧憬，可惜梁兄还是听不懂。气得英台说："对牛弹琴牛不懂，梁兄你简直笨死牛。"傻子一听，生气了，想拂袖而去，英台赶忙道歉给拽住。

最后终于到达终点站长亭。祝英台一路十八里地都没唤醒那个傻梁兄，实在没办法，前途无路了，只好告诉他说，自己家里有个小九妹，择日可以介绍给梁兄成婚配——姑娘这才埋下伏笔，引逗着日后梁兄能到祝府上再相会。

这些情节，都是小时候在越剧电影《梁山伯与祝英台》中看到过的，听那咿咿呀呀的唱词从袁雪芬、范瑞娟口里唱出，分外柔情，分外甜糯，衬托着最后的悲剧结尾更悲、更苦、更凄切。如今，这些话从梁祝文化园现场的小导游嘴里一段一段地说出来，却增加了几分欢乐、谐谑色彩。置身园中，倒觉得是把电影里的布景搬到现实中来，把电影里的场景复活了。梁祝文化园就仿佛是立在鄞州大地上的一部真实的《梁祝》电影彩色宽银幕电影 3D 大片。

三

鄞州打造梁祝文化园，是巧用本地资源，而非浪得虚名或凭空捏造。梁祝文化园的原址，是东晋时的鄞州县令梁山伯的墓和梁山伯庙。当年的梁县令勤政廉洁，因治理姚江而积劳成疾，死后葬在鄞州高桥的九龙墟。百姓感念他仁慈厚德，遂于东晋晋安元年建起梁圣君庙。这是全国唯一的梁山伯庙，梁祝爱情故事也由此而起。梁山伯做县令，发生在他从祝家庄与英台再次相会、没能迎娶上祝英台之后。得知英台已经奉父母之命、媒妁之言，许配给阀阅门第的马文才后，平民子弟梁山伯自知竞争不过，只好无奈而返，从此郁郁寡欢。梁山伯返乡后在鄞县当上县令，他将精力全用在主理政务勤勉治水上，很得老百姓欢迎和称赞。但是，爱情的失意还是给他无比的痛创，没出多久就抑郁病亡。

以上事实方还有史料依据，而后来的故事，就有点狐仙味道了，纯粹是民间美好想象和神传。话说梁山伯去世一年后，祝英台出嫁经过梁山伯的坟墓，下轿到墓前祭拜，直至坟墓塌陷裂开，祝英台投入坟中，其后坟中冒出彩蝶双双翩飞。"乙亥暮春丙子，祝适马氏，乘流西来，骇问篙师。指曰：'无他，乃山伯梁令之新冢，得非怪欤？'英台遂临冢奠，哀恸，地裂而埋壁焉。从者惊引其裙，风裂若云飞，至董溪西屿而坠之。"（《义忠王庙记》，明州知府李茂诚撰）

在梁祝合冢墓地前，有现代人给立起高大精饰云朵浮雕的水泥牌坊，上撰一联。上联曰：同学兼同穴千秋义气谁堪侣；下联是：殉身不殉情一片烈心独自追。似乎，比起这桩情事所寓意的古典情怀来，这副对联的意思有点那啥……但不管怎么说，这块墓地是这片梁祝文化园的缘起和奠基石。没有它，一切就显得不扎实，不硬气。

记得当年的越剧电影，最后演到这个桥段时，舞台上天崩地裂，电闪雷鸣。一道白光，直将梁山伯坟墓裂开，祝英台勇猛投坟自尽。直让人看得触目惊心，泪眼婆娑！那袁雪芬，衣袂飘飘，临别前哀哀哭唱道：

227

不见梁兄啊见坟碑，

呼天抢地哭号啕。

楼台一别成千古，

人世无缘同到老。

梁兄啊——

实指望，天从人愿成佳偶，

谁知晓，喜鹊未叫乌鸦叫。

实指望，你笙箫管笛来迎娶，

谁知晓，未到银河就断鹊桥。

实指望，大红花轿到你家，

谁知晓，白衣素服来祭悼。

梁兄啊——

不能同生求同死。

唱毕，英台挣断丫鬟拉扯，疾步奔向坟墓。狂风起，英台一头扎入坟墓中。墓合。彩蝶双双从坟中出，翩飞。

"楼台一别恨如海，泪染双翅身化彩蝶，翩翩花丛来。历尽磨难真情在，天长地久不分开。"——现代词作者阎开，和着小提琴协奏曲《梁祝》填的这首《化蝶》，也朗朗上口，道尽了爱别离之苦。

情爱之中的"爱不得"和"爱别离"已然能牵人入至臻至美之境，"死同穴"和"共化蝶"则打开通往来世之门，已然是宗教的境界了。

游园惊梦。走出梁祝文化园，思绪却仍沉浸在千年的悲剧中。问世间情为何物？直教人以生死相许！艺术是什么？梦是什么？爱情又是什么呢？有时，它就像夜路上的剪径，在我们于灯红酒绿中醉意趔趄时，蓦地蹿出，惊散刚刚的迷失，乘势夺走我们的眼泪和悲怀。

2013 年 5 月 14 日

沈阳的美丽与哀愁

　　临近四月底，火车又一次提速，D 字头动力车组始发。友人向我打探去沈阳的路径，说提速以后，从北京四个小时便可到达。我却阻止说，不，不要去。若去，就选择冬天。十冬腊月，火车喷吐着白烟儿，一路呼啸，出了山海关，但见雪野茫茫，一望无尽的东北大平原，端的是养眼！车甫一停稳靠站，左脚迈出车门，"唰——"一股凛冽的寒风，兜头便至，打得人浑身一哆嗦，刹那间衣袖裤脚都被打穿。那是真正来自西伯利亚方向的寒流，那种冷，豪迈，剔透，挟带几许暴虐和郑重，长风刺骨，冰清玉洁。就仿佛陈年的黑方威士忌，要不，就是道格拉斯 AK47 伏特加，加了冰块，抿一口，唰的一下，如同小刀，无比锋利地在唇边划过，鲜血奔涌，痛和快感倾巢而出！刹那间，脑子醒了！浑身的细胞都被激醒了！

　　这就是沈阳，你出关之后的第一口烈酒，狂放，野性。然而，一旦你压得住它，又无比驯顺，服帖。这个东经 122 度、北纬 41 度的北温带边城，几乎有半年时间都包裹在漫漫冬季里。春天只是冬天呼出的一口清气，夏秋是它从一个冬天奔赴另一个冬天之间的短暂休歇，几乎毫无特色。被南国溽热和京城暖冬给折磨得一筹莫展的人们，却可以在沈阳寒冷的冰雪中去紧紧筋骨，带回一身神清气爽的北国阳光。

一朝发祥地，两代帝王城。沈阳的城郭之中到处布满蛮横和雄性荷尔蒙气息，即使是在冰封的冬季，那种气味也一样醇厚、酽酽，浓得化不开。凛凛朔风中，袖着手，低着头，将脸深深埋进大衣领子内，哈气成霜地沿着雪松排列的方向，避开热气腾腾的白肉血肠、李连贵熏肉大饼、老边饺子、老龙口苞谷烧的熏香迷障，一抬头，眼前蓦地腾起红墙绿瓦、金色琉璃镶嵌成的华美宫阙！那就是沈阳故宫，一个王朝留下的背影。它记录着努尔哈赤和皇太极女真人长风猎猎铁骑嗒嗒的剽悍和骁勇，也留有摄政王多尔衮和孝庄皇后辅佐少年天子匡扶社稷的暧昧和机谋。这座采撷了长安、洛阳、开封、金陵几朝汉家宫阙之长的清朝皇家宫殿，满蒙汉建筑风格交杂，几乎是北京故宫的缩微景观和美丽倒影。比之北京故宫的君临天下的磅礴气势，它秀气典雅的格局上虽有几分局促，内里却处处透着狂妄和勃勃野心。

出了故宫，不远处，大概也就两站地远遥，耸立一座古罗马廊柱盘绕的巍峨西洋建筑大青楼，周围环绕点点北欧风格红楼群与清王府式样的三进深四合院。那却是另一对著名父子张作霖和张学良的故居——张氏帅府。红彤彤雕梁画栋的四合院里，老帅两次奉直战争的硝烟似犹在，皇姑屯铁路的爆炸声依稀传来；洋气扑鼻的大小青楼，仿佛记录下了少帅东北易帜去国离家的悲壮，举旗助蒋的豪侠，西安事变的枪响，终身囚禁的无奈……千古功臣，天下为公。血与火的洗礼，一次次政治与军事的较量中，似无机心，却不乏机巧。留下的是悲剧，也是悲壮。

从故宫到故居，短短十几分钟路，皇家故宫与帅府故居，古罗马建筑风格与传统四合院建筑，古今中外，历史与现实，在这条小街上奇异地汇合。两对父子，塑造了沈阳的命运和性格：天生梦想，又土又狂，勇猛正直，忠诚豪侠，仗义疏财，成事不足，败事有余，粗鲁颟顸……游牧民族的剽悍与汉族移民后代的匪气交织，无所不能，无所不往，相得益彰，互为消解。

身在沈阳，心系北京。沈阳是北方游牧民族入主中原的最后一座关隘和要塞，沈阳是封疆大吏施展济世情怀的最后一片乐土和泥淖。新中国成立后，作为共和国长子，沈阳服从全国一盘棋，成了重工业煤炭钢铁机械制造基地，半个多世纪以来为全国人民做出了贡献，也意味着牺牲。如今的沈阳几乎成了德国式的鲁尔工业重镇，面临着重新振兴起飞的痛苦艰难。古时所说的盛京八景——天柱排青、辉山晴雪、浑河晚渡、塔湾夕照、柳塘避暑、花泊观莲、皇寺鸣钟、万泉垂钓……早已在几十年大机器的轰鸣中不见踪迹。新的盛京景观——满族溯源地、国际秧歌节、世界园艺博览会、奥运足球分赛场……正纷纷而起。士子们也知道，风景秀美的棋盘山虽是一盘诱人的残局，其实也是死棋。跳出沈阳，方能满盘皆活。

沈阳老了，早已经老过两千岁；沈阳还年轻，顶多也只能算条中年的汉子，才刚知天命而已，正逢如虎似狼、如日中天的年纪。有谁认为酒会老吗？尤其烈性的，总是老而弥坚，老而醇香。只是有关沈阳这杯酒，需要慢慢品，在第一口上降服住它，接下来的事情就好办了。如同沈阳的小娘儿们，要么草根，生生不息，永远低伏在生物链的最底层，随风而逝，默默都做了衰草牛羊野嚼裹；要么，就是孝庄、赵四一类人物，治大国如烹小鲜，辅佐朝廷如管孙子，把男人和国家的运命尽皆把握于股掌之中……呜呼噫吁嘻乎哉！沈阳这口酒，也还算喝得惬意吧？

2007 年 5 月 15 日

北京法源寺丁香诗会

拜谒法源寺时，正好是人间四月天。一路丁香幽幽，海棠妖妖，唢呐钟磬之声相闻，唱念诵吟之声入耳。这就是京都著名的法源寺，原先一直不曾在真实生活里得见，而是在二十年前研诗时，从印度大诗人泰戈尔与徐志摩的交往史中得知，也是若干年前读李敖的长篇小说《法源寺》（后来他还据此被诺贝尔文学奖提名）时慕名。说来惭愧，如我等自称治文学史出身，却对实地考据之事缺乏兴趣。像法源寺这样一方文人雅士留踪的圣地，居京二十余载，却一直不想到来探源踏访，实为不该。今朝得空，借参加宣武区第五届丁香诗会之机，前来一拜。

4月11日，连续几天沙尘过后，仍旧一个尘埃落定却阴霾悠扬的日子。车子左拐右绕，穿街过巷，才来到深居南城之中的法源寺。北京南城，毕竟是人们不经常到达的地方。老远就见殷红色的山门在雾霭中挺立，旁边两个巨大的石头狮子把守，门上早已拴起了鲜红的巨大条幅——"热烈祝贺宣武区丁香诗会在我寺隆重举行"，一语道破鲜明的入世风范。门前好不热闹，三三两两诗友往来问候寒暄。山门前能见出土地是重新平整过的，似还露出黄土的新芽。门前圈出一方广场，也露出不久前拆迁过后的痕迹，一株株新植的丁香也正应时开着，面露怯意，似还有些水土不服。据说去年为迎接李敖来寺中访问，门前道路特地进行过大规模平整。今年，北京市政府也专门拨出款项支持法源寺的修缮。这项工程一直要延续到明年年底。

进得大门，就是人声鼎沸，笑语欢腾。原来今天不光有诗会，还有画家们的现场作画活动，来宾将有两百多位。法源寺的香雪海似乎也跟着沸腾起来。如果不是因为太喧闹的话，幽寂之中的寺内正殿和钟楼前的松柏，就应该可以体会出一些蓊郁来。大规模的整建修缮工程尚在进行中，见不到古寺的全貌，然而，庭院深深深几许，走上一进一进深深的院落，看那一座座千年明楼的巍峨斑驳，仍然能体会出法源寺当年气势之宏伟壮观、之轩敞、之豪奢——是啊，从悯忠寺的悯恤忠烈，到法源寺的法海真源，从刺天双塔的轰然倒塌，到几步之遥菜市口人头落地的惨音，法源寺历经多少朝代，见证了多少命运起伏和历史更迭?!也曾有"悯忠高阁，去天一握"，也曾有"百级危梯溯碧空，凭栏浩浩纳长风"，到头来只有花千树，人万般。梵音清乐今尚在，丁香海棠照檐峦。

法源寺不愧是香雪海，丁香开得端的是艳，端的是猛，大殿的一座座脚手架和工地覆盖的防浮尘网也不能阻挡她们的妍姿繁荣。她们满寺满眼地炸开来，一树树，一丛丛，浅粉，洁白，深紫，浓香沁鼻，明晃晃香辣辣地俗艳着。偶尔可见的几株银杏和海棠可以算作是丁香的点缀和陪伴。一千四百年的古刹，花事该是几经沉浮呢?

闻到笙箫管竹乐器的"吱吱——扭扭""嘣——嘣""咚——咚"的调音之声时，就已经到了藏经楼卧佛法堂前。诗会就将在这里门前的空地上举行。一干乐手已经就位，在堂下各自乐器前摆好了架势。看他们上身都着一袭统一的明黄色寺院袈裟、中式立领棉袍，下身仍随意是些俗世裤子，脚上皮鞋也有，旅游鞋也有，时时提示着这是人间梵乐。乐手的对面，一排排长条椅凳上就是前来诵诗的嘉宾，间或夹杂一些前来游寺偶尔围来看热闹的群众。我们一行人刚好落座在军旅诗人、歌词作家石祥旁边，见他兴致勃勃拿出随身而带的诗单，不断给人介绍刚刚完成的《八荣八耻人人须知》歌。说到亲自下连队教唱的情景时，诗人喜悦自豪之情溢于言表。这是我唯一能认得的诗人。

　　这时不知是谁提醒：身后那株百年海棠，就是当年泰戈尔与徐志摩来寺中礼佛时，香雪海下"吟唱至通夜"，海棠花下"吹笛到天明"之处。什么?! 难道视为美妙传说中的逸事奇闻，如今竟这般鲜活矗立在眼前了?! 赶紧起身过去，将那株幸福的海棠树身轻抚、打量。果然！这样一棵海棠仙子，枝繁叶茂，身量无比巨大，足足覆盖过它身边四五棵丁香。这海棠老而弥坚，老骥伏枥，虽历经百年，到如今却仍然浑身开满沸腾的白花——那花朵，似也有丁香花的几倍那么大！这沸腾的老树的精灵！这妖冶如橡的花朵！怕不是泰戈尔老爹的诗魂萦绕在上边吧？抑或是徐志摩给你吹了几口仙气？

　　等到乐器的铿锵打击之声飘满浓香馥郁的殿寺时，诗会的主角就该上场了。这时，我的整个心思却被这株海棠牵了去，免不了出神遥想当年那些文化盛事，那些诗人们应和酬唱的清癯姿态。中断了的丁香诗会节目可以再补回来，但那"临流可奈清癯，第四桥边，呼棹过环碧；此意平生飞动，海棠影下，吹笛到天明"的意境却几时可以复现？

2006 年 4 月 12 日

不识庐山真面目，陶令隐在此山中

为期十天的庐山国际作家写作营活动已近尾声。除了开会交流，凡可自由支配的时间，每天都按图索骥于山间疾走，希望能瞻仰更多的人文胜迹。漫山遍野的庐山雾霭，一如庐山的政治历史文化谜团，弥漫萦绕，拂之不去。去年我在庐山曾有短暂停留，脚步匆匆，不能尽兴解密。今年再来，就有充盈的时间访问拜谒，岂可浪费机会！

感谢庐山管委会方面的精心安排，这回上庐山，立刻进入情况，甫一进山，便一头驻扎进沉重深厚的历史之中。我们下榻的175和176号别墅，是庐山会议期间毛泽东和彭德怀居住的地方。沿门前小路的坡道弯过去，不足一公里，就是蒋介石和宋美龄的美庐，对面是周恩来纪念室。再转过一个街角，就是传说当中的庐山恋电影院以及庐山图书馆。居所四周围形成一个巨大的气场，不由人不浸淫、沉迷，并萦思与检索历史上那些并不遥远的过去。

除了庐山的政治史，我感兴趣的，更是那些古代文人墨客足迹到达过的地方。白居易写"人间四月芳菲尽，山寺桃花始盛开。长恨春归无觅处，不知转入此中来"的大林寺花径，李白《望庐山瀑布》"日照香炉生紫烟，遥看瀑布挂前川。飞流直下三千尺，疑是银河落九天"之所，苏东坡《题西林壁》"横看成岭侧成峰，远近高低各不同。不识庐山真面目，只缘身在此山中"之地，都一一踏访。只有脚步亲到此地，才能充分感受当时的生动气韵。在锦绣谷，还找到了毛泽东当年《为李进同志题所摄庐山仙人洞照》"暮色苍茫看劲松，乱云飞渡仍从容。天生一个仙人洞，无限风光在险峰"诗词描绘的图景。若干年过去，已然物是人非矣！诺贝尔文学奖得主赛珍珠写"大地三部曲"的别墅，近代大学者陈寅恪的墓地"景寅山"，都一一瞻仰朝圣，所获颇丰，受益匪浅。

古人说"读万卷书，行万里路"，这话真有道理。许多场景，只有亲临踏勘，走到当年形成诗文所在地，才能诗意顿悟。而闭门读诗，只能看到字缝子里边的训诂学意思。

眼见得国际写作营活动接近尾声了，总有什么心事放不下，好像还差了点什么。哦，想起来了，是陶渊明的故居还不曾去。庐山吸引人的，除了它的自然风光和神秘纠结的政治史，庐山的隐逸文化也蔚为大观。前次来，到了花团锦簇的花径，见到"景白亭"，心中暗自丈量了一下从《大林寺桃花》到《琵琶行》的距离，一下子就把白居易大大小小词意都整明白了。不远处，九江边，贬谪至此的江州司马那个九品散官，正哭哭啼啼，无限幽怨"浔阳江头夜送客，枫叶荻花秋瑟瑟"，与落魄的歌女同慨，跟萧瑟的江风同哀，情何以堪，情何以堪啊！

这回来，将别的地方都看遍了，独有开隐逸诗风先河的陶潜公"采菊东篱下，悠然见南山"的地方还没瞻仰，岂不是憾事？

想到次日上午即将踏上归程，于是中午吃饭时很不好意思地跟江西文联主席刘华先生提起，能不能引领着去看看陶渊明故居？刘华主席是个儒雅忠厚之人，讲起话来略带一点江西口音，用很小的发声不费力的慵懒口型，聊天时常带促狭调皮之情，主持会议时却面带害羞之色，这便让我们觉得十分有趣，也很快产生了认同和亲近。本来他也跟我们这些外来者一样，同属庐山管委会方面请来的作家客人，并不负有接待、带路等额外使命，但是在几天的相处时间里，他和同被邀请来的江西作协副主席李晓军一直都在自觉地尽着地主之谊，与作家们亲如一家，打成一片，帮着我们忙这忙那。以至于让我们产生错觉，觉得此行是归江西文联和作协领导，"有困难，找刘华"，这是众口一词的民间说法。

　　刘华听了我的要求说，好，我帮助联系一下。陶渊明的老家栗里村在山下，距离有点远。等找到了车子，我们就出发好不好？我说非常感谢，太好了太好了！不一会儿，刘华主席回来通告说已经联系好了，吃完饭我们就走。魏微妹妹听了也要同去，一旁的另几个青壮作家也要跟着去。因为这是计划外的项目，车子能装下的人数也有限，我们就说，就这几个朋友同去吧，就不要惊动太多人了哦。刘华主席笑呵呵说，好哦！就说我们出去买点笋干。

　　之后，"我们出去买点笋干"就成了团里模仿能力最强的王松学刘华说话学得最像的一句（必须用江西话，闭口呼，还要配以促狭之色，呵呵）。

　　六月末的午后，庐山，山道弯弯。车子扭过一道弯又一道弯，中方的几个作家魏微、郭雪波、高伟、刘华、李晓军、王松

240

及远道来的严歌苓、张翎、台湾作家成英姝等同赴瞻仰陶渊明故居的路上。

这些天的庐山在视野里已经够美的了。山路两旁绿荫葱茏，次第如故，一直延伸到山脚下看不见的地方。想象里，陶潜故居，世外桃源，该是何等优美别致的所在，比见过的所有庐山美景都要更美吧？

车里有冷气。一下车，热气潮气扑来。山上山下，简直形同两个世界！山下比山上高出五六度。山间特有的有点潮湿的瘴气迎面而来。若在正常的平地里，六月底的真实气候，大抵应该是这样子闷热潮湿的。

通往陶渊明故居栗里村的路有点乱，看不出形状。泥泞坑洼的小路，不知通向哪里。带路的刘华主席也有点找不到路了，又露出他腼腆的笑，一个劲儿解释说，现在正在拆迁，搞土建，去年他来的时候不是这个样子。好像没让我们第一眼就看见"采菊东篱下"美景，是他的错。

栗里村的村主任事先接到电话，在路口迎接我们。一行人先到村口的陶氏宗族祠堂参拜。一条泥土的小路，两边坡地上是纷乱的杂草植被，路的尽头，却陡然见大红的柱子，漆黑的屋瓦，端庄耀眼的一座仿明清庙宇宫殿式建筑，非常突兀，却又壮观。近前细看，却是起脊的硬山式古建风格，一条正脊，四条垂脊，黑活瓦，翘檐，前面两条垂脊上蹲有小兽。屋檐下雕栏，彩釉绘的云朵，下面接地六根红色廊柱，通红的油彩耀眼程度，能看出油漆的时间还不很长。

众人被引进祠堂正中一间屋子。房间面积不大，靠窗一个窄小的栗子皮色的两屉旧桌，上面供奉一个朱红底子、金粉凸雕的

241

牌位，牌位漆彩斑驳，以示是出土文物、历代世袭。细一看，雕的是云朵里腾飞对称双龙，中间烘托一行魏碑：陶氏堂中历代先远神主位。龙腰处，分列两字，左龙腰为"左昭"，右龙腰为"右穆"。

木雕牌位右首，摆放一摞共九册红皮精装硬壳族谱，有一至七卷标号，余者两册也叫《陶氏宗谱》，却不知为何没标卷号。

距桌二尺，乃一长条凳，凳上是一个水泥双耳香炉，炉不大，中间有香数支，袅袅生烟。炉耳两旁，是两根足有一米多长的红烛正冉冉燃烧，金黄色火苗与青灰色烟香，正构成神与灵之氛。

翻阅族谱之时，村主任给我们引荐陶氏第五十几代孙前来。他是这里的主人，五十多岁的样子，相貌端正，体格中等。有人看看族谱里的陶潜画像，再看看陶孙，便说：嘿！还真有点像！是不是按照你画的？陶孙也只是憨厚地笑，不说话。

从祠堂出来，沿小土路前行，在草棵子里蹚过去，不远处，见一亭，便是"归来亭"。是一座重檐六角亭，为纪念陶渊明回归故里而设。六根柱子很旧，顶层屋檐的颜色很艳，很醒目。"田园将芜兮，胡不归？""云无心以出岫，鸟倦飞而知还。"陶潜二十九岁出仕，出任江州祭酒，四十一岁辞去彭泽令，归回家乡务农，不为五斗米折腰，遂成就一段千古文人气节。

再往前走，但见一小潭绿水，潭水上方，一块黑黢黢的巨石阻住道路，巨石上方，却是一道溪流飞下而溅成的瀑布，前方再无道路。这就是著名的"醉石"。传说当年陶渊明辞官归来后，经常呼朋唤友，登临巨石，饮酒赋诗，醉卧其上，石头上还留有酒醉吐过的痕迹。听起来可真是有点恶心呢！

走近一看，细细打量，此石很像庐山常有的第四季冰川漂砾。在牯岭街口，我曾见过一块经李四光鉴定后的巨大砾石"冰桌"，叫作"震旦纪长石石英砂岩构成的长条状桌形独立巨石"。石头的特点是石身光滑，有明显的沉积纹理。眼前这块巨石，显然比那个冰桌要大，呈规则的长方体，像个巨大棺材。同来的一群青壮劳力，以蒙古族作家郭雪波为首，吆喝着要爬上去看看，体会一下当年陶公醉酒的意境。

巨石离地有三米多高，石上爬满了青苔，十分滑腻，爬上去的难度可是不小。我跟张翎还有台湾的成英姝小姐几乎是手脚并用，被男士们连拉带拖给拽上去的，形象不太雅观。魏微和严歌苓则知难而退，干脆不爬了，在底下围观。想那陶潜公当年的腿脚不太利落，一条腿有些跛，他是如何能够闲着没事儿就爬上这三米高巨石喝酒玩的呢？

爬上醉石，若想在石面上站立却也是件不容易的事情，因为它跟地面有一个大约十五度角的倾斜，如果真醉卧的话，是可以顺坡出溜下去的，掉下去摔个脑残绝没问题。石面的宽度，据史料上说，可以容纳十人，那一定是古人身量窄，如若是像郭雪波这样的宽大蒙古人身材，有五个大概就要挤掉地上俩。在倾斜的平面和苔藓的滑腻之中，我们小心翼翼挪动脚步，辨认石上刻下的字迹。朱熹知南康军题的"归去来馆"几个大字比较清晰可见，另有一首附庸风雅的《题醉石》刻诗，据说是明人到此一游时乱写乱刻的，有点残破不全了，我和张翎、晓军费力地辨认，见那涂鸦诗曰：渊明醉此石，石亦醉渊明。千载无人会，山高风月清……后边的看不清了。回来后在网上查到，方才补齐。按下不表。

上石容易下石难。又是费了好大一番折腾，又是被旁边的人左拉右拽，又以十分难看的姿势，好歹从石上降落到地面上来。由此愈发认定了当年陶公是绝对上不去也下不来的，除非原来石头与地表同处一个平面，经过几百年沧桑巨变之后，地表下降，才将那巨石托成离地三米之高的现在这番模样。

其实，考证这个没有丝毫意义，与其胡乱考证，颠覆解构，粉碎千古文人隐逸梦想，不如把"醉石""归去来亭"以及油漆未干的陶氏宗祠当成后人的景仰与传说，岂不是更好更蕴藉人心？

正如那陶公自述："结庐在人境，而无车马喧。问君何能尔？心远地自偏。采菊东篱下，悠然见南山。山气日夕佳，飞鸟相与还。此中有真意，欲辨已忘言。"

沿醉石下的一道溪水往前走，踩着阵阵荆棘和遍地尘土，不出一里地，就到了史上最著名的陶氏故居栗里村。如果这就是陶渊明当年"采菊东篱下，悠然见南山"之所的话，我只能慨叹一句：我来晚了。

我只能面对脚手架、面对水泥墙、面对预制板、面对建筑工地、面对坑洼不平暴土扬尘的道路、面对绿布苫盖的一座座楼盘，说一声：我来晚了。

村子已经进不去，被铁皮和木板的栅栏挡上。去年开始拆迁，未来的愿景是要修成现代化的陶渊明故里。

陶渊明的村庄，那个"暧暧远人村，依依墟里烟。狗吠深巷中，鸡鸣桑树颠"的村落，那个"白日掩柴扉，对酒绝尘想。时复墟里人，披草共往来。相见无杂言，但道桑麻长"的居所，如今，我们只能止步于村庄路口，在干涸的小水沟旁一块写着"采桑桥"的水泥碑前简单留影。那块碑上从上到下几行字，依次写的是："星子县级文物保护单位采桑桥，星子县人民政府一九八一年十月公布，星子县文物管理站立。"

采桑桥已不在，只剩两块长条木板，临时架在小河沟上，供游人走到对面。而桥旁那两棵老樟树还在，仍旧器宇轩昂历尽沧桑地环顾着——无数个各怀心腹事的后人。我们小心翼翼，在大樟树下拍照，以作为凭吊，凭吊一下"田园将芜，胡不归"的先贤的过往，凭吊一下"不为五斗米折腰"的壮丽情怀。

立于故里，环顾四野，混乱的气场，纷杂的俗世物象，说不上失望，也说不上不失望。当历史变成传说，当故里变成景点，当诗人变成官人，当官员得奖、退休到各个协会任职……此刻，陶公故里前的我们，还如何有颜面想拜谒南山、想饮酒、想归隐、想采菊？

羞提，羞提！

所谓文官，出是自在，隐是无奈。

还是重读几十年前开国领袖的那首庐山诗："一山飞峙大江边，跃上葱茏四百旋。冷眼向洋看世界，热风吹雨洒江天。云横九派浮黄鹤，浪下三吴起白烟。陶令不知何处去，桃花源里可耕田？"

2010 年 9 月 4 日

江南第一勾青——临海游记

一

　　台州作协主席金岳清兄寄来今年春上第一抹羊岩勾青绿茶。正是人间四月天，京城风干物燥，意绪浮动，若能呷上一口明前春茶，那滋味，一定能够美入人心啊！于是迫不及待打开茶叶包装袋，但见一枚枚圆头圆脑的绿，恬然睡于袋子之中，一股子江南春天的潮气，带着临海的湿气、羊岩山的硬气，还有香草本身特有的清气袅袅飘散开来，登时暗香扑面。赶紧烧上一壶矿泉水，洁手净面，拿出高腰透明玻璃杯，恭恭敬敬冲泡茶叶。将八十多度的水注入杯子，但见一片片青绿的叶芽在水波里翻滚、逐舞，嫩芽一点点舒展开，成三叶草的形状，一瞬之间香飘满室。那茶汤清绿，宽敞明亮，叶片圆润，娉婷袅娜，饮上一口，唇齿生香，美得似乎连心都要化了。真个是：尘心洗净千山秀，品茗更知春味长。

　　一抹羊岩勾青绿，几回临海湖山新。春日袅袅的茶香，勾我想起今年元月那趟到临海的旅行。那时正值冬季，北京寒冷枯燥，阴郁而多霾，直到阳历 12 月底，都没有下过一场雪。快过新年时，顾建平兄来信问愿不愿意到南方走一趟，浙江的临海，时间不长，就两三天，利用放假的机会，邀几个作家去看一看。我一听"临海"这名字，就心生好感，说好啊，可以去啊！虽然不知临海在哪儿，但凭经验，以往到过的以"海"命名的城市，大抵都是很不错的，如上海、珠海、北海、威海等。这回要去的城市"临海"，听着离海更近，更像是一个把海临风的城市，当然也错不了！

于是新年刚过，就迫不及待从北京出发，1 月 2 日早晨，只用了三个小时不到，就从冬天到了春天，从寒冷坚硬的北方飞到了温暖如春的临海。到了临海，第一印象，感觉到的就是温暖、湿润、气候宜人。简直是太温暖舒适了！海边的湿润气候，与山中的暖风一起袭来，小城满眼温润，气候清新。路两旁的行道树全都油绿的，一簇簇紫色的花朵在街边昂扬地盛开。"面朝大海，春暖花开"，说的就是冬天的临海吧。

冬天的临海，满城满眼皆春色。在寒冷的北方已经封闭起来的毛孔，这会子，一点一滴地在暖风里给润开。即使是仍穿着上飞机时的羊绒外套，却也并不觉得热，好像薄厚也正合适。临海的一切都是那么舒适、惬意，一切都摆出一副刚刚好的样子：刚刚好的暖，刚刚好的绿，刚刚好的明净湿润，刚刚好的可以随意在晴暖的冬日大街上漫步遐思。临海冬天里的温暖，是贴心的，怡人的，舒缓有致、不温不火的，让人不知不觉地享受和喜悦。冬到临海，绝不会像冬季到了别的南方城市譬如海南三亚那样，一下飞机就必须急三火四把羽绒服换成游泳衣，沉睡的肌体被反季节的燥热一下子给炸开，最终往往会以一场严重的感冒作为收场。冬天的临海，是和风温煦，树叶常青，柔水碧波，山湖新绿。

二

初到临海，守着一肩的暖阳，只感受到它的暖与软，殊不知，待走进小城的深处，方知这块古代东南沿海海防重镇的坚与硬。临海的风光霁月背后，掩藏着它古代军事海防前线的刀光剑影。临海现在所留下的人文景观，最著名的都是古代战争的遗迹，如明代戚继光抗倭遗址桃渚古城，始筑于明洪武二十年（1387年），保存比较完整，有三座城门，城门外筑有瓮城，城内是古军事街巷格局，有练兵的校场，有通向敌台的通信道，还有用于运兵防御的车马道。整个城郭的建筑既利于防守，也便于杀敌。游人穿梭于城中错齿交叉的小巷时，还能感受到当年英雄戚继光荡平倭寇保卫国疆的英勇壮烈。

及至走到坐落于临海市老城区的台州府城墙时，战争的谍影更加浓重。这条始建于东晋时期的台州府城墙，被称作"江南八达岭"，城墙依山势而建，有城门七道，城楼七座，易守可攻，全长六千多米，据建筑学家说，可以作为北方明长城的"师范"和"蓝本"，但它比北方长城多出了一个防汛功能。我们一行人从它巍峨气派的望江门城楼拾级而上，气喘吁吁，歇过三气儿才勉强爬到城楼顶。城门楼上站定之后，放眼一瞧，但见它背依青山、虎踞龙盘、城墙蜿蜒、绿树葱茏，感觉像是回到了居庸关或慕田峪长城，回到了历史上兵戎相见箭镞咻咻的北方年代。原先

248

对这里的有关"南方"的印象立刻没了。

再走一趟它这里著名的以道教南宗始祖紫阳真人张伯端的号命名的"紫阳古街",印象又不一样。一条满是宋代遗风和明清格局的古街,临街一幢幢二层和三层小楼的店铺,各种卖糍粑卖旧书卖针头线脑小玩意儿的和蔼的中老年生意人,还有端着海碗坐在店铺门口小板凳上吃面条的老爹爹老婆婆,感觉他们这些人本身就是街景的一部分,十分悠闲古朴,看着不像是做生意,都像是在展示南宋遗韵,好像穿上哪个朝代的衣服,他们就会逼真地回到哪个朝代里去。时光在紫阳古街这里仿佛一直停滞着,从来就没有流逝过。

如果不是被引向"头门港新区"码头参观,还真就差点儿忘了这个地方还叫作"临海",真就感受不到临海人轰隆隆地迈向现代化的急切脚步。一大片滩涂湿地的尽头,就是正在建设中的头门港码头。海风阵阵,海浪涟涟。近距离观瞧,铅灰色的冬天的海,其实比较无趣和乏味,只有人们的建设热情可以使海边的沉寂变成亢奋。数台起重机大吊车停在附近,运输石料的大车开过,蹭起满眼街尘。两条临时搭建的栈桥伸向海水深处,一车车建筑物资不断运送到码头作业地点,这是台州人加速走向现代化的节奏。这个面积一百三十六平方公里的临海头门港新区,综合了港口、产业、城市体系,目标是建设大港口,搭建大平台,发展大产业,打造新城区。参观的人群里有人憧憬:待头门港建成之后,是不是可以直追和超越就近的上海港、宁波港、舟山港?

三

在临海灵湖岸边的赏月亭里,第一次喝到了羊岩勾青茶。

待夕阳西下，我们终于得把疲倦的脚步歇息在灵湖边的亭子里。一杯绿茶上来，登时眼前一亮！但见茶叶碧绿，叶芽饱满，茶汤清亮，冬天里得见这么品相好的茶，这茶可绝对不一般！一问方知，这就是当地著名的羊岩勾青茶。按说，临海之处多盐碱滩涂，土质不适宜种茶。但是当地朋友告诉我们，浙东多山，山区和农区特色多过海滨特色。羊岩山位于临海市区西北三十公里处，主峰海拔七百八十六米，一年中有三分之一时间笼罩在云雾中，气候土壤，均适合种茶。羊岩山上产茶也就不奇怪了。特殊的地理位置，使得羊岩山所产的茶在绿茶里属于口味偏重的系列，跟龙井有几分相似，味道醇厚，经得起冲泡。现任中国国际茶文化研究会会长王家杨曾题字："江南第一勾青。"中国工程院院士、中国茶叶学会名誉理事长、国际茶叶协会副主席陈宗懋也赞羊岩勾青茶："羊岩勾青，香高味醇，实乃茶之极品。"

大冬天的，却坐在湖边亭子里喝起了绿茶，北方人特觉不可思议。绿茶性属寒凉，本就不适宜于冬季里喝，尤其在露天。然而，三道茶过后，我们喝得浑身舒爽通透，竟也喝出了脸蛋上的一抹春色和肢体上的融融暖意。这会子，经过两天马不停蹄的参观，程序都走完了之后，静心喝着茶，又体会到江南的春意了。但见这个临海最大的贯城湖面上，水波袅袅，微风悠悠。就着一杯上好的羊岩勾青茶，随便说着美食、风月与美景，真有点不知今夕何夕、此季何季的倒错感。

江南好，春来江水绿如蓝，能不忆江南。《人民日报》主任记者常莉和军旅作家马娜和我等几个女眷坐一起品茶，男人们则在另一桌高谈阔论。临海的茶叶硬，当地的文人朋友们却柔而且糯，优雅淡定，不疾不徐，个个都琴棋书画身手不凡。临海文联主席沈速、台州作协主席金岳清、临海市文联副主席吕黎明、临海文联办公室副主任史恩明等一直陪着我们的朋友，都很儒雅清俊，说一口很软的浙江普通话，在我们北方人听起来都觉得接近于吴侬软语。只有临海文联副主席、临海市纪委常委张弛是个例外，外形有点像北方大汉，饭桌上还喜欢闹点小酒。他是个很好的诗人兼散文家，在《人民文学》上发表过诗歌。有一次我终于忍不住逗他说：在纪委工作的同志还能写诗，这得人格多分裂啊！张弛就一味地笑而不答。

离开临海前，金岳清兄赠我一墨宝，录的是清黄钺《二十四画品》中《明净》之句："虚亭枕流，荷花当秋，紫蒻（花）的的，碧潭悠悠。"生动俊逸，毫无黏滞粘连，大概正是此时他学书既成又荣升作协主席的澄空万里心境吧。岳清兄既是书法家，也是优秀的小说家，已经在《中国作家》等杂志上发表不少小说，得过很多奖。《明净》之中的下半阕他没有写，却是"美人明装，载桡兰舟，目送心艳，神留于幽"，大抵是要留给我自己学书时再去慢慢体会。

转眼之间，冬季过去，春天的明媚已经来临。此时，隔着山和海的距离，品着四月香茗，回想着元月里临海的风光霁月，我却不再想《明净》，只想以《二十四画品》之《苍润》遥谢岳清兄：

妙法既臻，菁华日振。气厚则苍，神和乃润。

不丰而腴，不刻而俊。山雨洒衣，空翠黏鬂。

介乎迹象，尚非精进。如松之阴，匠心斯印。

2014 年 4 月 25 日

251

冬季的西双版纳

西双版纳，读起来是一个唇齿生香的名字，总让人想起那些生动活泼的意象：孔雀，大象，凤尾竹，泼水节，热带雨林，茂密的植物，交相缠绕的藤类……那些动态的、葳蕤的、湿润的活物，密密地书写着彩云之南的热带风情，还有某种不为人知的动人的神秘。

心向往之，总不能至。这一等就是大半辈子。终于，2018 新年伊始，在北方寒冷的冬季一月里，有了一次逃离雾霾去南方森林吸氧的机会。从北京到西双版纳没有直达航班，需经昆明中转至景洪机场。穿着臃肿的冬装，乘三个小时飞机至昆明，停留三个小时后再换乘下一个航班去景洪。一路奔波，从雪天冰谷到热带雨林，单程的道路，差不多也要走一天的时间。

傍晚时分，飞机准时降落在景洪机场。下了飞机第一件事就是到机场大厅出口预备的更衣室换装。脱掉羽绒服，换上登山装，登时觉得身心都分外轻盈。热带暖风扑面而来，空气新鲜潮润舒爽。一出门，简直都没有过渡，眨眼就从冬季到了夏季。几株凤尾竹在风中轻轻摇曳，候机厅金黄色的木制三角形屋顶，设计得跟佛塔尖很相似，顶端还有两只引颈相偎的金色孔雀LOGO，一下子把人带到杨丽萍《雀之灵》的舞蹈意象中，很有地方特色。

前来接机的富盎得公司的朋友，细心地给每人准备了一串紫色石斛兰花编成的项链花环。那些紫色花朵都是刚刚从枝头摘下来的，鲜翠欲滴，馨香满怀，浓艳的花瓣，玉白的花蕊，美不胜收，香得睁不开眼睛。在场的男男女女，无论诗人还是散文小说家，全都爱不释手，做梦似的给熏晕了。

听当地朋友介绍说，用紫色石斛兰迎宾是有说道的。傣族人把石斛兰作为吉祥、喜庆、崇敬之物，种植在房顶屋檐拐角处，寄托了对太阳神的美好愿望与情感。我们一行人就外挂这美丽圣洁的鲜花，一步步走进彩云之南，走进西双版纳的神秘吉祥里。

到达西双版纳的次日，阴雨绵绵。天空云雾缭绕，远山绿意葱茏。西双版纳没有冬天，即便在一月里，气温也在零上五度至十二度之间，体感非常舒适。我们起得太早，大象和孔雀应该还在休息，泼水节的季候也还不到，于是我们转道去看茶山。从大益普洱庄园参观出来，我们轻装前进，上山，踏访六大茶山之首的贺开古茶庄园。

贺开古茶山位于西双版纳州勐海县勐混镇贺开村，与著名的产茶区老班章、南糯山毗邻，距勐海县城四十公里。一路上，当地向导不断给我们讲，普洱茶最早不出在普洱，而是产在西双版纳。当年普洱只是个茶叶集散地，西双版纳才是世界公认的茶树原产地、普洱茶发祥地和茶马古道的源头，从东汉时起，历经唐宋，盛于明清，已经有两千多年的茶产业历史。

车子驶过大益庄园的一马平川，越走越颠簸，接近贺开古茶山时，已经是乡间泥土小道，到最后一段路必须徒步上山。为了保证原生态茶园周边的土壤空气和水的质量，当地严格限制周边的建筑及其他设施，也有意不把大马路修进山中。

爬上海拔在一千四百米到一千七百五十米之间的贺开古茶山时，已经是下午五点钟了。傍晚的雾气正一层一层密集涌上山岚，真正是云山雾罩，前方五十米开外就看不清楚人，简直像腾云驾雾走在仙境里。而这时，茶山上那些集中连片、矗立在古道边的古老的树，纷披的树，苍老的躯干，油亮的叶子，恍若 3D 大片里的古老精灵，影影绰绰，如神似仙，手捻胡须，嘴角下翘，睥睨着脚下呼哧带喘攀爬前来的一伙人。

那棵树龄最大的古树上开出了几朵洁白的茶花，晶莹剔透的花瓣，金黄色的花蕊，简直是仙境中的尤物，万绿丛中一点白，美得不可方物。人们纷纷围着它拍照合影。几只鸡雏在树下溜达，两条小狗在土堆里打闹，好一幅世外桃源景象。

这里据说是目前世界上已发现的连片面积最大、密度最高、保护最完好的古茶园。古茶树有一万六千二百多亩，数量达两百多万株，树龄从二百年到一千四百年不等。其实，只说这些数字的话，我们完全没有概念，从时间到空间，很难立刻在脑海中把它具象成形；但是，假如换算一下，把树换成是人，就是说，假如此刻有两百多万个一千多岁的老人，或者是两百多万个平均年龄五百岁以上的一群铺天盖地的老同志同时站在你面前……

不敢想。没法往下想。这些沉思的老树精灵，这些虬枝、起皱、斑驳的千年古树，是见证，也是历史。是我们从昨天走过来的历史，也是几千年文明史的缩影。一个人不能没有历史，一棵茶树也不能没有历史。饱蘸历史，方能修得金身；穿越历史，方能出神入化。那些喜欢喝普洱茶的人，是否也同时喜欢老茶树这种穿越时空、超然恬淡、仿佛又睥睨一切、普度众生的仙气呢？

贺开古茶山已经入选"2014年中国美丽田园茶园景观"名录，是全国唯一一家以古茶园为特色的茶园景观。景洪工业园区境内，由富盎得集团投资建设的中国红木医养特色小镇，也将在2025年建成。作为生态文明建设与美丽中国示范工程的"中国红木医养特色小镇"，落成后将成为一带一路泛亚高铁沿线的重要旅游景区，为西双版纳的退胶还林事业及雨林文化弘扬与发展做出极大贡献，将西双版纳"地球之肺"的美誉世代传承。

2018年1月25日

春江水暖，河豚飘香

　　这是我第二次来扬中见河豚。为什么不说"吃"而谓之"见"，这里有一个北方人对河豚这种生灵的敬畏。第一次来，还是二十年前，1995 年 5 月，我跟随从维熙、冯亦代、黄宗英、雷加等一拨老作家组成的代表团到镇江采风。团长从维熙带着我和女作家陈染到扬中文联主席范继平家做客，范主席特地请厨师到家里做出一道大菜——红烧河豚来款待我们。那是我第一次见河豚。其实并未让见，河豚长得什么样根本不知道，端上来就已经是一坨肉。那时年轻，懵懵懂懂，虽听范主席介绍河豚之毒性与珍贵，并吟苏东坡的诗以佐证，但仍不知河豚之毒到底是怎么一回事，稀里糊涂跟着吃，吃完也没太深印象。

　　如若不是后来从维熙写了"拼死吃河豚"的文章，我真就把这事儿忘了。经从维熙老师这么一写，他率领两个女作家拼死吃河豚一事，就在江湖上传开了。熟人见面就调侃我们胆大，为了吃连命都不要了。其实吃的时候，并未觉得怕。真正的怕，是后怕，是在从维熙老师的文章里得到的。从老师特地提到他是有备而去，专门找了两个年轻点的，抗毒能力强。看了他的文章，我

256

才吓出一身冷汗，心说就因为主人的热情好客，就让我们无意中在生死线上走过一遭，搞不好小命都差点交待了！

所以说，河豚有毒，却毒不过文字。修辞是有力量的，文学是有力量的。如若没有苏东坡的名句"蒌蒿满地芦芽短，正是河豚欲上时"千古流传，没有他的"值那一死"一句话，吃河豚怎么能变成一种"为馋而死"的文化？

二十年后，机缘巧合，又来扬中，又见河豚，又见范继平。二十年间，河豚换了十几代，我也老了二十岁。一见面，就认出了前来接站的范继平，他如今是扬中市发展促进会秘书长，年轻时英俊的面目轮廓一点没有变。他心细，随身带来了二十年前的照片，一看，上面的冯亦代、雷加、章仲锷等前辈已作古。留下的，也都已经年过半百。我们唏嘘，不由生出"河豚健在吾却衰"的感慨。

二十年后的扬中，也远非只有一座跨江大桥的当年扬中可以比拟。如今已有五座跨江大桥的富庶扬中，河豚已经成了它的地标性符号。矗立在市区交界处的一座巨型鎏金河豚塔，拉开了扬中河豚文化的序幕。扬中人的欢迎词里总爱说："春江水暖，河豚飘香。"若是离开了河豚，离开了美食，扬中的四月还怎么美好呢？

"男人的加油站，女人的美容院。"扬中人这样形容河豚的营养价值高。四月里，走遍扬中的大街小巷，烹调河豚的店随处可见，烹、烧、煮、涮……各种吃法层出不穷。两次来扬中，两次吃河豚，扬中的情境大不一样，河豚在味蕾上留下的感受也有天壤之别。个人感觉，吃河豚，如品美酒，总是要以人生阅历做经纬轴，要品过许许多多之后才能比较和辨别。河豚的肉质细糯，尤其是皮，胶质蛋白，入口即化，跟秧草、青笋香气混杂一处时，口舌生香，缠绵舌根，挥之不去。作家储福金兄是吃河豚老手，说当年吃到野河豚时，明显感觉嘴里发麻，那就是中毒的表现。他这么一说，我们不由得紧张起来，放慢速度，细细咀嚼和品味，生怕一不留神给麻翻过去。品了片刻，未见酥麻，储福金兄就笑，说：你们现在吃的都是养殖的，几乎无毒。再有就是现在的烹调工艺很成熟了，放心吃吧。

把一颗随时准备中毒的心放下来后，又略微有点遗憾：没有了毒的河豚还是河豚吗？那个刺激性还何在呢？吃河豚跟吃泥鳅还有什么区别？河豚剧毒烟云散，后人啖食空嗟叹。在留墨宝的环节，《人民日报》的王必胜兄代表大家献艺，本想写"烟花三月下扬中，正是河豚欲上时"，事先宣纸折叠得急，写着写着，发现地方不够了，尚缺两个字的空当。有人出主意，干脆省略，就写"烟花三月下扬，正是河豚欲上"。众人齐说好，去掉一个"中"和"时"，诗句竟也可以成立。

烟花三月下扬，正是河豚欲上。一个扬子江，由它所命名之处，无论扬中还是扬州，都显得魅力无穷。扬中有一百年建城经历，而扬州有两千五百年建城史。扬中以它的一百年直追扬州的两千五百年，不光经济扶摇直上、处处领先，在美食上，他们还打出河豚这块牌子，并通过"河豚"这一喻象，打造出独树一帜的河豚文化精神来，那就是：胆大心细，永不停止花样翻新、拼搏进取的步伐。

2015 年 5 月 24 日

温州的温度

借着这次"2010 江心屿金秋文化节开幕式暨郭沫若散文奖颁奖典礼"的机缘，我第一次来到温州。作为浙江的三大经济中心之一，也是我国第一批对外开放的十四个沿海城市之一，温州早已迅速发达，并且名声在外。除了它的经济高速发展的正面影响外，在坊间，想象和传说里的温州，似乎是一直以夸张和恣肆的姿势，睥睨众人，傲视苍生。外地人在谈论温州的有钱人时，往往充满不明不白的羡慕嫉妒恨，他们张大了嘴，用变成 O 形的唇型感叹说：哦，温州啊！温州那里到处散发 LV 假包和假名牌皮鞋的生皮子味，温州的大街小巷到处是腋下夹着装满钞票的小包衣锦还乡炒房团成员。八百多万人口的温州市，总是荡漾着演出成功、载誉归来的五十多万旅居海外同乡同胞的谑笑，他们个个都手戴劳力士，嘴镶大金牙，腋夹鳄鱼包，脚踩奔驰车，"吱扭"，温州地面都被搅动得肉欲滚滚，金条横流。

漫画式的夸张之中，显现出多少仇富心态和心理不平衡啊！

我所亲眼见到的温州，跟传说中的面貌迥然不同。它是那样简朴，平静，温情，怡然。淡漠里有着从容随和，慵懒中显着幸福无忧。温州还故意用几许荒凉景观和落后的城建，以及城市交通的极度堵塞，给初度光临的外地人士表示自己富裕起来之后的低调和恬淡。

温州的发展比较早，从 1990 年就已经开通了温州永强机场，这里还是浙江人口最多的大城。从永强机场到江心海景酒店的一路上，三十九公里的路，不算长的距离，却爆堵得厉害，慢悠悠走了近两个小时。唯一的一条进城路要穿越老城崎岖道路而过。从车窗向外望去，市容城建相对滞后，街道两边仍保留有过去年代的老屋，虽然有几许陈旧、破败，但却蛮有味道的。老屋旁纳凉闲谈着的人们穿戴简单，几乎见不到所谓满街富人冒汗流油的景象。据说，由于历史地理原因，温州与福建一样，一直都是台海战略前沿要地，战争一起，一切皆会毁于无形。几十年来城建没有大张旗鼓地搞，也是有道理的。近些年两岸关系缓和后，温州的城建计划终于启动，为了保护这里的老城区风貌，他们在老城之外划拨一片区域修建新城，那里的环线和高速路等现代化设施一应俱全。

城里是这样，而乡村的原始味道更足。在距离温州市区二十八公里的鹿城区双潮乡，我们看到了温州的另一番面貌。双潮乡地处瓯江上游沿岸，这里是温州原先传统农耕社会的一个缩影，是温州发展的根基和原貌。它代表了温州人的节奏，也有温州人的信仰。

走到通往双潮乡的小路上，但见细雨蒙蒙，溪水潺潺。瓯江边上绿枝摇荡，黑瓦白屋的小楼，鳞次栉比排列江的左岸。江水对面，是一望无际的绿野平畴，远处，是白雾缭绕的山峦。眼前景象，美不胜收，如同走在细雨江南的诗和画里。这里已经被国家环保总局命名为"全国环境优美乡镇"。田垄深处,新建的道观和基督教堂隔田相望。道观是中式仿明清古建筑,红墙黑色三层起脊大屋顶,屋檐下布满彩绘,观前香火缭绕,在一畦畦空旷的浓雾绿地之中显得人气鼎盛,活色生香。基督堂粉白相间的楼宇,尖顶直冲云天,耸立于田野之中更显出几许肃穆和庄严。

导游告诉我们,温州素有"七山二水一分田"之说,耕地非常有限。现在,这一分田也被充分利用,一块块分割好的田亩,如今都被城里人包养,成了城里人的玩物,他们什么时候高兴了得闲,就来乡下耕种玩玩,其他时间则由农人代管。乡里的人都在从事加工和手工制造业。一路上我们看到了制作传统打糕、削竹筒和制蓑衣的表演,非常专业,也非常迷人。

走进白屋黑瓦小楼房的背面,看出它们其实仍然是陈旧老屋,经过表面的统一粉刷修缮后变得光彩照人。天上下着雨,出不去门,老屋里赤脚穿拖鞋的老人、妇女、孩子们就都在家里闲着,有的在玩牌,有的在卖呆,每个人神情都很悠闲。这是些留守在家的人们,青壮年都出去打工炒楼了。平时他们靠乡里的旅游、农家乐过活,外出打工的亲戚和移居海外的华侨不时寄回钱来接济,他们基本衣食无忧,幸福指数比较高。

在温州城里美丽的江心屿,我们还偶然看到了另一幅温州人动人的日常生活场景。岛上除了来观光游览的外地游客,本地人也将小岛当成休闲纳凉之地,岛子成了一个群众性的集聚场所。在绿树掩映的一个回廊上,我们看见一圈围坐七八个出来闲玩的老人,中间的水泥地上,站着一个约莫也有六十来岁的老年人,正在用温州话兴趣盎然地讲着什么。围坐的老人饶有兴致地认真听着,不时发出阵阵笑声。我们也好奇地驻足,停下来围观。只见那老人讲得叽里呱啦非常热闹，旁边的人也笑得嘻嘻哈哈。听了半天，却一句也没听懂。于是请教靠外坐着的一个戴鸭舌帽的老人家，那人讲什么呢？鸭舌帽老人就好心地给我们翻译，说是在讲段子，都是讲的日常之间街坊邻居夫妻婆媳间的小笑话。我问：是自己编的吗？老人说：是讲的人自己收集创作的，每个都不重复，他口才好，原先就是说唱剧团的，退休了，义务为老哥们儿讲笑话听。我又问：是每天都来讲吗？你们是有组织地来听，还是偶然在这里遇上的？老人说：不是有组织的，随机性比较强。但也要事先打打招呼，比方说今天下雨，演讲者就打电话问老哥儿几个，今儿还来不来逛呀？他这么一约，就都来了。一见人来得差不多，就开讲。

哦，多么幸福惬意的光阴！我注意到听讲的老人都穿戴整齐，像参加一个规模隆重的集会一样，有的还自带茶水。其中还有一位胖大白皙的老者，穿着背带裤，里面是条格衬衫，头发也用发胶抹得油光锃亮，是一副典型的华侨范儿。此刻正是下午四点，细雨微蒙，江心雾起，廊里的老人细雨微风中啜着绿茶，听着段子，岂不快哉！温州人快乐的生活态度，尽在其中显现。

2010 年 10 月 11 日

感天动地曹娥江

——上虞纪行

　　我们到达上虞的时候，正值仲春时节。天上细雨霏霏，江面水波荡漾。上虞当地的朋友告诉我们，眼前这条江就是著名的曹娥江，它原本叫上虞江，东汉时因当地十四岁少女曹娥投江寻父的故事而得名。上虞也因此成为中华孝德文化的重要发源地。

　　放眼望去，只见江面浩大，水流开阔，除了感觉平稳，看不出它与其他任何一条江水的区别。如果不是有了十四岁少女寻父投江一事的发生，这条江将始终会是一条平平常常的江。它发源于磐安县尚湖镇王村的大盘山脉长坞，干流全长一百九十三公里，顺势而走，经过上虞市，注入钱塘江。现在，它不一样了，叫了曹娥江之后，就不再是简单的一泓江水，而是孝心和美德的汩汩流淌。江中舟楫，两岸烟火，都记住了将近两千年前的那个阴历五月初五端午节，一个叫曹娥的年仅十四岁的上虞女子，沿江昼夜哭号，寻找在五月五日迎伍神（伍子胥）的祭祀活动中溺江身亡的父亲曹盱。她的哭声撕心裂肺，天地为之动容。怎奈江水浩荡翻腾，始终不得见其父尸身。曹娥绝望之中，竟然纵身跳入江水，欲到江底寻找父亲。五日后曹娥果真抱父尸浮出水面，一段悲壮的故事就此传为神话。曹娥的孝行感天动地，县令度尚为之立碑，命弟子邯郸淳作诔辞颂扬，并将其殉父之江改名为曹娥江，江边建起曹娥庙以将其孝心大力弘扬。

月涌大江流，孝德万古长。以人名来命名的江并不多见，况且是以一个殉父的少女之名来给江水取名字。听罢讲解，我们一行人顿觉江水凝重，似有少女一路的哭喊与哽咽。同是豆蔻年华，十四岁少女，前有女曹娥，寻父去投江；后有花木兰，替父去从军。孝女和烈女，惨烈果如此；女英与女杰，悲壮亦如斯。

临江而建的曹娥庙里，在这样一个不年不节的下雨天气，依然人流涌动，络绎不绝，庙中香火旺盛。曹娥庙始建于公元151年，几经迁徙、扩建、焚毁和修葺，留下了今天人们看到的民国时期重修的样本，气势恢宏，布局严谨，留下了丰厚的古代建筑文化遗产。门口"曹娥庙"匾额三个鎏金大字为沙孟海1985年仲冬所题，遒劲有力，先声夺人。进得庙门，通往正殿的石板路上立着几座香炉，遍插红艳艳的蜡烛，燃着灿灿的明火。虔诚的善男信女们（主要是中老年妇女）在炉前虔诚烧香祭拜，一缕缕青烟在雨中升腾，好一派生生不息的孝德光景。

走近正殿，四根明晃晃的金柱顶天而立，每根净高十五米，直径零点六米，据说木质坚硬如铁，是从南洋购来的铜操木。举头仰望，各个时代的楹联牌匾布满殿中，尤以"真是女子"与"人伦之光"两块金字匾额最为显要。前一块匾为"癸酉年仲夏上虞娥二村捐，传道济原题"，"真是女子"也可解读为"真是好"；后一块"人伦之光"为蒋中正题，两旁配联：百行孝为先至性感人余热泪，大江流不尽夕阳终古咽寒涛。据载，民国十八年（1929年）三月，蒋介石偕夫人宋美龄来曹娥庙瞻拜孝女。同年七月，曹娥庙全毁于大火。

正殿的正中央就是曹娥的暖阁了，在大堂置案处下填底座，背设屏风，通高六点五米，基座离地有三尺，须仰视才见。暖阁为三间六柱歇山重檐法式，屋面为黄色琉璃。孝女曹娥身着艳粉镶银凤冠霞帔端坐，樱桃口，柳叶眉，目光低垂，小脸煞白煞白的，佛一样俯视脚下众生。两旁侍立着个丫鬟随时听唤。

再往里走，就是后殿双亲殿，供奉孝女曹娥父母雕像之所。除此之外，北轴线上还有三开间，有石牌坊、饮酒亭、碑廊、双桧亭、曹娥墓；南轴线有三开间，有山门、戏台、土谷祠、沈公祠、东岳殿、阎王殿。这座占地六千平方米、建筑面积达三千八百四十平方米的曹娥庙，雕梁玉砌，壁画、楹联和书法蔚为大观，不愧为"江南第一庙"的美号。

从三条轴线上参观了一圈出来，忽见正殿暖阁曹娥塑像前人声鼎沸，一群戴着小黄帽的中老年妇女拥挤成一团，纷纷一手举钱，一手举四方小帕，那帕子都是粉红色的，丝绢产品，正往站在曹娥身边的男人手里塞。那个男的站在高处阶梯上，紧挨着曹娥，胸前戴有工作人员牌子，一手接钱，一手接帕，敏捷地扭转身，将手中帕子在曹娥脸上轻轻一兜、一抹，随后将帕子还回大妈们手中。大妈大婶们就高兴地拎着帕子一角，心满意足地放进手中的塑料袋里。

门口领队打的小旗上标明这是从慈溪来的旅游团。慈溪到上虞，不算远也是不近的距离。这个旅游团加上散客有三四十人，都在争相挤着往上递钱递帕子揩曹娥脸。门口小卖部那里不断有人买了帕子在往这边走。用帕子抹脸这动作到底是什么意思呢？

是给曹娥拭泪拂尘，还是给自己的孝心开光？拂过尘的帕子，是要拿回去教育子孙儿女呢，还是留给自己，因家中尚有耄耋期颐老人需要自己去照顾，给无尽的孝心增加一点精神鼓舞和定力？

江流恒久远，孝德永流传。面容姣好的十四岁曹娥，豆蔻年华，永远定格在殉父投江的那一瞬间。有人已经把曹娥列入"端午三杰"里：屈原、伍子胥和曹娥。一年一度的中国·绍兴（上虞）孝文化节，已经成为当地的重要节日。曹娥江水浩浩荡荡，世世代代讲述着重人伦讲亲情的优秀传统文化故事。

2018 年 6 月 7 日

积水潭的风华世代

　　现在的年轻人，只知道作为地标名词的北京积水潭，是地铁的一站出口以及积水潭医院在此拐弯的标识。从积水潭桥再往东南方向，顺着西海水面往里走，才是后生们人人熟知的后海什刹海著名的酒吧一条街，银锭桥和烟袋斜街那里还有众多风格各异的个性饰品小店。他们却不知道，方圆几十里这一片波光潋滟的水面周围，曾几何时，却是元明清三代京城何等繁华的水陆大码头和戏剧演出场所啊！

　　紧把着积水潭桥东南角的解放军歌剧院和郭守敬纪念馆，也许是积水潭作为"戏剧演出场"和"大码头"的仅有记忆了。可惜，这两个场所总是被匆匆过客视而不见。

　　至元二十九年（1292 年）八月，由元朝督水监郭守敬亲自勘察设计的京杭大运河大都（北京）城里河段工程开工，两万余军民浩浩荡荡进驻工地。郭守敬亲临坐镇指挥，仅用一年时间，就开凿出上自昌平县白浮村引神山泉，南汇为积水潭总长一百六十四里一百四步（元制）的运河河段。从此，从南方来的贡赋稻米瓷器丝绸源源不断沿京杭大运河进京，不必只停靠在通州张家湾，而是长驱直入，直达都城中心积水潭。积水潭一时成为船只汇聚的大码头，粮船如织，舳舻蔽水，一片盛世繁华。至此，带来了首都经济与文化的繁荣。"华区锦市，聚万国之珍异；歌棚舞树，选九州之秾芬。"（黄仲文《大都赋》）各种宫廷和民间演出活动繁盛，积水潭一带歌台酒楼林立，宴舞之声不绝。一种新的艺术形式——元杂剧在大都兴起，北京成为我国戏剧艺术的发祥地。

在中国古代文艺史上，元代的戏剧谱写了辉煌灿烂的一页，佳作迭出，明星如林，出现了许多著名的戏剧家和优秀剧本，也出现一大批戏剧名角。众所周知的"元曲四大家"中的关汉卿、王实甫、马致远都是大都（北京）人。在今天的京西门头沟区王平镇的韭园村内，有一元代古宅，相传这里就是马致远故居。关汉卿的《窦娥冤》《救风尘》《单刀会》、王实甫的《西厢记》、马致远的《汉宫秋》（即《汉明妃》或《昭君出塞》）等，流传青史。活跃在大都剧坛的一批名角——珠帘秀、顺时秀、天然秀、赛帘秀和燕山秀"五秀"，都是粉丝无数，有她们在场的演出观众经常爆棚。

元杂剧在大都北京最为著名的演出地点有两处：一处是大都西城砖塔胡同，一处就是积水潭大码头的斜街。据说当时的海子，水深流阔，平展无际，能泊下吨位很重的漕船，沿海四周钟楼鼓楼一带，成为各种商品货物聚集交易之地。各种商业店铺——米面市、柴炭市、服装鞋帽市、铁器市前人声鼎沸。这个京城水路漕船大码头里，达官显要、商贾人士络绎往来，觥筹交错，酒酣耳热之际，应酬饮宴之中，咿咿呀呀要艺人献唱助兴必不可少。积水潭海子的斜街上，"率多歌台酒馆"。宋绸《海子岸暮归金城坊》对此胜景有所描绘："山含烟素，波明霞绮，西风太液池头。马似游龙，车如流水，归人何暇夷犹。丛薄拥金沟，更萧萧宫树，调弄新秋。十里烟波，几双鸥鹭两渔舟。暮云楼阁深幽，正砧杵丁东，弦管啁啾。淡淡星河，荧荧灯火，一时清景难酬。马上试冥搜，填入耆卿谱，摹写风流。明日重来柳下，携酒教名讴。"这首词真实记录了积水潭昔日的豪华风流场景。白日游人如织、人声鼎沸，入夜管弦笙箫、吴歌楚舞，一派风华绝代的文艺复兴景象。

北京积水潭文艺中心的地位持续了元明清三个朝代。从明清开始，积水潭跟大运河失去联通之后，大码头忙碌的漕运功能完结。但由于钟鼓楼就在附近，积水潭附近仍是人口密集商业繁荣区，达官贵人开始在周围兴建宫苑园林，别墅临湖，一时又是游船画舫，水榭笙歌，这里逐渐转化成了文人雅客游赏聚集之地。

今天的积水潭后海斜街已经叫"烟袋斜街"了，它东起地安门外大街，西至小石碑胡同与鸦儿胡同相连，为东北、西南走向，全长两百多米。据清乾隆年间的《日下旧闻考》一书记载，清朝居住在城北的旗人多嗜好抽旱烟或水烟。于是斜街上开起了一家家烟袋铺，原先的"鼓楼斜街"也就顺势改叫"烟袋斜街"。

如今的烟袋斜街两旁是装饰得风格迥异的一长串酒吧。但凡来北京的年轻人，都要相邀到后海的酒吧坐坐，小酌一番。他们在欣赏当年皇家园林水波潋滟后海风光的同时，是否也会缅怀一下古时候这里曾经发生过的文艺风骚与风雅呢？

2010 年 2 月 24 日

盘锦辽河艺术区的气魄

没到盘锦之前，很难想象盘锦的"文化"应该是什么样。这个盛产大米螃蟹、有芦苇荡和红海滩的北方城市，因油而建，因油而兴，若有文化，能是个什么文化？石油企业文化？生态滩涂文化？或者是"舌尖上的芦苇"以及稻米与河蟹文化？

直到走进盘锦兴隆台的辽河艺术区——这个中国北方最大的美术创意产业基地，我们才领会了盘锦人民的艺术生产力和文化经营力。在这里，"文化"已经不单纯是一个名词，而是动词、代词，有时甚至也是形容词或者副词。它跟"艺术"跟"产业"跟"经营"跟"市场"同根生在一起，相携而生，相向而走，很有气魄，富有魅力！

辽河艺术区这个总规划面积有五平方公里的产业园区，占据着盘锦市中心行政区的最好的位置，它包括了辽河美术宫、辽河画院、创意艺术梦工厂、辽河艺术城、锦联经典生活娱乐城等一批文化基础设施和重点文化产业项目。放眼望去，一幢幢米白色别墅式小楼逶迤连成一片，楼宇之间有廊道相连，艺术区的周边是巨大开阔的文化河广场环绕，有游人在广场边上的树荫下驻足纳凉。在清晨和傍晚，这里的广场就会成为市民跳健身集体舞的园地。艺术和生活，在辽河艺术区就这样被巧妙地连在一起。

怎样来表述走进辽河艺术区的感受呢？漫步辽河艺术区，感觉像到了由中国美术馆、北京798艺术区、北京通州宋庄画家村连在一起的一个巨大展区，规划有度，杂糅有序。走完一个地方，就等于走了北京的三个地方。

如同盘锦"以港强市"的转型发展完全是无中生有、从无到有一样，盘锦辽河艺术区的文化产业建设和发展也同样是从天而降、无中生有。与北京的有着悠久历史与深厚地缘特色的三个艺术区有所不同：北京中国美术馆是新中国成立后的"十大建筑"之一，已经有五十余年历史，北京798艺术区取自于废旧厂区的重新利用，宋庄画家村来自于画家们的自由聚集；而盘锦辽河艺术区完全是人工打造专门开辟出来，均来自于2008年以后的投资建造统一规划：辽河美术馆与"艺术梦工厂"由兴隆台区分别投资一点五亿元建设而成，广厦艺术街总投资十亿元建成。辽河艺术区建设目标定位在打造"北方最大、享誉全国、辐射东北亚"的美术创意产业基地。

真是大手笔和大气魄！

一张白纸，才可以画最新最美的图画。走进建筑面积有一点五万平方米的辽河美术馆，比起北京建筑面积一点八万平方米的中国美术馆，它在空间体量上也毫不逊色。首先在规模和气度上就足够耀眼宏大，先声夺人！建馆八年来已经举办各类画展两百余次，国家级展览三十余次。我们来到辽河美术馆参观这天，正逢多年未遇的连续高温干旱，未入展馆，每人都已满脸油汗，热得干喘。不料，比这天气更热的，却是辽河美术馆里工人们干活的热情。下个月的 15 号，"第十二届全国美展港澳台暨海外华人作品展"将在这里举办。工人们正紧张有序地忙碌着，调试空调设备，清理布展区的墙壁和高空区域。全国美展，能申办上，容易吗？根本不容易，软硬件条件都必须得跟得上。而辽河美术馆这已经是第二次承办国家级大展。第一次是在建馆的第二年，于 2009 年成功举办了"第十一届全国美展水彩粉画展"。等到 2015 年年初，辽河美术馆还将迎来第十二届全国美展获奖作品巡展的首展。馆里还陈列着辽河画院画家们的作品，他们中有多人在全国大奖中拿过名次。其中有许多画家来自铁岭，他们的工笔画有着鲜明的地方特色。

一个城市能有这样一个美术馆，真是市民的福气，是艺术爱好者的福气。

最有创意的是"艺术梦工厂"部分，这里作为文化事业与文化产业的连接点，集交易创作、休闲景观、美学教育、艺术实践、文化商业于一体，是文化旅游的示范点和承载地。说白了就是在这里既可以游玩参观，展品也可以现场制作和销售。馆里分成九个小型展馆：民族文化工艺馆、世界名画馆、当代艺术油画馆、中国水墨馆、现代装饰画馆、创意生活馆、艺术沙龙馆、艺术家创作馆和艺术实践体验馆。最有价值的是那些几近失传的皮影剪纸，还有各种用芦苇制作的景观画和民间玩偶。在创意生活馆里，老师正领着几个小孩子来体验手工制陶，孩子们的小手在陶泥里专注地揉捏着，一个个奇形怪状的陶壶在她们的手底呈现出来。谁说这只是一个造梦、画梦、说梦的场所？对于孩子们来说，这里也是一个圆梦的所在。将来的惊世艺术品，也许就出自于今天这几双捏陶泥的小手。

由十四栋主题建筑构成的气魄宏大的广厦艺术街，怎么看怎么都像"北京798"艺术区。虽然是特地盖起的新楼，外表也要故意搞得斑斑驳驳，做旧成废弃厂房的模样，以显得有艺术气质。这里总建筑面积十三万平方米，总投资十亿元。在一进门显眼处，是盘锦熊氏正刚艺术品产业公司的展厅，总共有八百平方米。公司的艺术总监熊正刚先生是第一批受邀入驻的画家，他瘦削清癯，说话轻声细语，看不出是老板，依旧保持着画家风范。熊先生已经有二十多年的油画创作经验，如今他瞄准国外市场，专做室内装饰画，利用盘锦本地资源用芦苇、荷叶、稻草作画，很受消费者欢迎。墙上挂了许多大张的蝴蝶画，是用整张荷叶粘贴到画布上的，然后再涂上金粉，筋脉清晰可见，蝴蝶的触须就是用两根鞋带制作，非常简单，又惟妙惟肖。这样的画，每张可以卖到三十五美金。在今年的广交会上，正刚公司签约艺术品出口订单达一千万美金！简直不可思议啊！

走完了盘锦的美术馆、798和宋庄画家村，紧接着来到兴隆台区正在全力打造的"中国壁画第一村"——西跃村。一进村口，就见村路两边围墙上画满了涂鸦壁画，有十二生肖小动物，有山水，有《西游记》师徒四人取经，还有甲午海战，以及航天员杨利伟遨游太空。全是专业手笔，3D效果，小兔子小狗几乎要破墙而出。这些只是一个引领，下一步，是要搞村民免费培训，采取"艺术家培训推广+公司订单+农户创作生产"的模式，使艺术由墙外向墙内延伸，让每个农民都成为艺术家。西跃村就仿佛是盘锦的高碑店，北京朝阳区的高碑店因为做古家具盘活了一村儿的文化产业链，也期待着看西跃村做大做强壁画产业链的那一天。

提到辽河艺术区这个中国北方最大的美术创意产业基地打造，它的创始人——兴隆台区年轻的区委常委、宣传部部长赵书哲兴致勃勃，如数家珍。一趟参观下来他早已汗流浃背，衬衫都湿漉漉地贴在身上，而他自己竟浑然不觉，还在大步流星领头在太阳地里走着。我们都已经晒得透不过气来，气喘吁吁跟不上趟了。"前景光明，任务繁重。"赵部长说。有了辽宁沿海城市"五点一线"发展计划和国家环渤海战略规划指引，盘锦实现"以港强市"的转型，经济发展上去了，文化产业才能推动上去。盘锦现在正在抓住机遇，乘势而上，决心把辽河艺术区打造成北方新的文化地标。真心祝愿他们马到成功，心想事成！

　　　　　　　　　　　　　　　　　2014 年 7 月 23 日

走进长兴森林小镇

　　长兴这个地方，祥云缥缈，仙气笼罩。五月底，当北中国的京畿之地已经被连续的高温疯狂炙烤时，南中国的浙江湖州长兴，却是清风徐来，水波摇曳，一派清凉景象，登时让人觉得地球运转得混乱，把南北气候整个搞反了。沿太湖一岸的十几公里的湖畔大道迤逦而去，只见蒹葭青青，杨柳依依。遥想当年，这里曾经是小说家吴承恩任县丞、归有光任县令共同治理的地方，不禁对古时的士子产生深深膜拜之情。绿意斜晖群山环绕的深处，两座大唐时期的飞檐大屋顶建筑拔地而起，静谧而隐逸，那里就是皇家贡茶院。据说唐朝的那些春天，茶圣陆羽在此品茶撰书，将中国的禅茶一味的茶文化引向鼎盛。

　　从陆羽写《茶经》的大唐贡茶院下来，沿着太湖大道直奔长兴森林小镇。走到森林小镇的中心渚山村口，抬头一看，立即被眼前美景惊住了！只见青石板大路通衢之处，一条假的小河摆在面前。夏季傍晚五点多钟的夕阳给河前的石板路和小石桥镶上了金边，河里的潺潺流水反射着金属铜红色的光芒。岸边古老的皂荚树、黑白相间的徽派马头墙都在夏季风里流光溢彩，构成一幅美丽的南中国风情画。人们不禁互问：这难道真的是长兴农村？这明明是一幅天然油画好不！

就像生怕错过了大好年华，车上的人们纷纷下来抓拍美景，想留住这一天这一季之中太阳照在渚山河上最美最炫的光芒。渚山村口一时游人入景，美景成画，油画如歌。

走近来看，才知这的确是一条假的小河。原来这桥下的流水，其实也就是早先绕村流动的沟渠，是供人们取饮灌溉用的。渠面不宽，也就三四米的样子，成年人似乎可以飞身一跃而过。当河渠旧有的功能逐渐废弃之后，村子人把"渠"打造成了"河"，使其内涵和外延都整体不同，河就变成村子景观的重要一部分。河上立起装饰性的小桥，桥身一尺多高，呈波浪状，雕栏玉砌，用青白色大理石镂雕。桥面铺设木制地板，与远处木栅栏围成的桥栏呼应成景。水中的柔柔招摇的绿色鸡尾水草，被水流轻轻拍打的白色鹅卵石，河边台阶上端坐的鲜花盆饰的矢车菊和三叶草，都让一条小渠的色彩变得丰富斑斓，也让渚山村口在夕阳的辉映下分外绚烂而明丽。

有了水，人类的栖居地就变得灵动而妩媚。一条小河，也让长兴森林小镇跟旧式农村有了本质区别。

跨过小桥，再往村里走，愈发让人惊叹于渚山村建设新农村的整体规划设计的精良。一条青石大路穿村而过，各式黑白相间的二层小楼房错落有致、鳞次栉比地分布，既有江浙风韵，又有徽派建筑风格。夏风穿堂过，村景养靓眼。宽阔的广场、绿地、青石道路旁，矗立着高门楼、黑屋瓦、马头墙，雪松碧绿高入云端，盆栽鲜活绿意盎然。村子里安静闲适，四处不见人。有几辆私家车静静停放在挂红灯笼的大宅门旁边。出村口的大路旁，有几家小吃店和一家渚山村副食便利店，副食店门框上同时还挂着"浙江农信丰收驿站""渚山村金融便民服务点"的牌子，足见电信电商早已延伸服务到村里边。便利店门口的橘黄色塑料椅子上，坐着一个无所事事的跷着二郎腿的中年妇人。除了刚才进村时见到的一个骑摩托车带小孩的妇女外，这个便利店门口坐着的是我们见到的第二个村里活人。忽然间就想起了陶渊明《归园田居》里的诗句："榆柳荫后檐，桃李罗堂前。暖暖远人村，依依墟里烟。狗吠深巷中，鸡鸣桑树颠。户庭无尘杂，虚室有余闲。久在樊笼里，复得返自然。"

渚山村大抵就是古人心目中理想的田园样子吧，当然，远比古人的想象要富庶和现代得多。村里的面貌已经不全然是自然风景，而是村里领导班子在新农村建设中，将过去破败荒芜的道路和排水沟进行治理，又请来高校专门的建筑师进行整体性设计，保留传统村落的原样，同时，留出大片飞白开阔地，打造视野开阔、布局合理的新式森林村庄。

长兴有渚山，山在绿水间。这样的小镇村落，已经跟我们二三十年前在欧洲旅途中经历的那些小镇没什么两样，舒适，怡人，风光秀美，随处即景，景随心生。不能不提一下渚山村的历史。渚山村位于长兴县城西北部，南连长兴县城，北接水口乡，属丘陵与平原接壤地域，长水公路穿村而过，交通十分便利。西北山岗起伏，四季常青，东南阡陌纵横，瓜果飘香，拥有浙江省"森林人家"之美誉。村里的面积六平方公里，耕地一千七百亩，山林六千八百亩，其中杨梅三千八百余亩。2016年全村杨梅产值近一千八百万元，居民人均收入约两万七千八百元。近年来，先后荣获浙江省"全面小康建设示范村""绿化师范村""森林村庄"称号。

"上有天堂，下有苏杭，除了苏杭，车渚南港。"走了这么一趟，终于知道渚山村美丽富庶的底气在哪儿了。就像他们的村歌《梦圆新渚山》里唱的："渚山好，渚山美，千年古村渚山让人眷恋。和美的家乡，最美六月天，成片的杨梅，一夜红满山。迎来了四方客，采梅享甘甜。渚山杨梅数奇珍，美名天下传。渚山情，渚山缘，森林人家幸福美满。渚山情，渚山缘，此心不离不弃，梦圆新渚山。"

2017 年 6 月 20 日

余干的湖·鸟·鱼

　　鄱湖胜地，余干水乡。干者，岸也。《诗经·伐檀》有曰："坎坎伐檀兮，置之河之干兮。""河之干"便为河岸。余干也正因在信江（余水）之岸而得名。美丽辽阔的鄱阳湖东南岸，坐落着余干这样一个候鸟的天堂，没来之前，还真不曾得知。这个已有两千二百三十多年历史的古县，人口过百万，水域面积达到六百四十平方公里，是环鄱阳湖地区水域面积最大的县份，有湿地面积九十五点六万亩，鸟类二百三十种，其中冬季候鸟一百二十一种，白鹤、东方白鹳、天鹅、鸿雁等等珍稀濒危鸟类应有尽有。难怪有诗云"鄱阳鸟，知多少？飞时遮尽云和月，落时不见湖边草"。每年十月过后，鄱阳湖进入枯水期，候鸟迁徙高峰到来，鄱阳湖周边一带迎来最佳观鸟期。汤汤大水退去，水落滩出，沿洋密布，奇珍异鸟济济一堂，在繁茂水草丛里纵情欢歌，起舞翻浪。此时的鄱阳湖，浩渺宽阔，天地间无人，只有百鸟朝凤，唯听百鹤齐鸣。

　　来鄱阳湖区，当初只为看鸟。先前，春天的时候，我的鲁院江西籍同学、作家凌翼写了一篇长篇报告文学《让候鸟飞吧》，发表在《人民文学》第四期上，记录的就是江西鄱阳湖候鸟救治医院院长李春如的故事。截止到 2018 年，他已经救治五万多只候鸟，并为每只候鸟建立了病例档案。他的事迹令人感动，文中描述的鄱阳湖候鸟天堂风光，也着实令人神往。

深秋季节，当有人邀请去鄱阳湖的时候，便立即雀跃着前往。车行余干大地，但见漫漫秋水，从信江迤逦而来。瑟瑟秋风，拍打湖面，烟波浩渺，密云低垂。极目远眺，鸟儿似乎就在水中，在岛上：一排排瘦骨伶仃的鹤腿排成柴火棍的阵仗，在踮着脚尖儿跳芭蕾；几只比大熊猫还要珍稀的黑鹳物种，扯着尖利的红嘴抢吃小鱼小虾；大片的鹬呼扇着巨大的黑白翅膀，在空中列阵俯冲翻浪……正沉迷于想象中并按图索骥之时，身旁同伴指点远处一些盘旋着忽起忽落的小黑点，那是又一群飞禽呼啸而起，盘旋而落。车轮驶过，近处是水边枯草与芦苇在风中摇曳，车厢另一侧是一望无际的绿意在田野里葱茏。似乎听见历史深处有宋人王十朋击节赞叹声传来："干越亭前晚风起，吹入鄱湖三百里。晚来一雨洗新秋，身在江东图画里。"那是余干人对梦里水乡最悠久与深刻的记忆。

车子停在一个叫作江豚湾的地方。下得车来走近水边观瞧，但见一块巨大的山石上刻三个鲜红大字"江豚湾"，岸边有水泥垒砌的观赏平台。陪同者介绍说这里是余干 2017 年挂牌划出的江豚保护区。因此处是三江交汇处，水质好，水流缓，水草丰美，生态环境保持上佳，引得占鄱阳湖江豚总数一半的"水中熊猫"都喜欢在这里聚集出没。现在鄱阳湖内仅剩的长江江豚也就四百多头。余干人立志保护好江豚，保护好自然环境，保护好自己赖以生存的地球家园。众人听罢，都唏嘘着这江豚的数目之

280

稀，一个个都瞪大眼睛，痴痴盯着远处开阔水面，不想错过这比看候鸟还要金贵的看江豚机会。恍惚之中，却在湖心涟漪泛花处，似有一艘艘鱼雷艇样黢黑光滑的背脊呼呼滑过，一个个嘴角迷人上翘的小江豚子欢腾雀跃笑出水面来。待要定睛看时，却又倏忽即逝，转眼钻入水中不见了。

靠湖吃湖，靠水吃水。世世代代生活在鄱阳湖边的渔家儿女仰仗母亲河，更珍惜母亲河。为了防止鱼类资源枯竭，遏止过度捕捞，从明朝万历年间起，鄱阳湖区就有"禁渔"与"开港"的习俗。湖水禁渔将养三个月后，等到农历十二月中下旬再重新开放。2017年余干县开掘这一传统历史文化资源，将"开港"列入县非物质文化遗产名录，精心编排打造了"2017年中国·鄱阳湖开湖民俗文化旅游节"。在节日上他们将传统的开港仪式——"备三牲、拜菩萨、祭湖神、买美酒、授渔旗、放爆竹、放铳枪、驾渔船、捕张网"，变为现代的"迎神拜鼋、祭湖祈福、载歌载舞、千船竞发、出港放歌、江豚湾揭牌"等新的开湖仪式，祈求四季平安、人旺年丰。首届鄱阳湖开湖节搞得轰轰烈烈、热热闹闹，与腾讯合作网上全程直播，吸引了一百余万人在线观看，很快在海内外获得反响，成为宣传余干文化旅游的新名片。仅有节日还不够，还须有相应的文化传说故事与之相配套解说。余干人细心挖掘古老资源，派专人收集整理相关的渔歌、渔谚、渔鼓等渔耕文化民俗段子加工改造，以利于传播，让湖区人民入心入脑发自肺腑地对自然感恩，与大地家园和谐相处。随着2018年第二届开湖节的成功举办，余干人更加自信满满。用一直陪同我们参观的余干县委书记胡伟的话说：2018年，余干将继续秉持"绿水青山就是金山银山"的理念，借势"江西风景独好"影响力，紧紧围绕"三湖四线"的发展思路，以全域旅游为方向，以优质旅游为目标，以文化旅游为重点，全面推动"旅游+"战略，不断把余干的秀美风光和民俗文化串点成线，集景成区，将这一城美色、一湖美景，打磨成世人体验乡愁之境，放飞心情之所，实现梦想之源，为余干经济社会发展和如期脱贫摘帽奠定更加坚实的基础。

"渔人湖上阵鱼丽，结队连舟十里围"，这是明代人吴守为记录当年开港盛景的诗句，如今这一场景再现于赣鄱大地。说到底，有了一方湖水滋养的地方就是气韵足，有生机。即使鸟儿不飞，鱼儿不跳，余干也是灵动的，也是诗意的。这些灵动和诗意不仅仅是源于天时地利，更是在于人为，在于余干人对自己家乡土地的精心呵护，在于千百年来余干人民与大自然的和谐共处。

2019 年 2 月 18 日

图书在版编目（CIP）数据

春天奏鸣曲／徐坤著. -- 北京：中国文史出版社，
2022.8

　ISBN 978-7-5205-3232-7

　Ⅰ. ①春… Ⅱ. ①徐… Ⅲ. ①散文集-中国-当代
Ⅳ. ①I267

　中国版本图书馆 CIP 数据核字（2021）第 196877 号

责任编辑：牟国煜

出版发行：中国文史出版社
社　　址：北京市海淀区西八里庄路 69 号院　邮编：100142
电　　话：010-81136606　81136602　81136603（发行部）
传　　真：010-81136655
印　　装：北京温林源印刷有限公司
经　　销：全国新华书店
开　　本：720×1020　1/16
印　　张：18.5　　　字数：196 千字
版　　次：2022 年 8 月第 1 版
印　　次：2022 年 8 月第 1 次印刷
定　　价：59.80 元